88, LA NUEVA GENERACIÓN

David de Pedro

88, LA NUEVA GENERACIÓN

Título original: 88, LA NUEVA GENERACIÓN

Primera edición: Marzo 2014

ISBN: 978-1495322211

Diseño de la portada: Sergi Batlle

Agradecimientos:

A mi familia, padres y hermanos por el apoyo que me han dado cuando más lo he necesitado. A Josep Canyet por sus sabios consejos sobre historia y arqueología, a Jordi Izquierdo por la generosidad que me brinda día a día y como no, a mis amigos Albert, Yolanda, Josep, Xavi y Montse, que siempre están dispuestos a ayudar, así como a los Baselga's Group.

Esta novela también está dedicada a todos aquellos que luchan por sus sueños y a los que hacen posible que se puedan conseguir gracias a su altruismo. Batet, continuamos el camino.

Más información en:

www.daviddepedro.com

Este libro es una obra de ficción. Los nombres, personajes, instituciones, lugares y hechos que se relatan son creaciones de la imaginación del autor o bien se utilizan ficticiamente y no se tienen que interpretar como reales. Cualquier parecido con otros hechos ficticios, o con lugares, organizaciones y personas reales, vivas o muertas, es pura coincidencia.

Índice

Uno 1
Miranda Roval 10
Dos 13
Tommy Lee Morgan 24
Tres 27
Axl Jones 37
Cuatro 40
Harvey Diefenbaker 51
Cinco 54
Saúl Larski 66
Seis 69
Todd Carter 80
Siete 83
Mathew Davis 93
Ocho 96
Carol Castro 107
Nueve 110
Hugo Franzolini 121
Diez 125

Madame Zoe 138
Once 141
Flavio Sforza 153
Doce 157
Andrea Eisenberg 168
Trece 171
Feliciano Martínez 181
Catorce 184
Lazlo Larski 195
Quince 199
Angelo Fariello 212
Dieciséis 215
Scorzo 228
Diecisiete 231
Klaus Bonhoeffer 244
Dieciocho 247
Hans Richter 258
Diecinueve 261
Víctor Correa 273
Veinte 275

Herbert Lindenberg 286
Veintiuno 288
Ben Campbell 298
Veintidós 300
Chyntia Skillicorn 313
Veintitrés 316
La noticia 332
Epílogo 339

Uno

Corre, Axl, ¡por el amor de Dios! —Miranda gritó mientras ojeaba hacia atrás y veía cómo su compañero hacía lo imposible por seguirle el ritmo.

—Joder, Miranda, que no soy un puto Usain Bolt —respondió entre resoplidos un cámara entrado en quilos—. ¡Te advertí que no te acercaras tanto! —recriminó, sin dejar de correr a pocos metros de ella y añadió—. Y, por si fuera poco, ¡tú no llevas un aparato que pesa como un muerto!

—¡Deja de echármelo en cara y controla la respiración, que nos va a atrapar! —aconsejó la atractiva periodista que estaba acostumbrada a practicar jogging a diario—. Es más, con lo que avanza la tecnología y todavía llevas ese hierro.

—A mi querida Jessie, ni tocarla —advirtió Axl orgulloso de su herramienta de trabajo.

La noche les había sorprendido en Jefferson City. Miranda había recibido un chivatazo: un colectivo neonazi emergente en la zona se iba a reunir en el granero de una de las casas periféricas de la capital de Missouri. Llevaba meses documentándose para un reportaje que podía aspirar al premio Pulitzer. Después del soplo de uno de sus múltiples confidentes, la periodista decidió que era el momento de añadir documentación visual a su trabajo. Avisó a su amigo y compañero, Axl, y le invitó a reunirse con ella en el centro del país. Para ella, era uno de los mejores profesionales, un intrépido cámara que había recibido cuantiosos premios gracias a su destreza a la hora de enfocar hechos clandestinos y de infiltrarse cuando la situación lo requería.

—Bueno, creo que los hemos despistado —dijo sin resuello Axl. Unos goterones de sudor resbalaban por su cara como si estuviera en una sauna turca—. ¿Con esto darás por acabado el reportaje? —preguntó, intentando normalizar la respiración.

—¿Estás loco? ¿Con el filón que hemos encontrado? —se escandalizó Miranda, sorprendida—. Precisamente ahora...

—¡Allí están! —se oyó al final de la calle al tiempo que aparecían seis individuos corriendo en pos de la pareja—. ¡No huyáis, bastardos! ¡Os vamos a joder vivos!

—Vamos, Axl, ya descansarás en otro momento. Si nos pillan... —ordenó la reportera al tiempo que arrancaba a correr.

—Joder, ¿es que no se van a cansar nunca de ir detrás de nosotros? —se quejó el cámara.

Su perorata se vio interrumpida por un estruendo que reconoció al momento y que le erizó el vello.

—¡Mierda! ¡Estos zumbados nos están disparando! ¿Dónde coño hemos dejado el coche? —El grito sacó a Miranda de su ensimismamiento que también se había quedado horrorizada al oír los impactos de las balas a su alrededor—. ¡Agáchate! ¡Esta vez nos hemos metido en una buena! —afirmó con energía renovada. Axl no cejaba de otear las calles para ver si veía el Ford Mustang que habían alquilado—. Espero por tu bien que no te hayan reconocido. ¡Hacia allá! —Axl agarró la mano de su amiga, tiró de ella y pasó de largo el lugar que había indicado en primera instancia.

—¿Pero qué...?

—Hazme caso, antes los tenemos que despistar. —Doblaron un recodo y por un momento los perdieron de vista.

—¡Hijos de puta! ¡Os daremos caza como a perros! —escucharon a lo lejos entre disparos.

—¿Tienes las llaves a punto? —El cámara jadeaba y tenía la adrenalina por las nubes pero guiaba a la chica como si fuera un pelele.

—Sí, pero...

—Dámelas —ordenó—. Putos nazis de mierda —mascculló al tiempo que se abrían las puertas del vehículo.

—¡Se escapan! ¡Llamad al resto y decidles que vengan con los coches! —Se volvió a oír cada vez más cerca de donde se encontraban—. ¡Os quemaremos en la hoguera como si fuerais unos putos cerdos judíos! ¡Disparad a matar!

—¡Vamos, vamos! —Se repetía el cámara intentando tranquilizarse para atinar con la llave en el contacto.

—¡Arranca, por el amor de Dios! —chilló Miranda al ver cómo aquellos descerebrados estaban a punto de echárseles encima cuando el Ford Mustang ronroneó.

—¡Ahora! —cantó jubiloso. En aquel instante una bala perforó la luna trasera y la hizo añicos—. ¡Coño! ¡Estos hijos de su madre me las pagarán!

—¿Qué haces? ¿Por qué paras?

—¡Se van a arrepentir de habernos disparado! —aseguró mientras se retorcía para mirar por la inexistente luna trasera y retrocedía en pos de los atacantes con la intención de atropellarlos con una habilidad que sorprendió a su amiga.

—¡Apartaos! —avisó el neonazi cuando ya todo el grupo se había lanzado por encima de los coches aparcados.

—¡Caray! ¿Y eso? —exclamó Miranda ante la destreza del cámara frente al volante, un poco más calmada al ver cómo se incorporaban del suelo aquellos radicales.

En aquel instante Axl dio un giro brusco en medio de una calle principal y aceleró quemando asfalto.

—Digamos que me encanta conducir y que me he formado con especialistas... —aclaró su amigo, todavía con el estómago en un puño—. En nuestra profesión nunca está de más saber conducir así ya que siempre nos puede sacar de un apuro, tal como ha sucedido hoy.

Todd, que había llevado la iniciativa durante toda la persecución, llamó con la voz todavía alterada:

—Tommy Lee, parece que van a coger Wakoda Drive. Van en un Mustang negro con matrícula 198 YZF.

—Gracias, Todd, buen trabajo. Con esto ya podré averiguar quiénes son los curiosos. No te preocupes, que no escaparán —aseveró una voz al otro lado del móvil—. Salid rápido de ahí, no vaya a ser que alguna patrulla policial os pille y tengamos que dar excesivas explicaciones.

Sin dejar de observar de vez en cuando por el retrovisor Axl preguntó:

—¿Por qué era tan importante esta reunión? Entiendo que para encontrar neonazis no hacía falta venir tan lejos...

—Es cierto, en Nueva York también tenemos este tipo de gentuza, pero no siempre está involucrado el jefe de policía —confesó Miranda con satisfacción.

—¿Qué, quéeee? ¡Vaya bombazo!

—¿A que sí? —afirmó complacida. Su confidente no la había engañado pese a estar en una permanente nube de alcohol.

—Joder, ¡no! —profirió Axl con cierto desazón al divisar por el espejo unas luces que se empezaban a acercar a gran velocidad.

—¿Qué pasa? —Siguió la mirada de su compañero y

adivinó el motivo de su preocupación—. ¡Dale gas, que nos atraparán!

—Gracias por el aviso —ironizó Axl. Pisó el acelerador con la esperanza puesta en la potencia de los mustangs—. Tía, esta gente está poniendo mucho empeño en cazarnos, y como lo hagan, no acabaremos muy bien. ¡Mierda! ¿Pero es que no se cansan nunca?

—Pero si los estás dejando atrás... —contestó, volviendo a mirar hacia el frente ya que no les había quitado ojo a sus perseguidores—. ¡Oh, no! —Había dos coches a doscientos metros por el lateral izquierdo que iban directos a cortarles el paso—. ¡Nos están rodeando!

—Ese policía nos va a dar problemas, ya lo verás —vaticinó Axl—. Y como nos coja la matrícula, agárrate.

—Siento habernos descubierto. —Se disculpó con la mirada fija en los vehículos que avanzaban inexorablemente hacia la carretera principal.

—Miranda, no te tortures. Has tropezado por accidente, ya está —exculpó el cámara al tiempo que pensaba que el cuentarrevoluciones iba a explotar de un momento a otro—. Vamos, vamos. —Se alentó, al ver la posibilidad de escapar por los pelos de aquella ratonera.

El acompañante del conductor de la *pick-up*, que intentaba a toda costa que no pudiesen salir de Jefferson City, confesó rabioso por el radiotransmisor:

—¡Tommy Lee! ¡Se nos escapa!

—Embestidles si es necesario. Hay que eliminarlos. Según el archivo policial, la chica que ha alquilado el coche se llama Miranda Roval. Es una conocida periodista de Nueva York —ordenó con pasmosa frialdad desde la sede central—. Además, hay que conseguir la grabación.

Axl tenía la boca seca y de manera inconsciente inclinaba su cuerpo hacia adelante con la esperanza de imprimir más velocidad.

—¡Vamos, vamos! ¡Sí, sí, sííííí! —gritó jubiloso al avanzarse por unos segundos al todo terreno que los quería interceptar.

—¡Yeah! —voceó jubilosa Miranda, al estilo sureño—. ¡Por los pelos!

—¡Eh! No cantes victoria, que los hemos avanzado pero no dejado atrás —matizó su compañero—. Ahora tenemos tres coches tras nosotros y no conducen nada mal.

La cruz gamada que colgaba del retrovisor se balanceaba como si de un caballo desbocado se tratara. El ultraderechista masculló:

—¡Hijos de puta! ¡Por qué poco os habéis librado! ¡Os quemaremos como hacían nuestros colegas del Ku Klux Klan! Miranda, que había perdido la orientación, quiso saber:

—¿Ya sabes hacia dónde vamos?

—Mi intención, si no nos matan antes, es coger la interestatal setenta y no parar hasta llegar a Kansas City —respondió aferrado al volante con los nudillos blancos.

Miranda observó de reojo a su compañero mientras comprobaba que poco a poco aumentaban la distancia.

—¿Y no sería mejor ir hacia Saint Louis?

—¡Joder, Miranda! ¡Y yo que sé! ¡Es la primera carretera que he cogido y no me voy a parar a preguntarles a los que nos quieren matar cuál es el mejor camino! —La recriminó con dureza, para sorpresa de su colega—. Menos mal que cogimos un coche potente porque sino... —quiso suavizar.

—Perdona, no quería ser puntillosa.

El cabecilla que comandaba la persecución de los periodistas notificó:

—¡Tommy Lee, se nos están escapando! ¡Mierda!

—¿Qué sucede, TJ? —inquirió el policía.

—La policía ha entrado en juego —explicó al ver cómo una patrulla se incorporaba a la carretera en pos de sus presas—. Creo que son los de tráfico —matizó a la espera de ver qué decidía el jefe.

—Mantén la distancia, pero continúa. Ten cuidado de no llamar la atención.

—De acuerdo. —TJ levantó el pie del acelerador y marcó la pauta a los otros dos compañeros, que lo imitaron al instante.

Axl al ver por el retrovisor cómo las llamativas luces de la autoridad destellaban en la oscuridad de la noche escupió:

—¡Mierda! ¡La policía!

—¡Estamos salvados! —gritó Miranda llena de júbilo descargando así la ansiedad acumulada.

—¿Ah, sí? ¿No decías que el mayor imputado era *sheriff*? —recordó con acritud el cámara, sin aflojar.

—Ostras, es verdad...

—¡No! —gritó Axl al ver que perdía el control del coche al pisar lo que parecía una mancha de aceite—. ¡Agárrate, Miranda!

El Mustang volcó y empezó a dar vueltas de campana descontroladamente sin que la pericia del cámara pudiera hacer nada para evitarlo.

Miranda Roval

Por qué ha tenido que morir mamá, papá? —preguntó una desconsolada Miranda de doce años al famoso empresario, Jake Roval.

—Porque la vida es así de injusta. Te enseña que el dinero no lo es todo y que hay cosas que no se pueden comprar.

Se encontraban en la habitación de la niña. Hacía unas horas que la madre había fallecido en un trágico accidente de tráfico y Jake, después de llorar desconsoladamente el fallecimiento de Hayden y vaciar su ira sobre el personal del hospital que nada pudo hacer por salvar a su esposa, decidió regresar a su casa. Por doloroso que fuera no podía olvidar que tenía una hija todavía ajena a la tragedia que se había cernido sobre su familia.

—No lo sé hija —se sinceró, intentando no romper a llorar—. Tenemos que ser fuertes y recordar lo que siempre nos dice tu madre. —Recordó en aquel momento que Hayden ya no estaría nunca más allí y que tendría que hablar en pasado. Su esposa ya no podría repetir su lema preferido: "Vida solo hay una y hay que aprovecharla al máximo". En su fuero interno se prometió encargarse de mantener siempre aquel legado y de transmitírselo al pedacito que aún le quedaba del amor de su vida: Miranda.

—Señor, siento interrumpirle, pero tengo al teléfono a Mathew Davis. Se ha enterado de lo sucedido y me ha rogado que le pasara con usted —interrumpió Nana, que era como llamaban a la criada.

—Gracias. Hola, Matt, no creo que sea un buen momento. —Jake le dio la espalda a su hija para que no viera las lágrimas que pugnaban por salir.

—Lo sé y lo siento. Lo siento mucho, de veras. Quiero que sepas que estoy a tu lado y que me puedes pedir lo que quieras. Si necesitas que Helen y yo nos quedemos con Miranda esta noche o durante un tiempo, ya sabes, solo tienes que pedirlo. Si está con Lisa puede que se distraiga lo suficiente como para que no piense en su madre —se ofreció el juez Davis.

—Te lo agradezco, hermano. Déjame pensarlo —contestó con voz trémula mientras paseaba la mirada por la habitación. El espíritu de Hayden impregnaba cada rincón de su hogar.

—Papá, ¿por qué llamas hermano a Matt? Él es de raza negra y tú, blanca —quiso saber Miranda con la naturalidad típica de los niños.

—No lo entenderías. Somos masones y él es un hermano de la logia.

—¿Qué es una logia? —insistió la niña.

—Déjalo, cariño... un día, cuando seas mayor, te lo explicaré con más detenimiento. —Sonrió con pesar ante la curiosidad inagotable de su hija—. Con ese don que tienes para hacer preguntas, deberías hacerte periodista.

—¿Reportera? ¿Igual que las de las noticias? ¡Bueno, no me desagradaría! —respondió olvidándose por un momento de lo sucedido.

Dos

Axl, ¿cómo estás? —susurró Miranda antes de desvanecerse.

—¡Rápido, rápido! ¡Que estos se nos mueren por el camino! —gritó el enfermero al conductor de la ambulancia para hacerse oír por encima del gran estruendo de la sirena. «Si sobreviven será un milagro» se dijo, mientras examinaba los cuerpos ensangrentados del cámara y la periodista.

—Tranquilo, aunque los veas así, puede que sea más leve de lo que parece —tranquilizó Ethan. Su experiencia y seguridad siempre calmaba a Leroy—. Eso sí, el coche ha quedado destrozado.

—¿Falta mucho para llegar? —insistió Leroy.

—¡Joder, tío! ¡Deja de dar la vara! A ver si te piensas que circulamos solos —respondió el aludido de malas maneras al tiempo que sorteaba el tráfico como si de un eslalon se tratara—. ¡En un minuto llegamos!

—Esta tía me suena de algo... —dijo Ethan.

—¿Es una de tus amigas? —preguntó el afroamericano

haciendo referencia al éxito que tenía su compañero con las féminas—. Porque esta parece que tiene novio, aunque es cierto que eso nunca te ha importado mucho. —Leroy miró a Axl, que aún inconsciente, continuaba abrazado con fuerza a la cámara.

—No lo creo. De una tía tan buena me acordaría... supongo. —Ethan se mesó la perilla pensativo—. Pero es que la cuestión es que su cara me suena mucho pero no sé de qué.

—Pues se llama Miranda Roval.

—¿Y cómo sabes su...? —empezó a decir Ethan. Se calló al ver que Leroy había cogido la documentación del bolso de la chica—. ¡Ostras! Es la periodista del Canal 9.

—¡Ya estamos! —avisó Mark al tiempo que paraba en seco delante del Hospital Público Provincial de Columbia. El frenazo lanzó a sus dos compañeros contra la división de la cabina.

—¡La madre que te parió! —Ethan se incorporó, con la mirada encendida.

—¿Miranda? —Axl había recobrado el conocimiento y aun atontado intentó reconocer dónde estaba.

—Amigo, descanse. Se encuentra en el hospital de Columbia y ya puede soltar la cámara —comunicó Leroy, al tiempo que hacía el gesto de quitársela.

—Como toques a Jessie te abro la cabeza —amenazó Axl asiéndola con más fuerza—. ¿Dónde...? ¡Miranda! ¿Qué le ha pasado? —Se preocupó al recordar el accidente que habían sufrido. La apertura brusca de la puerta le sobresaltó.

—Tranquilo, todo está bien —intentó calmarle Leroy—. Tu amiga padece una conmoción y ahora vamos a realizarle una exploración completa, al igual que a ti. Por eso necesito que dejes la cámara.

—Prométeme que la protegerás, tanto a ella como a su contenido, por favor. Nos han intentado asesinar por culpa de lo que hemos grabado —pidió con ojos suplicantes, mientras se llevaban a Miranda—. Júrame que tampoco intentarás ver la grabación. Si no tu vida también correrá peligro.

Leroy calló unos instantes, estupefacto por aquella petición. No se conocían de nada y nada le debía a aquel individuo. Para él no hubiera sido ningún problema aceptar las condiciones y luego saltárselas, pero la intensidad de la mirada de Axl acabó por convencerle.

—Está bien —accedió el enfermero—. Guardaré la cámara aquí y me encargaré de que no caiga en manos ajenas. Ahora relájate y déjate examinar. Aquí tienes mi número de teléfono.

—¿Ya le has conseguido arrancar la cámara? —Ethan había acompañado a Miranda al interior de urgencias y se acababa de cruzar con Axl.

—Sí —respondió sin dar más detalles. Cerró las puertas y le indicó a Mark que aparcara la ambulancia.

TJ no perdía detalle del ingreso de los dos heridos:

—Jefe, ya han llegado —comunicó con diligencia—, pero no veo ninguna cámara.

—¿Habéis registrado el coche? —interpeló exasperado Tommy Lee al otro lado del móvil.

—Me parece que lo ha hecho Fred —se excusó TJ. Le vino a la mente cómo se hinchaba la vena de la sien de su líder cuando le daba una paliza a cualquier raza inferior.

—¿"Me parece"?

—Voy a confirmarlo. —El sudor perlaba su frente. Quería colgar antes de que Tommy Lee la emprendiera con él, no se distinguía por su paciencia.

—Eso me parece mejor. En cuanto aparezca, destruid la grabación y matad de una vez a esos intrusos —ordenó.

—Pero Tommy Lee, están en un hospital y la policía ha entrado con ellos. ¿No sería mejor esperar a que salieran? —objetó con voz plañidera—. Así nos pillarán en seguida...

—¿Y? Búscate la vida. Si no eres capaz de ejecutar una orden tan sencilla, puede que no seas digno de ser miembro de nuestra organización.

—En cuanto lo tenga todo solucionado, te llamo —se despidió. Intentó que su voz sonara convincente y empezó a pensar en cómo podría salir bien de aquel berenjenal. «Son enemigos de la causa y deben morir» se recordó.

El doctor de urgencias preguntó a los policías que los habían escoltado:

—¿Han avisado a sus familiares?

—Sí, hemos podido localizar al padre de la chica. Su acompañante dice que él no tiene a nadie.

—¿Qué quiere que hagamos, doctor? —Quiso saber un enfermero.

—De momento, lleváoslos para que les hagan un escáner. Hay que descartar el traumatismo craneal. Una vez realizados, me avisáis.

—De acuerdo. —Regresó donde estaban los reporteros y les indicó con la cabeza la a los camilleros la dirección a tomar—. Vamos.

Axl, con los nervios a flor de piel, no perdía detalle.

—¿Cómo está mi amiga?

—No lo sabemos, continua inconsciente. Tranquilícese, vamos a realizar las pruebas rutinarias para descartar lesiones internas —contestó el auxiliar técnico sanitario.

—¿Cómo se llama usted?

—Juan Ramírez.

—Escúcheme, Juan, corremos peligro. Nos estaban persiguiendo unos individuos cuando nuestro vehículo derrapó... —empezó a relatar con cierta precipitación el cámara.

—Tenía entendido que les perseguía la policía. —Ramírez temió que el paciente tuviera alucinaciones que distorsionaran la realidad.

—Oiga, nos han intentado asesinar. Estábamos haciendo un reportaje y nos han disparado. También había un jefe de policía... —siguió mientras intentaba incorporarse.

—¡Eh! ¡Quieto parado! —avisó Juan sujetándolo contra la camilla.

—¡Déjeme! —Axl forcejeó para librarse de la opresión.

—¡Nikky! ¡Tráeme un sedante! ¡Rápido!

—¡Juan! ¡Tenemos que escapar! ¡Nos van a matar aquí mismo! —imploró Axl. Se sentía débil y no le quedaban fuerzas para luchar.

—Aquí tienes, Juan. —La joven enfermera le tendió la jeringuilla.

—Tú misma, yo te lo sujeto.

—Ya está, en pocos minutos le surtirá efecto.

—¡Noooooo! —Se rebeló con renovada energía como si se hubiera vuelto loco—. ¡No puedo perder el sentido!

—Tranquilo, amigo, cuando se despierte lo verá todo de otra manera. —El hispano notó cómo el cuerpo del paciente perdía tensión y se relajaba.

—Pero... —empezó a decir, en su lucha por mantenerse despierto—. Nos quieren matar... —Y perdió el conocimiento.

—Mike, ¿has encontrado la cámara? —TJ también la buscaba en el interior del Mustang.

—Nada.

—¿Y tú, Logan? —preguntó a otro que comprobaba con una linterna que no hubiera salido disparada y estuviera por los alrededores del coche.

—Tampoco, TJ. Está muy oscuro y no se ve bien.

—Ese hijo de judíos nos va a complicar la vida —maldijo en voz alta el TJ. «Llamaré a Todd para ver si se le ocurre algo». Marcó el número del lugarteniente de la organización.

—Dime, TJ. —Sabía de antemano que lo llamaba porque no había sido capaz de solucionar el problema que les atañía en aquellos momentos. El coeficiente intelectual de la mayoría de los miembros de los grupos que estaban formando a lo largo y ancho del país era muy bajo. Aun así les hacían falta ya que tenían que ganar músculo. Eran peones que en un momento dado se podían sacrificar sin que eso representara una gran pérdida para el movimiento.

—No la encontramos. ¿Qué podemos hacer?

—¿Puede ser que se la llevara en la ambulancia?

—No lo creo, aunque estaba a relativa distancia y no pude apreciarlo con exactitud —se sinceró TJ—. Lo que sí puedo afirmar es que entró a urgencias sin ella.

—Pues una de dos: o continúa por ahí tirada, o se la dio a alguno de los enfermeros de la ambulancia. Bueno, lo primero es lo primero. Matad a los periodistas y ya nos encargaremos luego de remover cielo y tierra para dar con la puta grabación.

—¿Axl? —murmuró desconcertada y aturdida la reportera—. ¿Axl? —repitió un poco más alto mientras se incorporaba y empezaba a recordar el accidente—. ¡Axl!

—gritó al verlo en la cama contigua ataviado solo con la bata hospitalaria.

—Mmm… —ronroneó bajo los efectos del sedante.

—¡Despierta!

—Qué… —gruñó desorientado.

—¡Se acabó! —atajó la periodista. Le tiró un vaso de agua encima sin percatarse de que no era la vagancia lo que ralentizaba la agilidad mental de su amigo.

—¡Pero qué...! —se quejó enfadado—. ¡El accidente! ¡El hospital! —rememoró, con la misma adrenalina que le había poseído antes del pinchazo. En aquel momento fijó la vista en la que le había espabilado—. ¡Miranda! ¡Estás bien!

—No grites —bisbiseó. Comprobó si alguien se había dado cuenta de su recuperación a su alrededor y añadió—. ¿Qué hacemos?

—¡Cojamos nuestras ropas y larguémonos de aquí cagando leches! —mandó. Señaló las bolsas que contenían sus pertenencias y colgaban de las cabeceras de las camas. Miranda, que no se había dado cuenta de que el pedazo de tela que llevaba encima enseñaba más que ocultaba, se giró y contestó:

—¡Vale!

—¡Vaya! Estar bien, lo que se dice estar bien... ¡Estás buenísima! —comentó al ver el diminuto tanga que dejaba al descubierto unas nalgas prietas por la juventud y el permanente ejercicio.

—¿Eh? —preguntó, ajena al motivo de aquel comentario—. ¡Oye! ¡Prohibido mirar! —amenazó con el dedo. Mientras, con la otra mano se tapaba como podía.

—Joder, pues ahora mismo no puedo apartar la mirada. Es más, se me ocurren títulos de películas clásicas y visualizo unas imágenes...

—¿Películas clásicas?

—Sí, *El doctor y su termómetro*, *El hospital de la lujuria*...

—¡Anda ya, pervertido! —soltó con una amplia sonrisa todavía más sofocada.

—TJ, ¿cómo lo vamos a hacer? —inquirió Mike en cuanto llegaron al centro médico.

—Iremos directos al grano. Tú y Logan entraréis montando jarana dentro de urgencias, como si estuvierais borrachos. Yo me colaré detrás de vosotros y los buscaré para cargármelos. —TJ le dio otro trago a la botella de *whisky* para infundirse más valor.

—¿Y luego? —quiso saber Logan, temeroso—. Lo más probable es que tengan cámaras de seguridad.

—Por vosotros no hay problema. Como mucho os pueden caer algunos días en la cárcel por alteración del orden público, y yo, ya me buscaré la vida —aclaró sacando la navaja. Correr ese riesgo era mejor que oponerse a Tommy Lee—. ¿Estáis a punto? ¡Pues adelante!

—¿Cómo puede ser que haya blancos que cuiden a los

putos negros de mierda? —Mike irrumpió en la sala después de darle una patada a las puertas.

—¿Y qué me dices de esa raza infrahumana que se hace llamar "judía"? ¡Esas ratas asquerosas no se merecen ni el aire que respiran! —respondió Logan. Tanto Mike como él tiraban al suelo todo lo que encontraban a su paso.

—¡Seguridad! ¡Vengan en seguida y llamen a la policía! ¡Tenemos a unos hombres que están destrozando todo lo que pillan en urgencias! —avisó una enfermera, que corrió a esconderse.

Los símbolos nazis que llevaban tatuados en las partes visibles de sus cuerpos y la vestimenta no dejaban lugar a dudas sobre su ideología. Los celadores los rodearon con la intención de reducirlos.

—¡Venga! ¡Venid por nosotros, atajo de maricones! —retó Mike blandiendo un bate de béisbol.

En aquel momento y debido al caos reinante en el hospital, TJ entró esquivando los objetivos de las cámaras de seguridad y se fue directo a los *boxes*, navaja en mano. «No», descartó al ver a una vieja en la primera camilla. «No», volvió a repetir en su interior en la siguiente. «No, no y no» continuó negando a medida que se acababan las posibilidades de encontrarlos.

—¡Mierda! —explotó. Agarró a una enfermera que intentaba huir de la sala de urgencias y le gritó—. ¡Escúchame, zorra! Ha ingresado una pareja que ha sufrido un accidente de tráfico. ¿Dónde están?

—¡No me haga daño, por favor! Estaban ahí —sollozó señalando dos camas vacías.

—¿Y ahora? —TJ le tiró del pelo con violencia; nadie osó entrometerse—. ¿Dónde están ahora?

—No..., no lo sé —tartamudeó, con lágrimas en los ojos.

—¡Puta! —La empujó contra un carrito auxiliar que, al volcarse, provocó un gran estruendo—. ¡Mejor que no te vea por la calle, porqué entonces sí que sabrás lo que es bueno! —masculló. «¡Mierda! Me tengo que largar. La policía debe de estar a punto de llegar y los celadores ya habrán reducido a Mike y Logan. A ver cómo se lo explico a Todd y a Tommy Lee...» pensó.

Tommy Lee Morgan

Nacido en el seno de una familia burguesa del sur de Alabama hacía cincuenta y cuatro años, Tommy Lee tenía un aire elegante. El hecho de que viviera en el siglo XXI no disminuía ni un ápice su sentimiento esclavista. Tommy Lee se vanagloriaba con orgullo de sus antepasados en el Ku Klux Klan. Estudió Ciencias Políticas y fue allí donde profundizó sobre la historia de su país y la decadencia del KKK a raíz de la Gran Depresión del 29. Su interés por la supremacía blanca lo llevó a ensalzar al que consideraría su Dios: Adolf Hitler. Leyó su libro, *Mein Kampf* y lo consideró una obra maestra. Para Tommy Lee el nazismo era muchísimo más de lo que había representado el KKK en su máximo apogeo. Creía en la raza aria y en las investigaciones que Hitler había ordenado realizar para encontrar su origen, en los estudios científicos practicados en los campos de concentración y, en general, en todo lo que había predicado el líder germano. Morgan tenía un coeficiente intelectual muy superior al de la media. En la búsqueda de la perfección, cultivaba tanto la mente como el cuerpo, ya que uno de sus lemas preferidos era: "*mens sana in corpore sano*". Su aspecto juvenil hacía que la gente siempre le quitara años. Era rubio con ojos verdes y llevaba el pelo cortado a cepillo. Medía un metro noventa y siete y tenía el cuerpo propio de un jugador de waterpolo. Si a aquella perfección humana se le sumaba una piel tan suave como la de un bebé y una mandíbula cuadrada y orejas pequeñas, el cuadro final era una obra de arte para cualquiera que creyera en la supremacía blanca tanto a nivel físico como intelectual. Tommy Lee era un líder natural que rezumaba carisma. Su razón de vivir era el exterminio de las razas inferiores. Había decidido no tatuarse ni marcarse la piel de ninguna manera, su ideología debía pasar desapercibida y así trabajar en la sombra con más efectividad. Pensó que así sería más efectivo. Fomentó y profundizó las relaciones con aquellas personas afines a sus creencias y, a partir de ahí, creó una red de partidarios al nazismo que cada vez tenía más adeptos. Después de graduarse decidió que quería estar a caballo entre los políticos y la calle, y la mejor opción que se le ocurrió fue hacerse jefe de policía. Gracias a sus contactos no le fue difícil conseguirlo. Cuando tenía ganas de divertirse organizaba una batida por algún barrio marginal y se inflaba a pegar a cualquier negro, hispano o judío que se cruzase en su camino hasta saciar su sed de sangre. Luego borraba las posibles evidencias que le pudieran implicar.

Tommy Lee tenía relaciones con antiguos nazis emigrados en Argentina, políticos de extrema derecha de países del norte de Europa, donde parecían más proclives a aquel tipo de nacionalismos, y también con políticos de su propio país. Estaba contento de la época que le había tocado vivir: la crisis económica y financiera que azotaba a los Estados Unidos y al continente europeo era un perfecto caldo de cultivo para enardecer a las masas y captar a nuevos partidarios. La manipulación era un arte que trabajaría hasta dominar y en el que la sutileza primaría por encima de todo. Eliminar aquellos desechos humanos no se iba a conseguir de un día para otro. Al fin y al cabo, la sociedad era como un rebaño y él estaba dispuesto a ser el pastor. Su objetivo era igualar o superar a quién consideraba su mentor, y como él, también quería dejar su huella en la historia.

Tres

Y ahora, ¿qué? —preguntó Axl agazapado tras un contenedor de basura. Estaba viendo cómo los policías metían con dificultad a los dos *skinheads* en el coche patrulla—. Menos mal que hemos salido a tiempo, si no quién sabe lo que hubiera pasado. Supongo que el incidente de hoy hará que te replantees la investigación, ¿no?

—¿Estás loco? Tendremos que ir con más cuidado, pero mi intuición me dice que aquí hay algo más que una pandilla de extrema derecha liderada por un policía. ¡Este reportaje será espectacular!

—¿Perdona? ¿Has dicho "tendremos"?

—No me dirás que tienes miedo —pinchó con picardía la reportera.

—¿Miedo yo? ¡Si cuando tú aún llevabas pañales yo ya filmaba la guerra del golfo! —exageró Axl, que prácticamente tenía la misma edad.

—Bueno, ¡pues ya está decidido! Coge a Jessie y tu

equipo fotográfico y vámonos a buscar más pruebas. Por cierto, ¿dónde tienes tu cámara de video?

—Le pedí al enfermero de la ambulancia que la guardara. Temí que nos la robaran en el hospital. Veo que no me equivoqué.

—Caray, ahora sí que me sorprendes. No pensé que fueras capaz de dejársela a cualquiera.

—Teniendo en cuenta quién nos seguía y la situación en la que nos encontrábamos... —remarcó Axl—. De todas maneras él es afroamericano. Si le ha dado por mirar la grabación dudo mucho que se la entregue a alguna autoridad legal —y añadió—: Tengo su número de teléfono. Le llamo y la pasamos a recoger, ¿vale? ¿Cuál es nuestro siguiente paso?

—Volver a Jefferson City a buscar más información. —Los ojos de Miranda tenían un brillo que no pasó desapercibido a su amigo.

—¿Volver? ¿Estás loca? Pero si nos están persiguiendo para matarnos, ¿para qué meternos en la boca del lobo? —se sorprendió Axl—. ¿Y a dónde se supone que tenemos que ir? —Ya imaginaba que la periodista no le había descubierto la totalidad del plan.

—A casa del *sheriff*. —Miranda se preparó para recibir el aluvión de improperios que Axl era propenso a soltar.

—¿Qué? —gritó, con los ojos fuera de las órbitas. Le parecía tal locura que, por un instante, olvidó por completo el motivo por el que estaban agazapados—. A ti en el biberón te pusieron marihuana y te has quedado colgada. No lo dices en serio, ¿verdad?

—Muy en serio. Piensa que es el único lugar donde no nos buscaran —afirmó con determinación.

—De remate. Estás loca de remate. —Salió de su escondrijo y sacó el móvil para marcar el número del enfermero.

—Solo tenemos que alquilar otro vehículo y regresar a aquel nido de serpientes —insistió siguiéndole para no quedarse atrás.

—¿Sí? —oyó Axl al otro lado del teléfono.

—¿Leroy? Soy Axl, el accidentado que te ha dejado la cámara.

—Joder, ¿ya os han dado el alta?

—Más o menos, hemos tenido que salir por piernas. Ya te dije que corríamos peligro. Será mejor que nos veamos lo antes posible para no implicarte más de lo necesario. ¿Dónde podemos quedar?

—Venid a mi casa. Está en Duncan Street. Es la casita de color verde. —Leroy agradecía en su interior que se llevaran el equipo. Cuando un compañero lo llamó para explicarle los incidentes sucedidos en el hospital temió por su vida—. ¿Cuánto tardareis?

—No lo sé. El tiempo de conseguir un taxi y llegar hasta allí.

—OK, pues nos vemos en un rato.

—¿Qué ha dicho? —preguntó Miranda expectante al ver que su compañero colgaba.

—Que nos está esperando y que no tardemos. —Se pusieron en marcha cuando los primeros rayos de sol empezaban a despuntar.

—Todd, se me han escapado —confesó TJ—. He podido comprobar que la ambulancia en la que los han traído está aparcada. ¿Se te ocurre cómo averiguar qué enfermeros iban en su interior en el momento del servicio?

—¡Coño, TJ! Parece que tendremos que ponerte una canguro para que hagas las cosas bien y no la vayas cagando por ahí... —recriminó, moviendo la cabeza.

—Pero si he entrado en urgencias para liquidarlos mientras Mike y Logan la liaban —se justificó el subalterno temeroso de defraudar a sus jefes—. A mí ya me han fichado y no puedo preguntar sin que sospechen de mí.

—Tommy Lee, la han vuelto a cagar. ¿Sabes cómo investigar al equipo de la ambulancia que estaba de servicio en el momento del accidente? —TJ oyó cómo Todd interpelaba al máximo representante de la organización.

—Sí. Ahora llamo a un camarada policía para que lo consulte. Dile que si vuelve a fallar, que eche a correr, que yo mismo iré a por él —volvió a escuchar de fondo TJ.

—¿TJ?

—Ya lo he oído. No os preocupéis, que os demostraré

que soy digno de nuestra raza. ¡*Heil* Hitler!

—¡*Heil* Hitler!

—Buenos días. Vengo a ver a Miranda Roval. ¿En qué habitación está? —preguntó Jake, con cierto nerviosismo.

—Buenos días. Enseguida se lo digo. —La administrativa introdujo el nombre en el ordenador—. Lo siento, señor, no nos consta ninguna persona con ese nombre.

—No puede ser. Pero si me han llamado de urgencias y me han dicho que la habían ingresado aquí debido a un accidente de tráfico.

—Un segundo, que me aseguro. —La recepcionista del hospital marcó el número de urgencias—. Perdón, ¿cómo se llama usted?

—Jake Roval. Soy el padre de Miranda —especificó crispado. Desde que le habían llamado del hospital, su estómago era un manojo de nervios. No podía dejar de rememorar el fatídico final que había tenido su esposa años atrás.

—Un segundo, ahora vendrá el doctor intensivista responsable de la unidad para darle una explicación.

La recepción del centro era un bullicio de entradas y salidas y, sobre todo, de emociones. El antagonismo que se vivía allí podía llegar a ser desconcertante. Se podía ver tanto gente con cara preocupada como de felicidad. Cuando los del hospital llamaron para notificarle lo sucedido a su hija, el corazón le dio un vuelco. Él no creía en Dios pero sí en el destino, y anhelaba que a Miranda todavía no le hubiera llegado la hora. No podría soportar que a la niña de sus ojos le sucediera lo mismo que a su madre. Paseaba de manera inquieta por la salita de espera. Las manos le sudaban y su rostro reflejaba el nerviosismo que vivía en su interior. No era habitual que se sintiera así. Era uno de los magnates más relevantes de la industria aeronáutica y se caracterizaba por ser un hombre de acero. En el momento de la llamada se encontraba en Colorado Springs y pudo llegar con relativa rapidez. Si hubiera estado en Boston, lugar donde él tenía su base habitual, o en cualquier otro punto del planeta, la espera le hubiera carcomido por dentro. La incertidumbre le pesaba como una losa, tanto que no le dejaba respirar.

—¿Señor Roval? —interrumpió un médico de mediana edad con la cabeza cubierta de canas y cara de consternación.

—Dígame, doctor. ¿Qué sucede? —No se anduvo con rodeos, como era habitual en él.

—No sé cómo justificar lo injustificable, pero... hemos perdido a su hija y a su acompañante —confesó abochornado el galeno.

—¿Perdón? ¿Mi hija ha muerto? —Jake había empalidecido.

—No, no —negó con rapidez ante el malentendido—. Le explico: cuando los hemos ingresado su hija estaba inconsciente y su amigo en estado de *shock*. Les hemos suministrado un sedante. Mientras estaban a la espera de realizarles un chequeo, han irrumpido unos neonazis que han provocado el caos en la unidad de urgencias. Después de normalizar la situación, hemos continuado con nuestro trabajo hasta que hemos ido en busca de su hija para inspeccionarla. Ha sido en ese momento cuando nos hemos dado cuenta de que había desparecido junto con el señor Jones. Después una enfermera nos ha confesado que había entrado un tercer individuo que ha preguntado por ellos en un tono amenazador. Ahora está con un ataque de nervios. Ya hemos comunicado su desaparición a las autoridades locales y estamos a la espera de que nos informen —narró de un tirón el doctor con la consiguiente descarga de tensión. Había temido aquel momento desde que supo que habían localizado al padre de la afectada y que se tendría que enfrentar a él tarde o temprano—. Lo que sí hemos podido comprobar, gracias a las grabaciones de seguridad, es que han salido por su propio pie.

—¿Puedo verlas? —instó el señor Roval. Temía que su hija se hubiera metido en un reportaje periodístico del cual no supiera salir—. ¿Han reconocido al individuo que ha preguntado por ella? —El frío mecanismo racional del empresario se activó.

—Como no... De todas maneras no sabemos nada sobre el tercer agresor ya que ha eludido todas las cámaras de vigilancia —confesó el médico con la esperanza de que no los denunciara.

—Gracias. —Miranda pagó al taxista el trayecto hasta Duncan Street. En ese momento Axl salía del vehículo en dirección a la casa del enfermero.

—Buenos días. ¿Ha ido todo bien? —Leroy les saludó desde el porche—. Os estaba esperando. ¿Qué ha pasado?

—Nuestros perseguidores han irrumpido en el hospital y nos hemos escabullido como hemos podido —confesó Axl—. No tengo palabras para expresar mi agradecimiento. ¿Tienes la cámara por aquí?

—Sí, toma. —Abrió un armario y sacó a Jessie de su escondrijo—. Un amigo me lo ha explicado. Supongo que debéis tener hambre, ¿no? ¿Queréis desayunar antes de continuar vuestro camino?

—No... —empezó a decir Miranda.

—Sí —cortó Axl antes de que Leroy le tomara la palabra a su amiga—. La verdad es que me muero de hambre. El dragón que tengo dentro se ha despertado.

—¿Dragón? —preguntaron extrañados al unísono Leroy y Miranda.

—Sí, la gente normal tiene un gusanillo... pero como yo paso de esas cursilerías, lo llamo dragón, que refleja más la realidad de mi hambruna.

—Tío, estás como una cabra —rio Leroy. Se dirigía a la cocina cuando llamaron a la puerta.

—¿Quieres que abra? —Se ofreció Miranda.

—Déjalo, solo falta que sea mi novia y le salga una

muñeca blanca. ¡Entonces sí que soy hombre muerto! —dijo el enfermero mientras abría.

—Negro, ¡eres como un jodido sionista y no mereces tocar con tus sucias manos a los de raza pura! —oyó Leroy justo antes de que la navaja de TJ lo degollara.

La escena era surrealista. Allí estaba Leroy, mirando a su agresor e intentando comprender el motivo del ataque. Se llevó las manos al cuello para evitar, sin éxito, que la sangre le brotara a borbotones de la garganta. La puerta, la pared e incluso su asesino estaban salpicados del rojo flujo y le inferían un aspecto *gore* a la habitación. El cuerpo del enfermero, que hasta aquel momento se había mantenido arrodillado, cayó desplomado sin vida al suelo. El charco de sangre tardó poco en aparecer. Cogidos por sorpresa Miranda y Axl intentaban asimilar lo que acababa de suceder. TJ, que ni se había planteado que el enfermero pudiera estar acompañado, también quedó estupefacto al constatar que el sujeto que tenía delante sostenía lo que estaba buscando.

—¡Hostias! ¡Esto sí que es suerte! Ahora vamos a ajustar cuentas. ¡Malditas ratas! —profirió TJ con voz amenazante.

El sicario pasó indiferente por encima del cadáver de su víctima, blandiendo el puñal con peligrosa habilidad.

—Gordo, dame la cámara.

—¡Ni lo sueñes, pedazo de cabrón! —Axl reculó y cogió con más fuerza a Jessie.

—Bueno, como quieras, ya te la cogeré cuando te haya

matado. En cuanto a ti, preciosa... también correrás su suerte. Eso sí, antes pasaremos un buen rato.

—Antes muerta a que me toques un solo pelo, ¡hijo de puta! —Se separó de Axl para obligar al neonazi a que se decantara por uno de los dos.

—Como prefieras. —TJ optó por liquidar primero a Axl.

En ese momento sonó un móvil que hizo añicos la burbuja que se había creado. TJ quedó por un momento desconcertado ya que el teléfono sonaba igual que el suyo. Miranda aprovechó aquel instante para lanzarse con los pies por delante hacia el agresor. Lo atenazó por la cintura con una llave de *capoeira*, y lo derribó. Seguidamente se revolvió con agilidad felina y le pegó un puñetazo en la sien que lo dejó aturdido.

Axl aprovechó aquel instante para asestarle otro golpe en la cabeza, que lo dejó inconsciente.

—¡Vamos! ¡Tenemos que irnos de aquí!

—Pero, ¿y Leroy? —quiso saber Miranda.

—No podemos hacer nada por él. ¡Lo siento, amigo, esto no quedará así! —murmuró por lo bajo. No podía evitar sentirse culpable de su fatal destino—. ¿Quién te ha llamado? Porque desde luego tiene el don de la providencia...

—Mi padre. ¿Qué querrá? —Miranda miró con tristeza el cadáver del enfermero.

—Vámonos. Llamaremos a la policía para avisar del asesinato —apremió Axl.

Axl Jones

No estaba gordo, pero tenía una barriga voluminosa. Su cabeza calva adornada con una cresta, sus tatuajes por los brazos y sus *piercings* en la ceja y en la nariz hacían que la mayor parte de la gente conservadora se apartara con disimulo cuando pasaba junto a ellos. Medía un metro ochenta y, aunque estaba corpulento, se movía con cierta agilidad. Axl era un todoterreno. Había estado en la guerra del golfo trabajando para la CNN y en Perú, cuando estuvo a punto de darse un golpe de estado después del mandato del presidente Fujimori, fue el primero en ofrecerse para mostrar las noticias del país sudamericano. También estuvo presente en el conflicto de la antigua Yugoslavia. Siempre le faltaba tiempo para ofrecerse a ir a los destinos más peligrosos. Tenía cuarenta y cinco años y su vida sentimental era tan caótica como las noticias que filmaba. La aventura tiraba de él, la adrenalina fluía por sus venas y le daba lo que ninguna mujer podría ofrecerle nunca. Aun así, no descartaba ninguna relación, sobre todo si era sexual, y siempre que podía quedaba con alguna de las amantes que tenía en su agenda. Su aspecto, su trepidante personalidad, su *charm*, como a él le gustaba definirla, eran un imán para las féminas. Había viajado por todo el mundo, vivido infinidad de aventuras y experimentado múltiples sensaciones. Su pasión era la imagen. Había estudiado Fotografía y le gustaba tanto llevar a Jessie, su querida filmadora, como a su cámara Nikon.

Conoció a Miranda cuando coincidieron en el Boston Globe hacía ya unos cuantos años. Casi siempre había trabajado como *free lance,* ya que le gustaba la anarquía y odiaba que gente que solo buscaba el beneficio económico por encima de todo, le mandara de manera sistemática. Aún recordaba el día que fue al Globe para ofrecer las fotografías exclusivas de unos traficantes vendiendo mercancías ilegales en el puerto de Boston. Lo habitual en él hubiera sido que las hubiera ofrecido telemáticamente, pero el destino hizo que saliera de su particular zulo y acudiera en persona a la redacción. Compraron la exclusiva y Miranda fue la periodista encargada de cubrir el reportaje. A partir de aquel día, entablaron una sana relación que poco a poco ganó en intensidad. Cuando la reportera emigró a Nueva York para trabajar en el Canal 9 exigió libertad para contratar a sus colaboradores cuando así lo requiriera. Siempre que ella creía tener alguna noticia que podía ser de su interés, se la ofrecía. Se conocían a la perfección y Miranda sabía que para captar la atención de su amigo tenía que darle unos estímulos muy superiores a los de su belleza, que solo era una baza que utilizaba de vez en cuando para conseguir sus objetivos.

La otra gran pasión de Axl, aparte de las cámaras y el sexo, era leer. Su aspecto rebelde transmitía una imagen distorsionada sobre su persona. Cuando alguien entablaba una conversación con él, se daba cuenta enseguida de que la cultura que emanaba de aquel individuo con aspecto de okupa era como el canto de las sirenas. La mezcla de empatía, conocimientos aportados por centenares de libros leídos y experiencias vividas lo hacían irresistible.

Cuatro

Miranda? —preguntó Jake esperanzado.

Había visto las grabaciones y no le cabía duda de que su hija tenía problemas. En su ofuscación por la búsqueda de respuestas que justificaran la desaparición de Miranda se les había pasado por alto la opción más evidente: llamarla. Todo gracias a una enfermera que les llevó café y que sin poderlo evitar, había interrumpido en la conversación entre la dirección del hospital y el empresario para sugerir la opción más evidente para saber el paradero de los desaparecidos. A Jake le faltó tiempo para buscar su teléfono y marcar de forma convulsiva el número de su hija. Los accidentes de tráfico y los hospitales tenían la virtud de neutralizarlo.

—Hola papá, ¿cómo es que me llamas a estas horas?

—¿Dónde estás? ¿Estás bien?

—Estoy en Columbia, cubriendo un reportaje, y sí estoy bien. —Miranda estaba perpleja al ver a su padre tan alterado.

—¿En serio? ¿Estás bien? —insistió más sereno.

—Sí, ¿pero qué te pasa? —Axl la apremiaba para que colgase a la vez que se largaban de casa de Leroy.

—Me han llamado del hospital para decirme que habías sufrido un accidente. Me he puesto en lo peor, pero cuando estos ineptos me han dicho que no sabían dónde estabas, casi me da un colapso nervioso —relató lanzando una furibunda mirada al gerente del hospital que ya no sabía cómo ponerse.

—¡Ay! Lo siento, papá —soltó Miranda con ternura—. Tranquilo, estoy bien. Me he metido en un pequeño lío y las cosas se han desmadrado un poco.

—¿"Desmadrado un poco"? ¿Esa es la definición que le das? —repitió Axl—. Tenemos a un enfermero con el cuello rebanado y a un neonazi maniatado e inconsciente en su casa. Eso por no decir...

—¿Qué ha dicho tu amigo? —interpeló Jake que había oído a la perfección las quejas de Axl.

—Tranquilízate, papá —repitió a la vez que ponía el índice en los labios para indicarle a su amigo que se callara—. Es que el reportaje se ha torcido. Ya hemos llamado a la policía y a una ambulancia, aunque esta última no servirá de mucho.

—¿En qué andas metida? —Jake sabía que no podría disuadir a su hija para que abandonara.

—Me enteré de una escisión que hubo dentro de los Hammerskin y quería investigar sobre ellos. Uno de los cabecillas locales es el jefe de policía de Jefferson City. Este nos ha descubierto y ahora anda detrás de nosotros.

—¿*Hammer* qué?

—Hammerskin. Es uno de tantos colectivos neonazis que existen en nuestro país. Creo que mucha gente los está infravalorando y están preparando una gorda —matizó la periodista—. Estoy elaborando un reportaje, documental o como quieras llamarlo, para reflejar la importancia de este movimiento dentro de nuestra sociedad.

—¿Neonazis? ¿Estás haciendo un reportaje sobre los neonazis? Pero Miranda, esta gente está loca y no atiende a razones. ¿No lo podrías dejar?

—Papá, soy periodista y alguien tiene que reflejar esta realidad. Ya sabes que no me vas a convencer, así que no insistas.

—Lo sé, lo sé... pero anda con cuidado, ¿vale? —admitió muy a su pesar—. Por cierto, ¿cómo se llama ese jefe de policía del que has hablado antes? Puede que Matt sepa alguna cosa de él.

—¿Quieres decir que su área de acción llega hasta tan lejos?

Axl, que se había pegado a ella para escuchar mejor la conversación, olió la suave fragancia que desprendía. Por un segundo se acordó de la imagen del hospital antes de preguntar:

—¿Quién?

—Mathew Davis. Un amigo de mi padre que es juez en Boston. —Miranda no le dijo que además de amigo, también era miembro de la logia masónica de la cuál su padre era el Gran Maestre.

—Es verdad: tu padre y sus contactos —dijo el cámara con un deje de menosprecio. Siempre había repudiado a los ricos y el hecho de que su amiga fuera hija de uno de los más influyentes de la costa Este, tampoco hacía variar sus principios.

—¿Qué dice tu amigo?

—Nada, nada —se afanó a decir Miranda—. Papá, te dejo que tenemos que irnos.

—Ten cuidado. No soportaría que te sucediera nada malo. Te quiero.

—¡Fóllame! —gritó la chica a Tommy Lee arañándole la espalda.

—¿Te gusta así? —Le encantaba mirarse en el espejo y ver sus músculos en tensión mientras la hacía cabalgar sobre él. Aquellas palabras obscenas, el reflejo de los cuerpos desnudos en el cristal, la satisfacción de saber que era capaz de hacer gozar a aquella mujer hasta la extenuación… todo el conjunto hacía que su lívido fuera tan descomunal como la idea que tenía sobre sí mismo—. ¿Cómo te sientes ahora? —siseó con la mandíbula apretada. No paraba de embestirla salvajemente y sabía que ella sería incapaz de articular palabra. Los ojos en blanco, la agitada respiración, los jadeos indicaban que, por tercera vez en aquella sesión, estaba teniendo otro orgasmo.

—Eres... eres el mejor... —consiguió balbucear—. ¡Oooooh! ¿Pero se puede saber de dónde sacas tanta energía?

—Los arios siempre buscamos la perfección en todo lo que hacemos, y tú has tenido la fortuna de que me haya sentido atraído por ti.

Chyntia, su esposa, era rubia, alta, de ojos azules y no tenía nada que envidiar a ninguna modelo de alta costura. Hacía tres años que se habían casado y uno que estaban buscando descendencia. Dentro de la cabeza de Tommy Lee era inconcebible que el motivo fuera su presunta esterilidad. Por eso y porque no quería los servicios de un profesional que les hiciera un diagnóstico, decidió y convenció a su mujer para hacer el amor a cualquier hora y a diario.

—Siento que esta vez será la buena, déjate ir y lléname toda... —le susurró a la oreja. Esas palabras fueron suficientes para que su marido llegara al orgasmo.

—Prepárate, porque te voy a reventar... ahora, ahora, yaaaaaaaaaaa...

La habitación que cada día veía sus encuentros era más bien clásica y austera. Además de una cama extra grande y un enorme espejo había dos mesitas de noche con sus respectivas lámparas, una cómoda y un armario, todo de madera de haya. En la pared había un cuadro en el que ponía una de las máximas de su ídolo: "La gran masa del pueblo puede caer más fácilmente víctima de una gran mentira que de una pequeña" y una cruz gamada en un colgante que reposaba encima del mueble. Para el jefe de policía, el *Fürher* no solo fue un líder carismático, sino también un profeta, tal y como había vaticinado el famoso adivino Nostradamus. El dictador, al que en su opinión, la historia había juzgado de manera injusta, había querido instaurar el Tercer Reich. El capitalismo no dejó que el plan llegara a buen puerto, pero allí estaban ellos para recoger el testigo. Los neonazis continuarían la obra empezada por el caudillo. Solo se tenían que organizar.

El timbre del teléfono sonó como si fuera la señal de que aquel encuentro sexual ya había llegado a su fin.

—¿Esperas alguna llamada? —preguntó Chyntia sudorosa.

—No, la verdad es que esta mañana me la había tomado libre. No tengo ni idea de quién será. ¿Sí?

—¿Tommy Lee?

—Dime Todd, ¿Qué sucede? —sorprendido de que su lugarteniente lo hubiera llamado.

—Me ha llamado un camarada de Columbia. Han detenido a TJ por el asesinato del enfermero, el que pensábamos que tenía la cinta.

—¿Cómo ha sucedido? ¿Cómo ha podido ser tan torpe? —TJ no era el más despierto del mundo, pero de aquello a que le detuvieran con las manos en la masa había un trecho muy largo, incluso para él.

—Resulta que la periodista y su amigo estaban allí y le consiguieron sorprender. Lo redujeron y llamaron a la policía local. Chyntia tendría que ir para sacarlo del atolladero... —propuso. La esposa de Tommy Lee era una de las mejores abogadas de la zona y defendía la causa con una fiereza que, a veces, incluso sorprendía a su marido.

—Tienes razón, ahora se lo digo.

—¡Joder! ¿Estás con ella? No habré interrumpido nada, ¿verdad? —se disculpó Todd. Él sabía hasta que punto Tommy Lee estaba obsesionado por querer un hijo.

—Tranquilo, la suerte está echada —dijo Tommy Lee mientras se levantaba y se miraba una última vez en el espejo antes de dirigirse al baño—. Te dejo, que voy a ducharme. Lo sacaremos.

—¿Qué sucede?

—Ya te puedes vestir. La policía de Columbia ha detenido a TJ por matar a un negro —informó con desprecio.

—El mundo está loco. Aun no entiendo cómo pueden apresar a un hermano por quitar de en medio a una inmundicia. Ya lo dijo el *Führer:* Necesitamos un dictador que sea un genio si queremos resurgir.

—Cariño, solo oírte me excita —confesó al tiempo que le cogía la cabeza con sus manos y la besaba con pasión.

—Anda, vamos a ducharnos que tenemos que preparar nuestra defensa.

—Tienes razón. Llamaré al juez Anderson para que nos eche un cable. —Tommy Lee se refería a uno de los baluartes más representativos del Ku Klux Klan. Él también estaba vinculado a 88—. Suerte que estamos bien situados.

—Ya se van... —susurró Axl. Llevaban un rato apostados a la espera de que el jefe de policía y su esposa salieran de la casa—. ¿Cómo sabías donde vivía?

—Gracias a Harvey, mi informador. Parece que conoce muy bien todo lo relacionado con este grupo neonazi —contestó Miranda tan cerca de él, que este sentía sus erguidos pechos contra su brazo—. Vaya choza tiene, ¿no?

La casa era de madera y tenía unos trescientos metros cuadrados en una sola planta. Una inmensa bandera americana hondeaba en una hasta clavada en pleno jardín.

—Vamos a ver si tiene un punto de acceso por la parte trasera. Siempre será más discreto que intentarlo por la puerta principal, a plena luz del día. —Ambos caminaron deprisa en un intento de pasar desapercibidos—. ¿Y cómo sabes que ese tal Diefenbaker no te está tendiendo una trampa? ¿Qué motivos tiene para chivarse de esos lunáticos? Porque ya se sabe que estos no se andan con tonterías...

—No lo sé pero, ¿por qué motivo me la querría jugar?

—Es cierto, no tendría sentido. Pero puede haber alguna razón detrás, eso lo puedes dar por sentado.

—¡Bingo! ¡Una puerta! Espérate, voy a buscar algo con lo que pueda romper el cristal. —Miranda hizo un barrido con la mirada para ver que podía usar.

—¡Eh! ¡No corras tanto! —El cámara la agarró por el brazo.

—No fastidies que también tienes habilidades para forzar cerraduras.

—Quita, quita, me parece que has visto demasiadas películas. ¿Pero tú crees que todo el mundo sabe abrir puertas con un clip?

—Hombre —se justificó la chica—, como tú has corrido tanto mundo...

—Bueno, en eso tienes razón, y por eso me apuesto lo que quieras a qué la puerta está abierta. Haz los honores.

—¡Pero como va a estar abierta! —objetó escéptica—. Tú sí que sueñ... ¿eh? ¡Borra esa sonrisa de autosuficiencia! —ordenó empujándole juguetona—. ¿Cómo lo has sabido?

—Psique. Hay que conocer la forma de pensar de aquellos que se creen los amos del mundo. Al sentirse superiores y poderosos por infundir el miedo, tienden a pensar que nadie se meterá con ellos, y más si resulta que el capullo en cuestión es el máximo representante de la ley. Es decir, que este individuo debe tener el ego muy pero que muy grande. Seguro que se cree invulnerable en su propia ciudad. —Axl empujó la puerta y le cedió el paso—. Anda, démonos prisa, que no tenemos ni idea de cuándo volverá. No me gustaría que ese espécimen nos pillara aquí.

—Tienes razón. Registremos la casa por si encontramos alguna cosa. Ve con cuidado —apremió Miranda—. Voy a ver si tiene despacho.

«Joder, sí que es austero este tío..., parece un monje»

pensó Axl. El suelo estaba cubierto de una moqueta oscura. Las paredes estaban desprovistas de cualquier objeto decorativo y los muebles, de línea colonial, eran muy sencillos. Había un gran contraste entre el Hummer H3 que acababan de ver y el contenido de la casa, parecían ser de personas diferentes. Lo único que destacaba era la cantidad de fotos familiares que había encima de la chimenea, ya fueran de Tommy Lee y su esposa o de sus padres y hermanos.

—¡Axl, ven! —avisó en voz baja la periodista.

—Caray, esta acaba de pegar un polvo. Todavía se respira a sexo en el dormitorio.

—¿Has encontrado alguna pista? —Miranda no paraba de abrir y cerrar cajones sin ver nada que despertara su curiosidad—. ¡Joder! ¡Este tío tiene la casa más ordenada que yo!

—Y con lo buena que está la tía... —continuó Axl todavía ensimismado por la visión de aquella despampanante rubia que había visto subir al vehículo del policía.

—¡Axl! ¿Quieres estar por lo que hemos venido? —Definitivamente era incorregible.

—¿Has mirado en la papelera?

—No. ¿Pero tú crees? —empezó a decir mientras él registraba en su interior.

—¡Ajá! Creo que ya tenemos un hilo de donde tirar.

—¿Ah, sí? ¿Y qué te hace pensar eso?

—Un extracto bancario en el que una fundación llamada Reldeih le ingresa con regularidad al jefe de policía treinta mil dólares. —La satisfacción de Axl era evidente.

—Pues sí. —Miranda se sentía afortunada de tener a su lado al cámara. Su pericia le estaba viniendo de perlas para el reportaje—. Cómo bien dices, parece que ya tenemos por dónde continuar. Además este extracto nos vendrá bien como prueba.

Harvey Diefenbaker

El alcohol había ganado la batalla. Su origen familiar había desembocado en aquellos horribles sucesos y el tormento y la vergüenza no lo habían abandonado. La infancia vivida había provocado que se refugiara en cualquier bebida que tuviera más de treinta grados. Su padre, Fritz Diefenbaker, había sido un ferviente seguidor tanto del *Führer* como de Joseph Goebbels. Tanto era así, que se afilió al partido Nacionalsocialista y no paró hasta conseguir ser uno de sus ayudantes en el Ministerio de Propaganda. Incluso ayudó a organizar la quema de los veinte mil volúmenes de libros en la plaza de la Universidad de Berlín. Nazi hasta la médula, educó a sus hijos, Franz y Harvey, basándose en el odio hacia los sionistas. Cuando iban hacia los campos de exterminio Fritz, duro y frío como el acero, instaba a Harvey a disparar y rematar a los judíos sin ningún tipo de miramiento sobre su sexo o edad. Su primera víctima fue un niño de su misma edad: ocho años. Incluso competía con su hermano Franz en ver quién era más cruel.

Años después aquel chico alto, delgado, de cabellera morena y con la cara marcada por el acné, seguía sin dar importancia a la vida de aquellas personas, ya que para él no eran sino insectos que tenía que eliminar. Su padre, su madre, todo su entorno disfrutaba de aquel entretenimiento como si fuese un *hobby*. Le animaban a realizar las salvajadas más impensables y le aplaudían y vitoreaban. Harvey, contento por la atención que llegaba a captar, aumentaba de forma gradual el nivel de sadismo. El día que conoció al canciller del Tercer Reich, se quedó impresionado por el magnetismo que emanaba. Así transcurrió su adolescencia, en un mundo de barbarie continua que, lejos de ser penalizada, se recompensaba. Todo empezó a cambiar cuando un día su padre le dijo que tenían que hacer un último favor a su jefe. En aquel entonces los rusos atacaban sin cesar a los alemanes, y la derrota se olfateaba. Cuál fue su sorpresa cuando vio que Goebbels y su esposa se ponían de rodillas justo antes de que su padre los ejecutase y prendiese fuego a los cadáveres. Acto seguido, Fritz cogió a su mujer e hijos y huyeron a Buenos Aires.

Allí se camuflaron y empezaron a ponerse en contacto con otros disidentes que habían huido como habían podido tras la caída de su ídolo. Con el tiempo, Harvey empezó a tomar consciencia de lo que había hecho y los fantasmas de sus víctimas empezaron a desvelarlo cada noche, haciendo que buscara refugio en el *whisky*, ron o lo primero que pillase. Ya en aquel entorno, el joven ario empezó a obsesionarse con una idea, que era averiguar la identidad de su primera víctima. Necesitaba saber si todavía tenía hermanos o familiares que hubieran sobrevivido al holocausto. Así encontró a Saúl Larski, hermano de Leopold Larski, que había sido una de las ochocientas personas incluidas en uno de los listados más famosas de la historia. Esa lista, que constaba de trece páginas, fue el salvoconducto hacia una vida que ya habían perdido de antemano y se la bautizó como *La Lista de Schindler*. La redención no llegó con el alcohol, ni siquiera el valor para suicidarse pero, con la ayuda de Larski, se propuso ayudar a los judíos y repudiar todo lo que un día su padre le enseñó. Dejó Buenos Aires para trasladarse a Nueva York con la pretensión de empezar una nueva vida en la ciudad americana y en un vano intento por alejarse de los últimos vestigios del nazismo que aún quedaban latentes en Argentina. Aun así, los fantasmas nunca lo dejaron en paz y se sumió cada vez más en una profunda tristeza. Un día el destino hizo que Miranda Roval se cruzara en su camino y, en un momento de sobriedad, le explicó lo que había oído en los cerrados círculos neonazis. Saúl le había pedido, para tormento de Harvey, que no se desvinculara nunca del movimiento para tener un infiltrado en el mismo seno del enemigo.

Cinco

TJ, tienes que darles caza y recuperar la cinta. Da lo mismo el orden en que lo hagas, pero consíguelo —ordenó Tommy Lee después de que Cynthia consiguiera librarle de los cargos que le habían imputado.

—Gracias, Tommy Lee, no lo olvidaré, te lo juro —repitió por enésima vez TJ—. ¿Te puedo hacer una pregunta? —Lo idolatraba tanto como le temía.

—Dime.

—¿Cómo lo habéis conseguido? —Había dado por hecho que lo ejecutarían como si fuese un perro rabioso.

—Bueno, gracias a que conocemos a una persona con cierto poder y afín a la causa. Ha conseguido que el arma homicida apareciera con las huellas de un negro adicto al *crack* y Chyntia ha argumentado que tú solo querías robar y que, desgraciadamente, te has visto involucrado en el asesinato. —El juez Anderson había conseguido cargarse a dos negros de un solo tiro—. Hemos pagado una fianza, y ya está.

En aquel momento se encontraban en la sede social donde se reunían con frecuencia. Allí había toda la propaganda que el jefe de policía no tenía en su casa: música de grupos producidos por Panzerfaust Records, banderas, esvásticas, fotografías de los ídolos del nazismo e incluso una pequeña biblioteca donde se amontonaban los libros relacionados con el movimiento y, como no, varios ejemplares de *Mi lucha*. En un rincón estaba la mesa ovalada donde Tommy Lee y sus lugartenientes discutían y planeaban las acciones a realizar y en el extremo opuesto había un atril ante suficientes sillas como para albergar a trescientos oyentes. Por todas las paredes se podían leer máximas del Tercer Reich que, como no podía ser de otra manera, incitaban al odio racial y a la supremacía blanca. Habían diseñado aquel local para que fuera una herramienta propagandística más y sirviera para poder captar a los nuevos adeptos que se mostraban interesados y promover, de paso, la ira de los ya afiliados.

—¿Tienes alguna idea de por dónde puedo empezar? —inquirió TJ.

—Supongo que se habrán cagado de miedo y habrán regresado a Nueva York. Ella trabaja para el Canal 9 y vive en el Soho, en el 150 de Green Street. A su compañero todavía no lo hemos identificado, pero estoy en ello, ya que he encargado analizar las huellas dactilares que ha dejado en el vehículo accidentado. Para cualquier cosa, llámame a mí o a Todd. Aquí tienes dinero para cumplir con tu cometido. Si necesitas ayuda, no dudes en acudir a nuestros camaradas Hammerskin de la zona, o incluso a los Blood & Honour o al Partido Nazi Americano... Tú mismo, pero quiero a esa perra muerta. En un caso así, todos nos ayudarán, ¿entendido?

—Entendido —respondió a su vez sin dejarse amilanar. Aquellos malnacidos ya le habían reducido una vez y no le volverían a dejar en ridículo. La paciencia del jefe tenía un límite y él había agotado su crédito.

«Vamos, bonito, a ver qué me explicas» pensó Miranda ante la pantalla de su ordenador. Se encontraba sola en su apartamento y ya se había acomodado con la intención de continuar sus pesquisas a través de la red. Hacía un día que habían llegado de Jefferson City y Axl se había ido a realizar copias de seguridad. Vivía en uno de los típicos *lofts* que tan famoso habían hecho el conocido distrito del hierro fundido, conocido como Soho. Aunque su sueldo como reportera no estaba mal, nunca hubiera podido pagar las desorbitadas cantidades que se pedían por la adquisición de uno de aquellos apartamentos. Su padre, conocedor de los selectos gustos de su hija, se lo regaló para su vigesimonoveno aniversario. Se lo había comprado a un conocido artista que había querido deshacerse de él y ella, lejos de hacerle ascos al obsequio, mantuvo el aire bohemio que este le había dado. La claridad y el amortiguado ruido del incesante tráfico de la Gran Manzana eran acompañantes de las averiguaciones de aquella relajada mañana. El equipo de música Bang & Olufsen reproducía uno de los éxitos más conocidos de Phil Collins, *Another day in Paradise*. Eso y el aroma del café, que había ido a buscar al Dean & Deluca de la calle Broadway, le daban el toque hogareño que necesitaba para recuperarse de los últimos acontecimientos. Esperaba que Axl apareciera de un momento a otro, ya que habían quedado para continuar con la investigación y establecer cuáles serían los siguientes pasos a realizar. Aunque eran las ocho, Miranda ya había hecho *jogging* hasta el Central Park y practicado aikido con un grupo que conocía de fervientes seguidores de la filosofía de su fundador, el *O'sensei* Morihei Ueshiba. Estos se reunían a diario, y ella, cuando su ajetreada agenda se lo permitía, se sumaba a ellos.

«Reldeih, Fundación Reldeih, con razón social en Buenos Aires, Argentina», se dijo Miranda a sí misma después de haber tecleado en el buscador el nombre que habían visto en el resguardo de ingreso del jefe de policía. «Caray, esta fundación parece inmensa» continuó antes de que la interrumpiera una llamada en la puerta.

—¡Ya era hora, Axl!

—¿Ya era hora, zorra de mierda? —espetó TJ. Antes de que pudiera reaccionar la golpeó en el vientre con un bate de béisbol—. ¿Ahora ya no me haces aquellas mierdas karatekas del otro día? —preguntó a la vez que le propinaba un rodillazo en la cara que la dejó sin sentido—. ¡Uy! ¿Te he hecho daño? —insistió con sarcasmo atizándole un tercer golpe en la cara ensangrentada—. ¡Eso te enseñará a no meterte con nuestros hermanos, jodida periodista! —Cuando levantaba el bate para reventarle la cabeza llegó Axl. Vio el dantesco panorama y aprovechó a que TJ estaba de espaldas para asir a Jessie con firmeza y asestarle un fuerte golpe en la nuca. No paró hasta que el cráneo se hundió con un ruido espeluznante.

—¿Pero cómo te han podido soltar tan pronto, cabrón? —le preguntó con la cara y las manos manchadas de la sangre—. ¡Miranda, por favor, no te mueras! —suplicó alarmado por la apariencia de su amiga. Al comprobar que todavía respiraba, aunque con dificultad, se calmó. Después de examinarla, inspiró profundamente y procedió a ponerle en su sitio la maltrecha nariz. Todavía recordaba las pocas veces que él se la había tenido que recolocar. El dolor que le infligió, atravesó su inconsciencia y la hizo volver en sí con un lamento que lo dejó sordo. El instinto hizo que pensara que su agresor la continuaba atacando, y empezó a patalear para repelerlo.

—Tranquila, tranquila. —Axl no paraba de acariciarle el pelo entre amorosos susurros—. Ya pasó todo. Quédate tendida, que ahora vengo —aconsejó antes de ir a la cocina a buscar trapos y agua para limpiarle la cara—. Cuando estés más relajada iremos a que te visite un médico para que te deje esa preciosa naricita en perfecto estado, ¿vale? —bromeó para quitarle hierro al asunto—. De hecho, ahora tenemos un problema bastante más grande —indicó señalando al cadáver.

—No me acuerdo de nada... solo que abrí la puerta pensando que eras tú y ya está —balbuceó entre sollozos todavía impactada—. Suerte que has llegado, si no me hubiera matado.

—Ya te dije que esta gente era peligrosa y, por mucho que sepas artes marciales, nada te puede librar de esta gentuza. Por cierto, si pensabas que era yo, ¿no llevabas demasiada ropa? —preguntó mientras le aseaba el magullado rostro y conseguía que entre lágrima y lágrima saliera una pequeña sonrisa—. Lo que no llego a entender es cómo han podido dar contigo con tanta rapidez, y lo peor de todo, cómo lo han podido soltar si tenemos en cuenta que lo dejamos maniatado, con un cadáver y el arma homicida con sus huellas.

—Bueno, ya te dije que aunque este grupo se haya escindido de los Hammerskin no significa que sean cuatro pelagatos. Cuando investigué al jefe de policía pude comprobar que venía de una familia bien posicionada y con antepasados vinculados al Ku Klux Klan —explicó, recuperándose poco a poco de lo acaecido—. Gracias —reconoció con sinceridad a la vez que le besaba con ternura en los labios.

—Para, para, que me voy a poner cachondo y ya solo me faltaría tener relaciones sexuales en presencia de un cadáver. Además, si el otro día no me hubieras salvado tú con aquel salto de tigresa, hoy no estaríamos aquí, o sea que vamos uno a uno. Además somos un equipo, ¿no? —recordó Axl que todavía se mantenía arrodillado al lado de la periodista—. Lo que si voy a necesitar es una grúa para levantarme. Por cierto, ¿cómo se hacen llamar estos tarados? Lo digo porque ya que esto va a acabar mal, por lo menos quiero saber con quién me las tengo...

—88. Aunque no entiendo el por qué de un nombre así. Lo encuentro raro —confesó Miranda.

—*Heil* Hitler.

—¿Perdona? —dijo sin entender el por qué de aquel comentario.

—*Heil* Hitler —repitió el cámara—. Hache y hache, la letra que se encuentra en la octava posición en el alfabeto. Es uno de los muchos saludos en clave que llegan a utilizar los neonazis para identificarse.

—Desde luego, eres una caja de sorpresas... ¿y tú cómo lo sabes?

—Bueno, ya sabes que soy un tío muy culto —respondió dándoselas de importante—. Vale, vamos a ponernos manos a la obra y a analizar la situación.

—Tienes razón.

—¡Oh! ¡Mierda!

—¿Qué pasa? Por el muerto no te preocupes, ya les diré a la policía cómo ha ido todo y supongo que podré alegar defensa propia —propuso Miranda.

—¡Me he cargado a Jessie sin querer! —confesó al comprobar el estado en el que había quedado su vieja cámara—.

Esto sí que te va a costar de compensar, la he roto para salvarte la vida. Por cierto, antes de llamar a la poli, ¿no sería mejor hablar con tu padre?

—¿Mi padre? ¿Qué pinta mi padre en todo esto?

—Créeme, con un padre como el tuyo y con el fiambre que tenemos, pinta mucho —dictaminó Axl a la vez que cogía el móvil de Miranda de encima del mueble y se lo tendía—. ¿Has descubierto algo de la empresa que le ingresa el dinero a nuestro amigo?

—No, estaba en ello cuando este llamó a la puerta. Solo sé que no es una empresa, sino una fundación y que actúa a nivel mundial. La sede está en Buenos Aires.

—Esto no huele nada bien. ¿Qué pintará una fundación argentina que ingresa dinero con tanta regularidad a un jefe de policía neonazi?

Miranda marcó el teléfono de su padre con cierta reticencia. No le hacía ninguna gracia inmiscuirlo en sus problemas. Ella siempre le había querido demostrar su independencia.

—¿Papá?

—¡Hola, hija! ¡Qué alegría! ¿Cómo te encuentras?

—Creo que estoy metida en un pequeño lío —empezó a decir Miranda sin saber cómo se lo soltaría.

—¿Por culpa de tu reportaje?

—Antes de nada, no me digas "te lo advertí", ¿vale? —Aunque su padre le hubiera comprado aquel *loft*, siempre había querido destacar por su autosuficiencia. Incluso cuando él le pagó la carrera ella le prometió que en cuanto tuviera un sueldo le devolvería hasta el último dólar. Al cabo de tres años de haber finalizado su educación cumplió su palabra y liquidó la deuda—. Me acaban de intentar asesinar y...

—¿Eh? ¿Pero estás bien? ¿Te han hecho daño? —Jake no pudo evitar que, por segunda vez en muy poco tiempo, se le volviera a encoger el estómago.

—Tranquilo, papá. Estoy bien. Un poco magullada, pero bien. He tenido suerte de que la cosa no haya ido a más gracias a la intervención de Axl, que ha llegado justo a tiempo —empezó a decir mientras se miraba en el espejo y este le devolvía el reflejo de un rostro inflado y amoratado. Sabía que tarde o temprano tendría que soltar la bomba que tenía entre manos. Hizo una dramática pausa y dijo:

—En el forcejeo mi agresor ha muerto.

Silencio.

—¿Papá?

Silencio.

—¿Estás ahí? —insistió pensando que se había quedado sin cobertura.

—¿Dónde te encuentras ahora mismo?

—En mi apartamento, estoy al lado del cadáver del hijo de puta que ha intentado acabar conmigo —dijo con la voz desprovista de cualquier sentimiento—. Axl me ha aconsejado que te llame.

—Dale las gracias de mi parte —agradeció con sinceridad. «Menos mal que ese chico, aparte de sentido común, tiene cierta influencia sobre Miranda» pensó—. ¿Lo conocías?

—Sí, cuando estuvimos en Columbia lo redujimos y lo entregamos a la policía por haber asesinado a un enfermero. No entiendo cómo ha salido ya de la cárcel.

—¿Crees que ha querido ajustar cuentas o que se debe al reportaje?

—Seguro que la venganza tiene su peso, pero me inclino más por la segunda opción. Además, acuérdate de que ya intentaron liquidarnos en el hospital. Creo que buscan la grabación.

—¿Cuál es tu siguiente paso?

—No lo sé, doy por hecho que si voy a las autoridades podré justificar la agresión y Axl saldrá impune.

—Tienes razón, pero eso nos pondría en el ojo de un huracán mediático que no creo que nos interese. Si esto no hubiera sucedido, ¿cuál sería tu siguiente paso?

—Continuar con la investigación. Creo que se está cociendo algo muy gordo. Tenía pensado irme a Argentina porque hay una fundación que está detrás del grupo neonazi sobre el que quiero escribir.

—Hija, ¿todavía no has escarmentado?

—¡Papá!

—Vale, vale... ¿Cómo se llama la fundación? Miraré qué puedo averiguar por mi cuenta —bufó resignado. Si no podía convencerla, por lo menos la ayudaría tanto como pudiera para que terminara el reportaje lo antes posible.

—Fundación Reldeih. Y el grupo neonazi al que subvenciona se llama 88.

—De acuerdo. Sobre el jefe de policía Matt todavía no sabe nada. Por lo que respecta al cadáver, vete y ya me encargo yo de hacerlo desparecer —organizó Jake pensando en los contactos que tenía en Nueva York—. Cuídate, pequeña.

—¿Qué te ha dicho? —quiso saber Axl.

—Que nos vayamos, que ya se encarga él del muerto.

—Hale, pues si nos tenemos que ir a Argentina, prepara la maleta. Luego iremos al médico para que te vea la nariz. De camino al aeropuerto pararemos en mi casa para coger el equipo, el pasaporte y algo de ropa. Ya puedes ir comprando billetes para el primer vuelo que salga.

—¿Te puedo hacer una pregunta? —inquirió Miranda presa de una enorme curiosidad.

—Dime.

—¿No tienes remordimientos por haber matado a un hombre?

—No. No tenía ninguna opción, era o él o tú, y la decisión ha sido fácil —respondió encogiéndose de hombros—. Por otro lado, haber eliminado a un indeseable como este no me quita el sueño. El mundo estará mejor sin este capullo. Por cierto...

—¿Sí? —dijo a la vez que paraba de meter ropa en la mochila.

—Ahora que vamos a un hospital, ¿me volverás a enseñar ese culito tan bonito que tienes? —provocó. Dio un giro tan inesperado a la conversación que Miranda no pudo evitar echarse a reír.

—¡Tonto! —soltó a la vez que le tiraba la primera pieza de ropa que pillaba—. ¡Uy! —Se quejó al reavivar el dolor de la cara.

Cuando Axl examinó el diminuto tanga que le había lanzado instintivamente, silbó con lascivia para más vergüenza de su agresora.

—¡Qué bonito! Va, deja de provocarme con tu ropita interior sexy y espabila, no vaya a ser que este cabrón haya venido acompañado y suban más. —Cogió la maltrecha cámara y la limpió como pudo de los restos de TJ. Con pesar, se dirigió a Jessie en voz baja—. Después de tantas aventuras vividas, no se me habría ocurrido un final mejor para ti. Por cierto —dijo alzando la mirada y la voz—, aquel contacto que tenías que te dio el chivatazo de Jefferson City, ¿cómo se llama?

—Harvey Diefenbaker ¿Por...?

—Porque antes de irnos tendríamos que pasar a verlo.

Saúl Larski

Era pequeño, enjuto, y tenía unas cejas morenas jaspeadas de canas tan pobladas que hacían parecer sus ojos aún más diminutos. Había visto las atrocidades de una guerra mundial liderada por un genocida que había querido exterminar todo un pueblo, su pueblo. Tenía la mirada vivaz e inteligente y denotaba que la llama que ardía en el interior de aquel cuerpo curtido por mil batallas distaba mucho de querer apagarse. Había pasado más de medio siglo desde que vio cómo un niño moreno, de la misma edad que su hermano menor Leopold, uniformado, con la esvástica en el brazo y con una Luger en la mano, se dirigía hacia ellos acompañado de un par de hombres. No paraban de reír al pensar en lo que iba a suceder dentro del campo de concentración en el que estaban hacinados él y su familia.

—Judío, ven aquí —ordenó con autoridad aquella voz infantil que Saúl nunca más podría olvidar.

Leopold avanzó asustado, mirando de reojo a sus

progenitores. La madre prorrumpió a llorar y el padre se lanzó al suelo y se arrastró hasta aquellos individuos. Les imploró que no le hicieran nada a su hijo menor pero eso pareció entusiasmar más a aquellos cargos de alto rango.

—Vamos, Harvey, disfruta de tu regalo de cumpleaños —apremió su padre entre las chanzas de su colega.

—He dicho que te acerques, judío —mandó de forma tajante y escupiendo con desprecio la palabra "judío".

Leopold, que no entendía por qué lo trataban de aquella manera, empezó a llorar y haciendo de tripas corazón, caminó hacia aquel chico mientras luchaba en su interior por no dar la vuelta e irse al regazo de su madre, que abrazaba con fuerza a sus hermanos, Saúl y Sabrina. Esta le decía en *yiddish* que no tuviera miedo, que el Señor estaba a su lado. El padre suplicaba una y otra vez entre lloriqueos que no hicieran daño a su vástago, para más hilaridad de los allí reunidos. El marco era desolador: casetas de madera, lodo por doquier, judíos que vestían con ropas andrajosas y que estaban desprovistos de cualquier rastro de personalidad. No les quedaba ningún resto de aquel orgullo que habían tenido antes de la guerra y era como si sus identidades se hubieran arrastrado entre los alambres de espino que los rodeaban, eliminando cualquier vestigio humano. Allí estaban Harvey y Leopold, uno frente al otro. El niño ario, el de la supuesta raza superior, el que creía ser puro, alzó con frialdad la pistola y, envalentonado por la actitud de su padre y la de su amigo, Goebbels, disparó a la frente de aquel chiquillo cuyo único delito era haber nacido judío en plena Segunda Guerra Mundial. A lo largo de su vida Saúl mantendría aquella imagen tan nítida en su mente como en el momento en que ocurrió. Quedó marcado para siempre. Aquel no fue su único infortunio. Días más tarde, lo separaron de sus padres y hermana y nunca más volvió a saber de ellos. Cuando salió del campo de concentración, nada quedaba del niño feliz e inocente que había sido. Una parte de él murió junto a su familia pero la otra sobrevivió para cumplir la venganza que se había jurado. Alimentó el odio hacia Harvey y cualquier nacionalsocialista que hubiese apoyado o apoyara el régimen hitleriano a lo largo de su vida. Su *vendetta* personal consistiría en desarticular todas y cada una de las tramas que hubieran creado aquellos seres despiadados, eliminar a cualquier nazi que no pudiera llevar ante los tribunales y ayudar a las víctimas que sobrevivieron al holocausto.

Un día, muchos años más tarde, el destino hizo que el asesino de su hermano diera con él. Había consagrado su vida entera a intentar dar con Harvey para llevarlo ante la justicia. Después de intercambiar unas palabras y de aceptar las disculpas de aquel hombre atormentado por su pasado, encontró la oportunidad de darle una nueva dimensión a sus represalias.

Seis

Tommy Lee, tenemos un problema —dijo Todd tan pronto como se encontraron en la sede.

—¿Cuál? —preguntó el jefe de policía sin imaginarse por dónde le saldría su lugarteniente.

—TJ ha aparecido muerto en el río Hudson.

—¿Qué? ¿Cómo ha sido?

—No lo saben. Lo único que me han dicho es que presentaba un traumatismo craneoencefálico.

—¿Y tú cómo te has enterado?

—Por un colega de los Hammerskin. Hace tiempo TJ y yo nos encontramos con él en un concierto y, al ver su foto publicada, lo ha reconocido y me ha llamado enseguida.

—Por casualidad, no te habrá comentado si han aparecido más cadáveres, ¿no? —apuntó el líder de 88 con un brillo expectante en su mirada.

—En Nueva York cada día aparece un cadáver... pero si te refieres a la puta periodista y a su colega, no. No ha aparecido ninguno de ellos —confirmó Todd, para enojo de su jefe.

—¡Esos cabrones tienen más vidas que un gato, y ya me estoy cansando de ellos! Busca la foto de ella por internet y pon las descripciones de ambos. Envíalo a la fundación para que lo distribuyan entre todos los hermanos a nivel mundial. Matiza que aparte de querer denunciar y sabotear nuestro movimiento, también se han cargado a un camarada. El primero que los elimine, que avise.

—Tranquilo, ya me encargo. ¿Algo más?

—Sí, aunque difundamos la descripción, diles a nuestros camaradas de Nueva York que no dejen piedra sin remover, no vaya a ser que todavía estén en Manhattan.

—Harvey, Harvey —zarandeó Miranda acostumbrada a los desvanecimientos que solía tener su confidente por las ingentes cantidades de alcohol que se tomaba a diario—. ¡Despierta!

—¿Uh? —murmulló todavía semiinconsciente.

—Vamos, Harvey, despierta, no tenemos tiempo que perder —insistió moviendo el cuerpo inerte del ex nazi.

Axl observaba en silencio el diminuto apartamento que tenía el alemán en el Bronx. Estaba sucio y desordenado. Las botellas de *whisky* vacías se amontonaban por doquier e indicaban que aquel cuerpo ya se encontraba embalsamado antes de que le llegara su hora. El olor que inundaba la estancia era tan nauseabundo que el cámara no dejaba de preguntarse hasta dónde podía llegar la decadencia humana.

—¡Joder, Harvey! ¡Despierta ya, coño! —Miranda perdió los nervios. El primer vuelo que habían encontrado hacia Argentina era de American Airlines, salía en tres horas y, aunque ya tenían los equipajes a punto, nunca se podía confiar en el tráfico de aquella ciudad.

—¿Qué pasa...? —logró articular con una voz gangosa. Sus ojos intentaban enfocar a la periodista y a su amigo—. ¿Qué te ha pasado?

—¡A ver, jodido borracho! —interpeló Axl también con la paciencia al límite. Levantó en volandas a aquel despojo humano—. ¿Qué sabes de una fundación que financia a los neonazis?

—¿Te refieres a Reldeih? —pronunció no sin ciertas dificultades el alcohólico—. Nada, aparte de que lo dirige Hugo Franzolini y que si de verdad queréis saber más sobre esta gente tendríais que hablar con Saúl Larski. Es un askenazí, a ver si encuentro su número de teléfono. —Diefenbaker buscaba con torpeza encima de la mesa y tiraba sin querer las botellas vacías.

—¿Aske qué? —volvió a preguntar Miranda, que no había oído nunca esa palabra.

—Los askenazíes son los judíos de las regiones centrales y orientales. Se llaman así también para diferenciarse de los sefarditas, que son los provenientes de España y de las partes meridionales de Europa —aclaró Axl.

—¿Y cómo podemos dar con Hugo Franzolini? —interrogó Miranda.

—¿Piensas que soy una guía telefónica? Búscate la vida, los periodistas sois casi investigadores privados, ¿no? —se quejó el viejo—. Aquí tienes —dijo tendiéndole el trozo de papel donde había anotado el teléfono de su redentor.

—Miranda, déjalo. Vámonos, que si no perderemos el vuelo. —Sintió pena por el viejo y deseó no acabar nunca así.

—Hola, Jake —saludó Mathew Davis.

—Hola, Matt —correspondió Jake con afectividad.

Ya hacía años que conocía al juez Davis y su amistad se había ido fortaleciendo con el paso del tiempo. Jake admiraba profundamente a Matt, que era una persona intachable, luchadora y de principios inquebrantables. Cuando, además, estrecharon los lazos con su incorporación en la logia masónica de Boston, el magnate Roval sintió que ganaba un hermano, cosa que acabó confirmando con el trágico accidente de su esposa. Matt se volcó en él y le ayudó con su hija y le tendió una mano cuando más lo necesitaba. Como masones, disponían de muchísima información. Estaban presentes en todos los continentes y además, a lo largo de los años, habían tejido una extensa red que llegaba a los estratos sociales más relevantes de la sociedad, convirtiéndolos en uno de los poderes fácticos más poderosos.

—¿Has conseguido averiguar algo sobre lo que te pedí? —preguntó Jake mientras tomaba asiento en el Oak Room, uno de los más aclamados restaurantes de Boston.

—Sí, y no te va a gustar. Miranda se está metiendo de lleno en la boca del lobo. —Matt pidió al camarero una copa de Chardonnay para ir abriendo el apetito.

El restaurante, que se encontraba en uno de los hoteles más emblemáticos de la ciudad, el Fairmont Boston Copley Plaza, era uno de los preferidos del juez. Este había sido inaugurado en 1912 y había formado parte del pasado de la ciudad. Para Davis, amante de la historia americana, era un privilegio el poder disfrutar de aquella sala. La decoración estaba casi intacta: lámparas de araña, cortinas que cubrían unos ventanales enormes, mesas con sus respectivas butacas y lamparitas individuales, la roja moqueta e incluso la cabeza de venado que observaba desde la pared. Lo único que no se conservaba era el ángel, que según la leyenda, había pintado el artista John Singer Sargen y que después de una renovación se ocultó con otro fresco.

—Continúa, por favor.

—Ni siquiera yo he podido averiguar todos los entramados de las empresas y fundaciones que hay tras la que tú me nombraste. Parece que hay una sociedad a nivel mundial que las aglutina a todas, incluyendo a la fundación Reldeih. Se llama Schicklgruber. Dentro de esta telaraña empresarial está Wolfadel, una empresa vinculada al tráfico de armas, aunque nunca se ha podido demostrar —reveló Matt—. Ya sabes que aprecio a Miranda como si fuera mi propia hija, y por ese mismo motivo te aconsejo que la presiones para que abandone la investigación.

—Ojalá pudiera, pero ya sabes lo tozuda que es. Solo espero que ella y su amigo sepan protegerse —comentó afligido Jake—. Lo único que puedo hacer es estar en permanente contacto con ella para lanzarle un salvavidas cuando lo necesite. Además, aún no lo sabes todo, ya la han intentado asesinar dos veces.

—¡No fastidies!

—Sí, se ve que en Columbia un desgraciado intentó matarlos cuando estaban en el hospital. Luego degolló a un enfermero afroamericano delante de ellos y Miranda y su amigo lo consiguieron reducir. Llamaron a la policía para que lo detuviera. Se largaron a Manhattan con la intención de desaparecer del mapa, ya que su otro perseguidor es el jefe de la policía de Jefferson City, al que te pedí que investigaras.

—¡Ah, sí! Tommy Lee Morgan —interrumpió su hermano masón ante la sorpresa de Jake—. Dentro del *holding* empresarial del que te he hablado él es como un tiburón: sanguinario, inteligente e implacable. Ha creado otra organización neonazi que se hace llamar "88", aunque creo que no es una cualquiera. Además, Morgan viene de una familia muy vinculada al poder de la supremacía blanca, y aunque él ahora ya no pertenezca al grupito de los cucuruchos blancos, continúa teniendo una relación muy estrecha con su máximo representante, el juez Dennis Anderson.

—Ahora lo entiendo. —Roval suspiró.

—¿El qué?

—Primero, el cómo la han localizado con tanta rapidez, y segundo, el hecho de que, aunque no sé cómo, el asesino se librara con tanta facilidad de la justicia aun teniendo todas las pruebas en su contra. Por lo menos se lo han cargado…

—¡Coño! ¿Quién ha matado a quién? —exclamó Matt poco propenso a decir tacos.

—Nada, nada —se apresuró a decir Jake—. Olvídalo, no quiero involucrarte. Tú eres un personaje público y tienes un cargo en la justicia, déjalo.

—Hombre, Jake, ya sabes que puedes contar conmigo...

—Lo sé, pero no te preocupes. Si preveo problemas serás el primero en enterarte.

—Y ahora, ¿qué? —inquirió Axl a Miranda cuando cogían las mochilas de la cinta transportadora del aeropuerto de Buenos Aires.

—La verdad es que no lo sé. Supongo que primero será llamar a ese Larski a ver qué nos puede decir, mientras buscamos un hotelito discreto para hospedarnos. Después ya ubicaremos la fundación. Propongo que una vez la hayamos localizado, nos quedemos escondidos hasta ver aparecer a Hugo Franzolini y lo sigamos. De momento, busquemos un taxi.

—Pues, sinceramente, para no saber qué hacer lo tienes todo bastante planeado. —El taxista abrió el maletero para guardar el equipaje—. Me parece coherente. O sea, que a falta de un plan mejor, adelante. ¡No señor! Esta la llevo conmigo —le dijo al chófer que había intentado coger la mochila donde llevaba su valiosísimo equipo fotográfico. Miranda sonrió—. Oiga, ¿sabe de algún hotel céntrico que no sea muy caro?

—Sí, no se preocupe, conozco un buen lugar —sonrió contento ante la expectativa de poder ganar una comisión que ayudara a su mísero sueldo—. Si vos querés, le puedo hacer de guía turístico...

—Gracias por el ofrecimiento. De momento llévenos al hotel y luego ya veremos. —Axl no se quiso comprometer. «Puede que no sea mala idea poder contar con alguien que conozca la ciudad... » reflexionó.

—Perdone, ¿el señor Saúl Larski? —preguntó Miranda después de marcar el número que le había proporcionado su contacto en Nueva York.

—Sí, dígame —respondió una voz profunda y con tono receloso.

—Me llamo Miranda Roval y estoy investigando sobre la fundación Reldeih. Harvey me ha dado su teléfono.

—Lo sé. Diefenbaker ya me avisó que se pondría en contacto conmigo. ¿Está en un sitio seguro?

—Estoy en un taxi, pero el conductor está distraído hablando con mi acompañante. —En aquel momento circulaban por la autopista Teniente General Ricchieri.

Axl y el chófer mantenían una acalorada, aunque sana, discusión sobre cuál de los más acérrimos enemigos deportivos argentinos era el mejor equipo de fútbol de la capital: el Boca Junior o el River Plate. El conductor se había identificado como *bostero,* y el cámara, que se sentía juguetón y conocedor de la rivalidad existente entre ambos, no paraba de fastidiarle con alusiones al River Plate.

—¿Ya han llegado a Buenos Aires? —interrogó el askenazí demostrando que estaba al tanto de sus movimientos.

—Acabamos de aterrizar. Teniendo en cuenta que hay treinta y cinco kilómetros, llegaremos a nuestro destino en una hora, más o menos.

—Bueno, antes de nada, quiero agradecerle el esfuerzo que está haciendo por nuestra causa aunque no sea su motivo principal. Sepa que se está enfrentando a una organización muy bien estructurada y sobre todo, peligrosa. Le puedo asegurar que si nos complementamos bien, tendrá una noticia espectacular. Esta gente está por todas partes y una vez los desenmascare, el mundo se dará cuenta del peligro que le está acechando —continuó Saúl poniéndole la miel en los labios—. De todas maneras, creo que ustedes solos no podrán cubrir toda la noticia. O eso o su reportaje se alargará muchísimo en el tiempo.

—¿Usted dónde vive? —interpeló Miranda con la intención de reunirse con él.

—Yo estoy en Europa. Discúlpeme por no especificar más, pero por motivos de seguridad no se lo puedo concretar. Piense que soy uno de los objetivos más buscados de esos malditos nazis —confesó el viejo a la vez que imponía sus condiciones—. Deme una dirección de correo electrónico y me pondré en contacto con usted. También le daré la dirección de una página web para que se descargue un programa que cifrará la información que nos crucemos. Con esto dispondremos de una comunicación segura. Le aconsejo que se deshagan de sus teléfonos móviles. Seguro que a estas alturas ya la tienen localizada por GPS. Se convertirá en un blanco fácil y, lo que es peor, de usted podrían llegar hasta mí. Cómprese uno nuevo con otro número para poder hacer sus comunicaciones y cámbielo periódicamente por el bien de todos.

—Pero... —Miranda pensó que aquel anciano estaba exagerando.

—Pero nada —atajó Saúl—. Mire, con todos mis respetos, usted es una niña que se ha metido en un juego de descerebrados que empezó hace medio siglo. Aquí las piezas se cuentan como muertos y el tablero es el mundo. No estamos hablando de los judíos víctimas del holocausto o, como lo llaman ellos, del "holocuento". No se trata de una casposa venganza raída por el tiempo. Se trata de que un grupo muchísimo más organizado de lo que jamás consiguió Adolf Hitler quiere instaurar el Cuarto Reich, y si continúan las pautas que están siguiendo, lo conseguirán, para el disfrute de muchos y el horror de otros. Esto es geopolítica, y podría acabar muy mal teniendo en cuenta como está creciendo el movimiento islámico y las visiones extremistas de ambos grupos. Este cóctel podría originar la Tercera Guerra Mundial y le aseguro, como superviviente de la Segunda, que no le deseo a nadie una vivencia igual —acabó por decir el judío con la respiración alterada por la emotividad de las palabras que había pronunciado, y advirtió—. Y no se le ocurra pensar que soy un viejo senil que saca las cosas fuera de contexto. Tengo una lucidez que muchos envidiarían y si usted continua la investigación, también tendrá una visión global que confirmará todo lo que le he explicado.

Después de darle una dirección de correo electrónico que poca gente conocía, colgó. Miranda se había quedado ensimismada viendo pasar los edificios de la Avenida Corrientes mientras recapacitaba ante las reflexiones del anciano. Cierto era que sabía que la gente a la que investigaba tenía unas pretensiones inagotables por dominar el mundo. Por ese motivo quería investigar y escribir el reportaje y, aunque eran peligrosos, no los había tomado como una organización que tuviera ninguna opción de conseguir su objetivo. Había mirado más allá y aunque la disertación de Larski era coherente, no dejaba de cuestionarlo. Sería cuestión de contárselo a Axl para conocer su opinión y, por si acaso, seguir las directrices de aquel desconocido de voz autoritaria y cavernosa.

Todd Carter

Uno setenta y cinco de altura. Calvo. En su juventud había tenido un cuerpo musculado, aunque con el paso del tiempo empezó a acusar una ligera barriga alimentada sobre todo de cervezas. Su piel era un lienzo lleno de múltiples tatuajes. Estaba orgulloso de pertenecer a una raza superior y lo demostraba en cada uno de sus gestos. Tenía el andar propio de aquellos que no le temen a nada. Su ideología quedaba patente por la esvástica que llevaba tatuada en la nuca, así como las eses del cuerpo militar de élite nazi en sus brazos. Para Tommy Lee era el lugarteniente perfecto. No solo era pura fuerza capaz de eliminar a cualquiera con sus propias manos, como ya había demostrado más de una vez, sino que además también tenía el equilibrio mental e inteligencia emocional suficiente como para dirigir a un colectivo de neonazis desenfrenados.

Todd provenía de una familia humilde y trabajadora de la ciudad de Pearsall, en el condado de Frío.

Aquella población había sido el caldo de cultivo perfecto para el desarrollo de la semilla nacionalsocialista. Su padre, de origen tejano, había sido despedido de la fábrica donde trabajaba porque los espaldas mojadas, que venían de México, le habían robado, a su parecer, su puesto de trabajo. Para nada contaba que su padre se hubiera enfrentado a la empresa múltiples veces para reclamar unos derechos que no se ganaba al no cumplir con las obligaciones mínimas de puntualidad y productividad.

Un día se encendió la mecha del odio que Todd había acumulado en su fuero interno durante aquellos años. Afloró lo peor de sí mismo y provocó un fin desastroso.
Él y unos cuantos más aquejados del mismo mal irrumpieron en el bar donde se solían congregar aquellos inmigrantes que les robaban el pan de la boca. Iban armados con puños americanos, bates de béisbol, navajas, cadenas y, en definitiva, cualquier elemento que pudiera ser considerado un arma asesina. Les dio igual internarse en un local donde se congregaban todos los mexicanos de la ciudad; les dio igual que los superaran en número y les dio igual que hubiera mujeres y niños. Sin mediar palabra y, sobre todo, sin dar tiempo a que pudieran reaccionar, Todd y sus amigos se liaron a dar golpes indiscriminadamente. El ensañamiento de sus Doc Martens causó daños irreversibles a más de uno.

Se rieron y se jactaron del horror que habían llegado a causar en un instante con un orgullo indescriptible. De los agredidos, hubo quien pudo huir; otros menos afortunados perecieron sin culpa un día cualquiera de un mes cualquiera. La inocencia de la sangre derramada no les preocupó lo más mínimo e incluso el tabernero, que era un americano honrado y trabajador, corrió también la misma suerte que sus clientes por el mero hecho de servirlos. Cuando la policía llegó los encontró ebrios, sirviéndose ellos mismos las cervezas, disfrutando del paisaje desolador y ensañándose con alguno de los que habían sobrevivido.

En aquel entonces, Todd contaba diecinueve años. Cuando salió de la cárcel de máxima seguridad del condado ya era un hombre maduro aunque su ira interior no había disminuido ni un ápice. Durante su estada en prisión aprovechó para estudiar la carrera de Derecho a distancia e instruirse en diferentes disciplinas, tales como la química.

Siete

Dos habitaciones individuales —solicitó Miranda.

—Lo siento solo tenemos una habitación doble —contestó el recepcionista con su tono más servicial.

—Bueno, será doble pero con camas individuales, ¿no?

—No, la habitación es con cama de matrimonio —respondió, para disgusto de la chica.

—Oye, Miranda, déjalo. Vamos a otro hotel y ya está. Fernando está afuera esperándonos —propuso Axl al ver que a Miranda le incomodaba aquella situación.

—No, no... Estoy cansada del vuelo y no quiero dar más vueltas. ¿A ti te molesta?

—¿A mí? Te puedo asegurar que cuando has estado viajando por el mundo como mochilero, dormir junto a una chica atractiva no es ni de lejos la peor opción. No te preocupes, aviso a Fernando y saco las mochilas del taxi. Regístranos, y después de una duchita rápida, salimos a tomar un bocado.

—Vale.

—Bueno, Fernando, dame tu celular y si te necesitamos te damos un toque, ¿vale, colega?

—Sos boludo, yanqui. OK, espero tu llamada.

—¿Ya está? —preguntó el fotógrafo al ver que Miranda lo esperaba ante la puerta abierta del ascensor.

—Sí. Estoy que no me aguanto.

—Por cierto, la Fundación Reldeih, ¿a qué se dedica?

—Según cuentan sus memorias, se creó hace cincuenta años para proteger e impulsar la filosofía nacionalsocialista. Entre otros actos, la fundación organiza conferencias a las que acude gente de cualquier parte del mundo —informó, mientras se abrían las puertas del ascensor—. Lo que no acabo de entender es por qué esta organización está en Argentina.

—Pues por lo que te ha comentado Larski. Estamos ante una situación de globalización geopolítica: Argentina, España, Chile, así como nuestro queridísimo país, han sido paraísos que en su día protegieron a esos sanguinarios malnacidos —explicó Axl, haciendo gala de sus amplios conocimientos de historia. Cuando Miranda le repitió el razonamiento del semita, coincidió en su totalidad. No cabía duda de que, aunque era evidente, él no había caído ante aquella realidad.

—Oh, la cama... —suspiró Miranda tirándose sobre ella—. Mmm... Qué mullida... creo que me voy a quedar KO en segundos.

—¡Eh! Te aconsejo que primero te duches y luego te pongas a dormir pero, si quieres, antes te hago uno de mis famosos masajes para que te relajes.

—Uy, ¿lo harías por mí? ¿Me harías un masaje? —A Miranda se le iluminó la cara—. ¡Vale, te tomo la palabra!

—Déjame tu portátil con la contraseña puesta para ver si nuestro informador te ha enviado el *email* —demandó Axl, con ganas de continuar un poco más con la investigación.

—Toma, aquí tienes. Ahora, con tu permiso, voy a darme una ducha de agua fría. —Aunque empujó la puerta para que se cerrase, esta se quedó entreabierta y Axl, que no era de piedra, pudo comprobar que cambiando de posición podía observar cómo se desnudaba. Primero se quitó la camiseta de tirantes y luego se desabrochó los pantalones de algodón que dejó caer por su propio peso.

«Ay, mamasita, que me estoy poniendo cardíaco...» pensó al ver el culote de encaje que llevaba y que le hacía resaltar sus sensuales curvas. Miranda, ajena a los efectos que provocaba en Axl, hizo su ritual previo a la ducha: se recogió el pelo en un gracioso y desordenado moño que dejó una estilizada nuca al descubierto. Después se desabrochó el sujetador y se despojó del culote. Axl, que no perdía detalle, aún podía apreciar cómo se enjabonaba a través del vidrio biselado.

«Joder, pero si es que a esta chica ni le falta ni le sobra de nada». Notaba como una fogosa calentura le embargaba todo el cuerpo. «Hostia, hostia, hostia... ¡Vamos, Axl, aparta la mirada!» se recriminó, mientras se obligaba a examinar la habitación. Esta era normal. Las paredes estaban empapeladas con tiras de color azul turquesa que contenían dibujos de la flor de lis. Había un espejo que adornaba el sencillo mueble que hacía de tocador, y una de las lámparas, que había conocido tiempos mejores, tenía la bombilla fundida. La cama, de muelles, no era tan grande como en los alojamientos americanos. El cámara, en cuanto la vio, calculó que tendría que arrinconarse en un lado y no moverse en toda la noche si no quería que hubiera más de un roce. La cabecera era de madera y le confería el aire retro de los años setenta. Las mesitas de noche, a juego con la cabecera, estaban en peor estado. «Bueno, desde luego es lo que hemos pedido: un hotelito económico, sencillo y limpio».

—Miranda, Saúl ya te ha enviado el *email*. Desde luego es cumplidor —gritó Axl para que pudiera oírlo por encima del golpeteo del agua.

—¿Y qué pone? —Miranda se frotaba los senos con la pastilla de jabón ajena al espectáculo erótico del que era protagonista.

«Madre de Dios... Mmmm» pensó. Cuando respondió tuvo que hacer un esfuerzo en concentrarse en lo que iba a decir. En aquel instante ella se estaba enjabonando el sexo.

—¡Ahora cuando salgas te explico!

—Vale, ya casi estoy.

«Hostias. ¡Y yo aquí empalmado como un burro!» se

maldijo ante aquella inevitable reacción. Aunque no la podía controlar, deseaba con fuerza que desapareciera antes de que ella percibiera el enorme bulto de su entrepierna. En aquel momento ella se puso el pijama, que lejos de apagar su calentón, lo acrecentó.

—¿Pero eso que es?

—Un pijama, ¿no te gusta? —Se miró a sí misma y pensó que aquellos pantalones cortos y la camiseta de tirantes, aunque marcaran un poco sus pezones, no eran tan horrendos como para que los pusieran en tela de juicio—. ¿Ya estás dispuesto?

—¿Dispuesto? —respondió Axl pillado en fuera de juego.

—¡Sí, para el masaje! —rio. Se tendió en la cama boca abajo y dijo—: ¡Me lo has prometido y no voy a renunciar a él! Espero que seas bueno, porque me encantan.

—Me estás cohibiendo con tus expectativas. —Axl dejó el portátil en la mesita de noche. Su nerviosismo iba en aumento, porque lo que tenía que desaparecer no lo hacía—. Aunque bien es cierto que la realeza suele solicitar mis servicios con meses de antelación —exageró, disfrutando de aquel pequeño momento de desconexión. Se sentó a su lado y empezó a toquetear las cervicales—. A ver cómo estás de tensa...

—¿Estás bien así? —preguntó Miranda al ver la postura forzada desde la que estaba trabajando Axl—. Te veo incómodo, será mejor que te pongas encima de mí, ¿no? Eso sí, no me aplastes.

—Sí, será mejor que lo haga como propones. —Se resignó y pensó que sería imposible que no notara la erección, que lejos de desaparecer, parecía acumular todo el riego sanguíneo de su cuerpo.

—Mejor me quito la camiseta para que no te moleste, ¿verdad?

—Sí, sí —contestó ensimismado a la vez que veía como Miranda se quedaba solo con el pantalón corto.

«Buf, esto cada vez se está poniendo más difícil» se dijo, viendo que el ejercicio de control al que le estaba sometiendo su compañera se le estaba escapando de las manos.

—¡Mmm...! Empiezo a creer que realmente te deben enviar esas solicitudes... ¡Qué manos! —gimió para desesperación de Axl—. ¿Y qué pone en el *email*?

—Eso, ya me había olvidado —suspiró—. Bueno, primero nos vuelve a agradecer que nos embarquemos en esta misión, y después nos pide que no pensemos que él es un *nokmin* del espionaje israelí que se guía por la venganza del holocausto, que para eso ya está el Mossad.

—*¿Nokmin?*

—Los *nokmin* fueron un grupo judío que se creó con el beneplácito del gobierno israelí con la única intención de ejecutar a todos los nazis que intervinieron en las exterminaciones. Alguno de sus grandes logros fue intoxicar y matar a una parte de los quince mil prisioneros de la SS que se encontraban en un campo de concentración cerca de Nuremberg. Otro de ellos fue secuestrar a Adolf Heichmann, que en aquel momento se hacía llamar Riccardo Klement, aquí, en Argentina, para trasladarlo y juzgarlo en Israel. Su objetivo es evitar que se vuelva a repetir una situación como aquella. Este grupo cree que, a grandes rasgos, la Fundación Reldeih es una variante de Odessa.

—¿Odessa?

—No me digas que tampoco sabes lo que es Odessa —recriminó Axl, sin dejar de masajear.

—Sí, eso sí que lo sé. Es la red de colaboración nazi que se creó para ayudarlos a escapar hacia otros países como Suramérica, Oriente Medio, Suiza e incluso el Vaticano. Me parece que el principal impulsor fue Heinrich Himmler —contestó demostrando que algo sabía del tema—. Anda que si mi padre supiera lo del Vaticano y los nazis... con la tirria que les tiene ya a los curas, solo le faltaría esto. Por cierto, hay algo que me estás clavando y me molesta, ¿te lo puedes quitar?

—¿Eh? —preguntó Axl sin caer en la cuenta de a qué se refería su amiga.

—Sí, tienes... —Miranda se contorsionó como pudo y vio el enorme bulto—. ¡Oh, Dios mío! ¿Pero qué es eso?

—Esto... —empezó a decir con cierto recato aunque al final optó por sincerarse—. Lo siento, he visto cómo te duchabas y me he empalmado.

Miranda, hipnotizada por el voluminoso sexo de su amigo, no se había dado cuenta de que, a su vez, le estaba mostrando los senos.

«¡Hala! ¡Pues ahora con esa visión seguro que no se me baja la erección!»

—¿A ver? —pidió con cierto tono infantil.

—A ver, ¿qué?

—Que me enseñes si ese bulto es real. —Miranda notó cómo su cansancio pasaba a convertirse en un ligero hormigueo en la entrepierna.

—¿Pero estás loca? —recriminó Axl, que lejos de caer en la cuenta de que se le brindaba una oportunidad de oro para desfogarse, solo podía pensar en la extraña petición de su amiga.

—Míralo de esta manera: tú me has visto desnuda y ahora me toca a mí.

—Bueno, pero esto es un poco embarazoso —accedió incorporándose—. Ea, ya la has visto. Ya estamos en paz.

—¡Madre de Dios! —La periodista no dudó en quejarse—. No seas tacaño, tú me has visto más rato desnuda.

—¿Pero tú crees que esto es normal? —recriminó volviéndosela a enseñar.

—No, la verdad es que normal no es. De hecho, creo que estás muy pero que muy por encima de lo normal.

—Vale, vale, ya está. ¿Volvemos al tema que nos ha traído hasta aquí? Lo mejor será que lo del masaje lo dejemos para otro día... —propuso mientras cogía otra vez el portátil.

—Como quieras —accedió perturbada por la visión del

miembro de su amigo y frustrada al ver que era inmune a sus encantos—. ¿Qué más dice?

—Que si queremos ser efectivos tendríamos que buscar colaboradores de confianza. Según él, dos personas no lo pueden abarcar todo, y el tiempo apremia. —Axl pensó que cuando ella se durmiera se iría al servicio a masturbarse si no quería reventar.

—¿A sí? ¿Da alguna indicación del camino a seguir?

—Sí. Dice que él se podría encontrar con alguien de tu confianza en España o Francia, y que otra persona que se hace llamar *Madame* Zoe se podría encontrar con otro colaborador en Alemania.

—¿Y nosotros? —preguntó desconcertada por la magnitud que estaba cogiendo el reportaje.

—Respecto a nosotros, nos indica que después de Argentina podríamos continuar nuestros pasos otra vez en Alabama. Parece que Larski lo tiene todo planificado... Incluso dice que si disponemos de otra persona también se podría ir a Italia.

—Joder. —La expresión de Miranda reflejó su preocupación—. No tengo ni idea de quién nos puede echar una mano.

—Parece que esto nos está superando y todavía no hemos empezado —vaticinó Axl con el ceño fruncido. Parecía que le hubiera leído la mente—. ¿Estás segura de querer continuar?

—¿Estás de broma? ¿Con un cadáver sobre nuestras espaldas? Ya le hemos declarado la guerra a esos extremistas y no creo que nos vayan a dejar en paz —recordó la periodista, embargada por un cierto pesimismo—. Ahora solo tenemos una opción: continuar el reportaje, tirar de la manta e intentar salir ilesos.

Mathew Davis

Tenía sesenta y cuatro años y medía un metro noventa y cinco. Lucía una canosa perilla que destacaba sobre su oscura piel. Siempre llevaba unas gafas de montura de pasta redonda que le conferían un toque intelectual. Su corpulencia, ya de por sí, impresionaba a cualquiera, pero cuando se ponía la toga no dejaba lugar a dudas sobre la autoridad que representaba. Tenía una voz profunda que denotaba que estaba acostumbrado a que se cumpliera lo que él ordenaba sin dar siquiera un margen de confianza. Desde que fue escogido juez del Tribunal Supremo, intentó aplicar todo lo que en su juventud le habían negado: igualdad y justicia. Ser afroamericano en Alabama, en concreto en el condado de Tallapoosa, no le había ayudado en lo más mínimo en su juventud, ni a él ni a su familia, compuesta por padres, abuelos paternos, y cinco hermanos más. Cuando entraba en un tribunal siempre decía:

—Como la justicia divina no existe, aquí estoy yo para castigar con el máximo rigor que me otorga la ley a todos aquellos que la incumplan.

La humildad era el norte de su brújula. Nunca se olvidaba de sus orígenes, de las dificultades que habían pasado él y su familia para poder subsistir, de sus padres, que hicieron todo lo que pudieron para dar la máxima educación a sus vástagos. El boicot que hizo Martin Luther King en la ciudad de Montgomery, Alabama, contra la política de segregación racial en los medios de transportes públicos le marcó profundamente. En aquel tiempo él contaba nueve años. Gracias a su corpulencia y al sistema educativo del país, Matt pudo optar a una beca por destacar como pívot en baloncesto. Era bueno, tan bueno que pudo haber entrado en la liga profesional y haberse ganado una vida de lujo y derroche. Cuando se lo notificaron, estaba tan contento que enseguida llamó a su madre para anunciarle la buena noticia:

—Madre, me han dicho que un ojeador me ha visto jugar, y que si entreno duro, podría entrar incluso en la NBA. Por fin os podría sacar de Dadeville y recompensaros por todos los esfuerzos y penalidades que habéis sufrido.

—Hijo, ya sabes que quiero lo mejor para ti... y por eso mismo te hago esta pregunta. ¿De verdad quieres esa vida ociosa y banal? —cuestionó con el tono sosegado que solía utilizar y con la sabiduría que la caracterizaba.

—Pero, madre, ¡es una oportunidad de oro!

—Lo sé, y te vuelvo a repetir lo mismo. ¿De verdad quieres ese tipo de vida?

—¡Pero si lo hiciera sería por usted y por padre! ¡Se merecen todas las comodidades del mundo! —En su fuero interno sabía que ya había tomado una decisión.

—Hijo, eres una persona de muy buena pasta. Tu padre y yo agradecemos las buenas intenciones que tienes, pero desde que conociste la historia de Martin Luther King lo has idolatrado y tenido como referente. Queremos lo mejor para ti y sabemos qué es lo que te llena, igual que también lo sabes tú, aunque ahora no lo admitas. Este país necesita a gente con tus ideales. Solo así podremos avanzar y evolucionar. Estamos orgullosos de la persona en la que te has convertido y sé que nuestra raza ganará más si orientas tu vida hacia la abogacía que hacia tirar unas cuantas pelotas a un aro.

Y así, centrándose en su carrera de letrado, llegó a Washington donde desarrolló una carrera intachable como fiscal. Honró a unos padres que, cuando fallecieron, con pocos meses de diferencia, ella por enfermedad y él de pena al quedarse solo, se llevaron consigo el pundonor de haber transmitido los valores en los que habían erigido los pilares fundamentales de sus vidas.

Ocho

Hola, Tommy Lee —saludó Todd en cuanto entró en la sede social del partido.

—Hola, Todd. ¿Sabes algo de nuestro objetivo? —El *sheriff* preguntó sin dejar de levantar las pesas del pequeño gimnasio que tenían montado en el centro.

—Sí, han dejado Nueva York y ahora están en Argentina —informó mientras abría una lata de refresco y tomaba asiento en una banqueta.

—¿Cómo? —Tommy Lee se incorporó de golpe. El sudor hacía brillar su torso desnudo.

—Lo que oyes. Han viajado hasta Buenos Aires. Llegaron ayer por la noche, aunque no lo hemos sabido hasta esta mañana.

—¿Cómo lo has averiguado?

—El GPS del móvil de la chica. Ya he hablado con nuestra central y les he explicado la situación. Me han dicho que enviaban de inmediato a un par de camaradas para liquidar de una vez el tema —explicó Todd—. Dudo que esta vez se escapen.

—¿Y cómo averiguaste su número? —instó Tommy Lee perplejo.

—Cuestión de imaginación. A Logan se le ocurrió que llamáramos al Canal 9 y les dijéramos que la andábamos buscando para facilitarle una información que nos había solicitado.

—Buen trabajo —felicitó satisfecho del encauzamiento que estaban tomando las cosas—. ¿Has hablado con los de Kyklos?

—No, aún no. Me he centrado primero en dar solución al problema de la chica y su compañero y vengar así la muerte de nuestro camarada. Mañana los llamaré. Lo que no entiendo es por qué han viajado a Suramérica.

—Vete tú a saber. ¿Les has dicho a nuestros camaradas de allí que los interroguen antes de matarlos? —consultó Tommy Lee, reanudando sus ejercicios rutinarios.

—Sí —confirmó el lugarteniente—. Por cierto, ¿ya te has puesto en contacto con el Klan?

—Sí, mañana voy a Pulasky —confirmó Tommy Lee haciendo mención a la pequeña población de Tenessee, cuna del KKK—. Este trabajo es apasionante. Me parece oler el gran día, el día en que nuestro *Führer* resurgirá de las cenizas igual que un ave Fénix.

Eran las nueve de la mañana en Buenos Aires, las siete

en Boston, cuando Axl se despertó con el sonido amortiguado del móvil de Miranda.

«Gracias a Dios que ha amanecido. ¡Qué mal he dormido! La próxima vez me busco otro hotel que tenga dos camas individuales. Si por lo menos me la hubiera tirado habría valido la pena el suplicio de esta noche. Seguro que me he ganado el cielo por no haber caído en la tentación. Tan seguro como que me arrepentiré toda la vida de no haber disfrutado de este bomboncito. Esto se parece a un matrimonio: estar en el dique seco y encima luchar por un pedazo de cama, porque lo de compartirla ha sido un eufemismo» pensó con ironía. Miranda se encontraba durmiendo boca arriba a pierna suelta y ocupaba el ochenta por ciento de su superficie. Él se había acurrucado en el rinconcito que le había dejado y había dormitado con el temor de caerse del catre. «¿Quién llamará a esta hora?»

—Miranda, despierta —agitó con suavidad a su amiga—. Miranda. —Esta vez alzó un poco más la voz y la movió con más fuerza. Ella remoloneó indiferente al teléfono que no paraba de insistir.

—Mmm…

—Joder con la niña, sí que tiene el sueño pesado. Miranda, ¿quieres hacer el favor de dejar de remolonear y despertarte? ¡Te están llamando! Ni caso. ¿Diga?

—Perdón. Me parece que me he equivocado…

—No si está llamando a Miranda Roval.

—¿Quién eres tú? —preguntó la voz, reprobatoria.

—Soy Axl, ¿y tú? —contestó con desfachatez, irritado ante el tono de su interlocutor.

—Su padre.

«¡Coño!» maldijo en su interior.

—Lo siento, señor Roval, no me había salido el identificador de la llamada. No es lo que parece...

—Ya, bueno, mi hija ya es mayorcita para hacer lo que le venga en gana. ¿Está por ahí? —reconoció cortante pero con claras muestras de que su pensamiento era otro muy diferente.

—Miranda, por el amor de Dios, ¿te quieres despertar? ¡Tienes a tu padre al aparato! —Axl tapó el micro para que él no lo oyera.

—Mmm..., dile que me llame más tarde.

—¡Díselo tú! ¡A ver si crees que soy tu criado! —espetó tendiéndole el móvil.

—Hola, papá —rezongó con voz somnolienta.

—Miranda, he estado hablando con Matt y me ha aconsejado que te convenza de que abandones el reportaje, por tu propio bien —dejó ir a guisa de saludo—. Aparte de xenofobia y racismo, también hay tráfico de armas y vete a saber qué más. Busca otro tema que no implique tantos riesgos. Hazlo por mí, por favor.

—Lo siento, papá, ya sabes mi postura. Además, ya estamos con la mierda hasta el cuello. Tengo un buen contacto que parece que me orientará en todo este asunto para poder tirar de la manta. Incluso me ha dicho que tengo que buscar colaboradores en otros países con la intención de cubrir la noticia en su globalidad. Si te soy sincera, esto va más allá que todos nosotros. Como ciudadana tengo un deber con la sociedad y tengo que cumplirlo. Lo malo es que no sé es a quién recurrir en esa cobertura internacional.

—¿Qué países son? —Jake pensaba que si evitaba que su hija fuera recorriendo el mundo minimizaría riesgos.

—España, Alemania e Italia —enumeró su hija recordando lo que le había explicado Axl la noche anterior—. De momento, estos. Después, a medida que profundicemos, puede que se añada alguno más. Entre todos tendremos que buscar los nexos de unión entre las diferentes organizaciones neofascistas.

—¿España? —repitió Jake—. ¿Has llamado a Carol?

—¿Carol? ¿Qué Carol? —repitió Miranda extrañada de que ella y su padre tuvieran en común algún conocido periodista.

—Carol Castro. Aquella española que trabajó contigo en el Boston Globe hace unos años cuando ganó la beca Fulbright...

—¡Es verdad! ¿Pero cómo no se me habrá ocurrido antes? —Miranda se recriminó el haberse olvidado de ella después de la experiencia tan especial que vivieron—. ¿Cómo es que la conoces? ¿Te hablé alguna vez de ella?

—No, fue pura casualidad. El año pasado la conocí

gracias a una amistad que tenemos en común. Ella fue la que me reconoció por el apellido y me vinculó a ti —aclaró Jake rememorando el día en que coincidió con ella en la casa que tenía su amiga Helena en la Costa Brava—. Me dio muy buena impresión.

—Lo que pasa es que no sé si tendrá el mismo *email.* Hace tiempo que no hablo con ella. —Miranda se desinfló un poco ante la posibilidad de no poder contactar con la que había sido su amiga años atrás.

—Tranquila. Tengo su móvil —apaciguó su padre demostrando una vez más que había sido providencial—. Apunta.

—Un segundo, que busco papel y lápiz. Por cierto, te aviso de que cambiaré de número —notificó Miranda mientras le hacía señas a su amigo para que le buscara algo con qué apuntar—. Saúl, que es un judío superviviente del holocausto y que me ayudará en el reportaje, me ha aconsejado que... —Se calló al instante debido a que alguien estaba llamando a la puerta—. ¿Abres? —instó a Axl para seguir poniendo al corriente a su padre.

—¿Qué pasa?

—No sé, no esperábamos... ¡Ah! —Miranda gritó sobresaltada por el disparo.

—¡Miranda! ¿Qué sucede?

En aquel momento un torbellino se desató en la habitación. Al abrir la puerta, Axl se encontró cara a cara con un *skinhead* que le estaba apuntando directamente a la cabeza con una pistola Smith & Wesson M&P Compact del calibre 40. En un arranque de pura supervivencia, y sobre todo de muchos reflejos, Axl se retorció sobre sí mismo al sentir una ligera quemazón en la sien acompañada de un ensordecedor estruendo. Cogió al agresor y lo arrastró con él y consiguió que el segundo proyectil impactara en la moqueta e hizo fracasar a su atacante. Miranda, después del *shock* inicial, tiró el móvil y se lanzó a la espalda de aquel energúmeno, que parecía alimentarse a base de esteroides, para cortarle, en vano, la respiración, tal y como le habían enseñado en las clases de autodefensa. El cámara forcejeaba en el suelo con aquel gigantón de peso considerable. Este se había puesto encima de él y acercaba con peligro la pistola a su cabeza. En un momento de desesperación se le ocurrió lo único que podía frenar a aquel asesino cegado por el odio: un buen rodillazo en los genitales. La reacción no se hizo esperar: el agresor puso los ojos en blanco y se encogió sobre sí mismo. Al caer atrapó a Miranda, que no había tenido tiempo de soltarse. Aquello no había acabado y Axl lo sabía. Cogió la pistola de la mano fláccida del aturdido *skin* y le empezó a golpear con la culata en la cabeza a modo de mazo hasta dejarlo sin sentido.

—¡Vamos, Miranda, levanta! ¡Tenemos que salir pitando de aquí! ¡Coge la mochila, el teléfono y larguémonos!

—¡Ayúdame a quitarme a esta mula de encima, por favor! —Miranda forcejeaba con aquel peso muerto que le aprisionaba la pierna—. ¡Joder, cómo pesa! —Una vez liberada gritó antes de darle un par de patadas en el estómago:

—¡Cabronazo! ¡No podréis matarnos! ¿Me oyes? ¡No podréis con nosotros! ¡Hijos de puta!

Axl se pasó la mano por la herida ensangrentada de la sien, «esta vez sí que ha ido por un pelo...»

—¡Vamos, vamos! —Esta vez era Miranda quién alentaba a Axl. Le tendió su mochila.

—¡Miranda! ¡Dime algo por favor! —suplicó su padre que había oído los disparos.

—¡Papá, estoy bien, ya hablaremos! ¡Adiós! —resumió. Y colgó sin darle tiempo a que pudiera pronunciar ninguna palabra.

—¿Cómo coño se habrán enterado de que estamos aquí? —se preguntó Axl, que sudaba a chorros. Bajaban las escaleras a toda prisa y el corazón amenazaba por salírsele por la boca.

—Habrán localizado el teléfono, tal y como me avisó Saúl. ¿Lo has matado?

—No creo, ¡no me has dado tiempo! ¡Por cierto! ¡Apaga el puto móvil o tíralo en cualquier contenedor! —advirtió mientras cruzaban el vestíbulo a toda pastilla ante el atónito recepcionista.

—¿Y ahora qué...?

—¡Axl! —se oyó en la zona reservada para la descarga de maletas de los clientes del hotel.

—¡Malditos cabrones! —gritó otro *skinhead* al tiempo que atacaba a Miranda por la espalda.

—¡Joder! —exclamó Axl.

La periodista aprovechó la inercia del ataque y en una ágil maniobra se dejó caer hacia adelante. Eso provocó que su nuevo agresor saliera despedido por encima de ella y fuera a parar en medio de la transitada calzada.

—¡Nooo! —La persona que había saludado al fotógrafo, que no entendía qué estaba sucediendo, vio cómo un autobús acababa arrollando al neonazi, que se había empezado a incorporar.

—¡Hostias, Fernando! ¡Tú por aquí! —saludó al reconocer al taxista. Axl temía que el tipo que habían dejado en la habitación recobrara el sentido—. ¿Estás bien, Miranda? —Le tendió la mano para ayudarla a incorporarse y añadió:

—Desde luego eres un imán para los problemas. Los atraes que es un contento, aprovechemos el follón para huir —dijo al ver que todo el mundo corría a auxiliar a la víctima—. ¡Fernando, métete en el taxi y dale caña, que nos jugamos la vida! —instó al conductor que continuaba sin saber cómo reaccionar—. ¡Vamos, súbete al coche y sal de aquí pitando!

—¡No me rompás las pelotas, boludo! Ni en pedo me meto yo en este lío.

—¡Vamos, joder! ¡Sácanos de aquí y luego ya lo discutimos! —propuso Axl sin dejar de mirar la puerta por si salía el otro *skin*.

—¡Debo estar reloco! Si no fuera porque no tengo

plata... —Fernando se subió al coche sin dejar de quejarse sobre su economía. Desde que sobrevino "el corralito", sus ahorros se fueron a hacer gárgaras y lo dejó, como a la mayoría de los argentinos, en una situación muy precaria—. ¿Dónde querés que os lleve esta vez?

—¿Qué ha dicho? —susurró Miranda, que no había entendido la retahíla del bonaerense.

—Que maldice su suerte pero que necesita el dinero. O sea, que si le hacemos una buena oferta, a lo mejor la acepta y nos ayuda —resumió en voz baja—. Nos interesa tener un colaborador por aquí y más si ya saben que hemos llegado. Fernando, ¿nos puedes llevar a esta dirección? —pidió tendiéndole un papel.

—¡Agarrate acá! —negó el conductor.

—¡Joder, Fernando! Eres taxista, ¿no? ¿Qué más te da llevarnos a esta dirección? Mira, por poco nos matan, o sea que no me toques las narices.

—¡Aquí es donde están esos chalados de los hitlerianos! ¿Querés que me maten a mí también? —replicó al reconocer el destino sin dejar de mirar por el retrovisor.

—¿No has dicho que necesitas la plata? —recordó Axl buscando el punto débil del chófer—. Pues échanos un cable. Mi amiga y yo somos periodistas y estamos investigando a estos chiflados. Te compensaremos bien.

—A otro perro con ese hueso. ¿Vos pensás que me he caído del catre?

—Mira que eres desconfiado, ¿eh? Toma, aquí tienes doscientos dólares por llevarnos a esta dirección. De momento no bajaremos del taxi. Solo quiero ubicar su sede y luego, si quieres, hablamos del resto.

—OK, aunque así no llegaré a viejo...

Carol Castro

A que me chivo! —amenazó Tomás.

—Pobre de ti como digas algo a papá y a mamá, retaco inmundo —avisó a su hermano de ocho años.

—Pues déjame ir contigo al cine —chantajeó el niño de aspecto canijo.

—¿Pero cómo quieres que te lleve con mis amigas? —preguntó Carol mientras se arreglaba con coquetería—. Ya me dirás qué pintas en una reunión de niñas. Además, después del cine iremos a tomar algo. Olvídalo.

—¡Tú te lo has buscado! —Tomás quiso salir de la habitación para explicarles a sus padres lo que había descubierto de su hermana mayor.

—¡Alto ahí! —Carol le cogió del cuello de la camisa cuando solo había conseguido dar dos pasos—. Bueno, está bien, pero como digas alguna tontería te vas a acordar, y piensa que esto no acaba aquí. Cuando descubra algún secreto tuyo ya te lo haré pagar, ya...

Aunque muchas veces discutían y estaban como el perro y el gato, Carol y Tomás se querían con locura. Con los años se estableció una complicidad tal que hizo que no existiera ningún secreto entre los dos. El benjamín de la familia admiraba a su hermana mayor por encima de todo y, ante cualquier problema, no dudaba en pedirle consejo. La familia Castro residía en Girona. Por eso, cuando ella consiguió entrar en la facultad de periodismo de Barcelona, a Tomás le quedó un vacío muy difícil de llenar.

—Papá, ¿me puedo ir a estudiar a Turín? —preguntó un día de fin de semana cuando ya estaba finalizando la carrera.

—¿A Turín? —En su interior había una serie de sentimientos contradictorios. Estaba orgulloso por la ambición que demostraba su hija a la par que triste porque quisiera aprender a volar fuera del nido—. ¿Qué se te ha perdido por allá?

—El programa Erasmus. Es un programa universitario que facilita el intercambio de estudiantes entre países. La estancia va de tres meses a un año, así tendré una visión más global del periodismo internacional —informó Carol esperanzada—. ¿Nos lo podemos permitir? Es que con mis ahorros no llegaré a cubrir los gastos de la estancia de todo un año —preguntó consciente de que la situación económica de su familia no era muy boyante.

—¿Crees que es necesario?

—La verdad es que me haría mucha ilusión ya que permite relacionarte con gente de todo el mundo, y eso para un periodista es muy bueno. Al fin y al cabo son contactos —justificó Carol que siempre había ambicionado llegar a lo más alto dentro de su profesión.

—Vale, pero ten mucho cuidado, ¿de acuerdo? —Su padre la abrazó y la besó emocionado.

Al cabo de unos meses su sueño se hizo realidad al pisar por primera vez la Unito, la Universidad de Torino. Allí conoció a Flavio Sforza, con el que congenió en seguida. Se convirtió en su guía durante su estancia en Italia, y la hizo sentir tan bien acogida que su amistad perduró en el tiempo.

Nueve

Hugo, se nos han escapado y encima se han cargado a Renato. —Mario estaba resentido por la paliza que había recibido. Caminaba por las calles bonaerenses e ideaba cómo torturaría a aquel desgraciado.

—¿Tanto te costaba pegarles un tiro? —recriminó cansado. «Qué lejos quedan aquellos días esplendorosos, días en los que la eficiencia de la SS eliminaba cualquier obstáculo con quirúrgica precisión» pensó—. Estos dos quieren hundir nuestra causa. No son los primeros que lo intentan y hasta ahora siempre los hemos eliminado. No podemos permitirnos cabos sueltos. Cárgatelos y demuestra a nuestros camaradas yanquis que en Argentina sabemos hacer bien nuestro trabajo. ¿Cómo ha muerto Renato?

—Atropellado por un colectivo. No he visto cómo ha sucedido porque me han dejado inconsciente en la habitación. Él me estaba esperando en la calle por si surgían problemas... También se han llevado mi pistola. Cuando he bajado, la policía ya había llegado y me he retirado discretamente. Si me dais las nuevas coordenadas, remato el trabajo ahora mismo.

—Miradlas.

—Ahora mismo, señor. *Herr* Franzolini, según nuestros datos se encuentran en la misma dirección, pero no se mueven.

El líder de la fundación preguntó:

—¿Has oído? Tendrás que volver allí. ¿Estás muy lejos del hotel?

—No, apenas estoy a tres cuadras —dijo a disgusto. Sabía que tendría que extremar las precauciones porque aquello todavía estaría infestado de policías—. Jodidos periodistas, habría que gasearlos a todos. ¡*Heil* Hitler!

—Avísame cuando lo hayas conseguido. ¡*Heil*!

Su periplo desde su Alemania natal hasta Argentina lo había hecho pasar por Suiza, Italia y Egipto. Había conseguido escapar de la caída del régimen y aquello le obligó a ser más fuerte y audaz. Tuvo que preservar su identidad de aquellos judíos que buscaban venganza y sus perros de caza, el Mossad. Los camaradas caían por todo el mundo por culpa de los Gobiernos Sionistas de Ocupación y las campañas orquestadas del Centro Simon Wiesenthal. Las cosas se complicaron más si cabía cuando el Instituto de Inteligencia y Operaciones Especiales de Israel se atrevió a vulnerar todas leyes y secuestrar a Otto Adolf Heichmann en Buenos Aires, cuando iba a ayudar a un conductor que dijo tener el coche averiado y que resultó ser un agente del Mossad. A partir de aquel día su principal obsesión pasó a ser la seguridad. Mantuvo lo mejor que pudo la infraestructura que crearon su buen amigo, Heinrich Himmler, y el ministro nazi de asuntos exteriores, el barón Von Ribbentrop, con la intención de alimentar la llama que los llevara al Cuarto Reich. No quería que los árboles no le dejaran ver el bosque, por eso siempre seguía una de las máximas del *Fürher*. La más grande y mejor lección de la historia es que nadie aprendía de las lecciones de la historia. La generación que había relevado al Tercer Reich sí había aprendido, y por aquel motivo se estaban preparando en silencio, en todos los frentes, para que cuando fuera el momento de resurgir fuera un hecho imparable. No querían hacerlo solo a nivel nacional, pues ellos pensaban a lo grande. Querían hacerlo a nivel mundial. Tampoco se trataba de conquistar un territorio y crecer, sino de hacerlo a la vez en todos los países. Por aquel motivo, cada uno de los responsables de las diferentes áreas había aplicado, aplicaba y aplicaría con el máximo celo todas y cada una de las enseñanzas de su líder, como si de una doctrina se tratase. Adolf Hitler no había muerto en vano. Había sembrado la semilla del partido nacionalsocialista por doquier y había demostrado que se podía llevar a cabo. Hugo estaba convencido de que, si no lo hubieran traicionado, su mandato se hubiera extendido muchísimos años más y se habría podido aplicar la Solución Final, tal y como ellos habían denominado a la exterminación sistemática del pueblo judío.

—Hola, Sean —saludó Tommy Lee al director nacional del movimiento del KKK a la vez que ambos extendían el brazo, según la simbología de sus respectivas organizaciones. Tommy Lee alzó el derecho, y Sean, el izquierdo, ya que aunque eran ademanes diferentes, los dos tenían su origen en el imperio romano.

—¿Cómo va la vida?

—Bien, todo va según lo previsto. Tengo la intuición de que pronto podremos lograr nuestro gran cometido para este maravilloso mundo y podremos empezar la limpieza que inició Hitler —comentó con cara de satisfacción ante Sean Mitchell. Aunque los miembros del KKK profesaban un amor incondicional al cristianismo en contraste con el paganismo de los neonazis, los unía el mismo fin. Sabían que era un objetivo ambicioso. Por aquella misma razón 88, la organización creada por Tommy Lee, tenía la misión de unir a todas las corporaciones de Estados Unidos y de coordinarse con las del resto de Europa. El líder de 88 seguía las directrices de Hugo Franzolini, que a su vez también cumplía órdenes de un representante del escalafón superior al que el americano todavía no conocía. Tommy Lee y Sean se reían de algunos movimientos suramericanos que se mostraban superiores a los inmigrantes de sus respectivos países, pero que no dejaban de ser, a sus ojos, unos mestizos a los que también se tenía que eliminar, al igual que a los negros y a los judíos.

Una vez hubieran empezado a reducir a sus opositores ya hablarían de cuál sería el destino de sus colaboradores, aunque ambos pensaban que había terreno para todos.

—Me alegro. Tengo ganas de poder pasar a la acción. El mundo se está volviendo loco. Los negros están acaparando el poder, los deportes... y cada vez que los veo en los medios de comunicación se me revuelve el estómago —confesó mientras se reclinaba en el butacón frotándose las manos—. Entonces, ¿qué te trae por aquí?

—Nada, solo quería visitarte, charlar contigo y saber de vosotros. —Como buen estratega, Tommy Lee sabía la importancia de mantener vivas las relaciones—. Por cierto, ¿cómo tienes a tus senadores? —instó haciendo referencia a sus contactos políticos.

—Bien, tenemos suerte de que haya personas íntegras afines a nuestro credo que luchen por hacerse un hueco en la política del más alto nivel en nuestro país. ¡Qué te voy a explicar a ti! Siempre hay dirigentes políticos dispuestos a erradicar el Ku Klux Klan.

—Por cierto —Tommy Lee le tendió dos fotografías—, tenemos unos periodistas tocándonos las narices. Ahora están en Argentina y, de hecho, espero que se los carguen allí, pero si regresaran, liquidadlos.

—De acuerdo, mantenme informado al respecto. Si vuelven, los ejecutaremos. —Sean quería agradar a su homólogo. Cuando en 1930 el poder del Klan cayó de forma drástica a causa de una serie de infortunios la opinión pública los castigó, entre otras cosas, por apoyar la causa pronazi. Cuando tomó posesión de la cúpula de la orden de los caballeros blancos, no dudó en retomar con más fuerza aquel vínculo, ya que se sabía del bando de los vencedores. Era cuestión de tiempo que la supremacía blanca y católica se impusiera a nivel mundial, y las redes de sus aliados eran bastante más extensas que las suyas.

—¿Carol Castro? —dijo con marcado acento americano.

—Sí, soy yo —confirmó extrañada la periodista española. Aquella voz le era familiar.

—¡Carol! ¡Soy yo, Miranda Roval!

—¡Miranda! ¡Cuánto tiempo sin saber de ti!

—Sí, ya sabes, el día a día nos puede. Pero que conste que te envié un *email* hace tiempo y no me respondiste...

—Lo leí, pero en aquella época estaba pasando un bache muy duro y me encerré en mi misma —confesó Carol con un nudo en la garganta al recordar el dolor que vivió por aquel entonces—. ¿Sabes que conocí a tu padre?

—¡Sí! Qué casualidad, ¿verdad? El mundo es un pañuelo. Ayer lo llamé para ver si entre sus contactos conocía a algún periodista español... y me recordó que te tenía a ti —admitió avergonzada.

—¿Ya te habías olvidado de mí? ¿Y para qué me necesitas?

—¿Todavía te dedicas al periodismo?

—Sí, ¿cómo dejarlo? —rio—. ¡Llevo esta profesión en la sangre! Aunque depende de para lo que me quieras a lo mejor no te puedo ayudar. Ahora soy *free lance.*

—¡Pues me viene como anillo al dedo! —exclamó ilusionada, sobresaltando a Axl—. ¿Estás libre para aceptar un encargo? Te lo pagaré bien.

—¿De qué va? —Carol deseaba volver a trabajar con su amiga.

—Voy a presentar a los premios Pulitzer un reportaje de investigación sobre una organización de extrema derecha que opera a nivel mundial. Lo que he averiguado hasta ahora es un auténtico bombazo. Empecé en un pueblo del estado de Missouri y ¡ahora estoy en Buenos Aires! Aunque por lo que me han dicho, esto no acaba aquí. Este grupo tiene un entramado empresarial que opera en Europa y América. Gracias a mi informador contacté con un superviviente del Holocausto que reside en un pequeño pueblo de Francia. Él me ha indicado ciertos aspectos a tener en cuenta —explicó de un tirón—. Si decides entrar, te advierto que tu vida correrá peligro. Ya han intentado acabar con nosotros varias veces. ¿Te interesa?

—Caray, vaya regalo, ¿no? Puede valer la pena —confesó, un tanto ambigua. Su vida se había vuelto un tanto monótona en los últimos meses y aquella podría ser la oportunidad que necesitaba para darle un giro.

—¿Todavía resides en Barcelona? —quiso saber Miranda. Recordaba que en aquella época tenía novio y temía que su situación personal limitara el radio de acción que presuponía que necesitaría la investigación.

—No, ahora vivo con mis padres, en Girona. Cuando rompí mi relación decidí empezar una nueva vida y me trasladé a aquí. Hubo una tragedia y ahora solo salgo para realizar los reportajes. Aún estoy medio depresiva y me cuesta levantar cabeza.

—¿Qué te sucedió?

—Si no te importa, prefiero no hablar del tema. Recordarlo me causa mucho dolor. ¿Cómo se llama el pueblo donde vive tu confidente?

—Collioure. ¿Eso significa que aceptas?

—Sí. Me vendrá bien cambiar y fijarme un nuevo reto.

—¡Perfecto! Mira, tendrías que ir a una galería de arte que se encuentra en la Rue du Mirador de esa población y preguntar por *Madame* Zoe. ¿Está muy lejos de tu ciudad? —Miranda desconocía si había mucha distancia de donde vivía su amiga—. Como verás, es un personaje que extrema su protección. Está en la lista negra de esos animales.

—¿Collioure? De joven solía veranear en ese pueblo. Es donde está enterrado Antonio Machado.

—Antonio, ¿qué? —preguntó Miranda pensando que se refería a un amigo difunto.

—Antonio Machado. Fue un famoso poeta de nuestro

país que se tuvo que exiliar allí en el 39 para que Franco, que gobernaba en aquel momento en España con una dictadura, no lo fusilara. Como mucho está a una hora y media en coche de aquí. ¿Cuándo quieres que vaya?

—Cuanto antes, mejor. Dile que vienes de mi parte.

—Y si tan precavido es... ¿no se enfadará porque me lo hayas explicado?

—No, al contrario. También me ha pedido que busque a algún compañero por Italia y Alemania. No conocerás a alguien de confianza por casualidad, ¿verdad?

—Pues sí. Tengo un buen amigo italiano. Se llama Flavio y trabaja en uno de los periódicos más importantes de allí. Supongo que lo de Alemania tampoco será un problema. Déjame pensar.

—¡Qué suerte! —gritó Miranda. Pero enseguida una nube de preocupación disminuyó su entusiasmo—. ¿Crees que le asustará meterse en este asunto?

—Lo dudo. Primero, porque su familia vivió la represión de Mussolini y segundo, porque es un declarado homosexual y lucha contra cualquiera que los ataque. Los *skinheads* no son santos de su devoción, precisamente. Creo que estará orgulloso de que cuentes con él para este reportaje. Se lo propongo y te llamo. ¿Cómo te puedo localizar? ¿Todavía tienes el mismo teléfono? —Carol comprobó que en la pantalla del móvil le había salido número oculto.

—No, me he tenido que deshacer de él. Esta gente me

localizó en Argentina gracias a mi antiguo teléfono y enviaron a dos matones para eliminarnos. Todavía no sé cómo lo consiguieron. Podemos contactar mediante otro número que ya te daré y por *emails* codificados —propuso la bostoniana—. A ti todavía no te tienen registrada, pero será cuestión de tiempo, o sea que te recomiendo que hagas lo mismo que yo. Cuanto más extrememos las medidas de seguridad, más posibilidades tendremos de salir con bien de esta. Te puedo garantizar que no tienen ni un pelo de tontos y son muy, muy peligrosos.

—De acuerdo. Envíame la información y estamos en contacto, ¿vale?

—¿Qué te ha dicho? —inquirió Axl cuando vio que Miranda colgaba.

—Ya tenemos equipo. Mañana mismo se reunirá con nuestro confidente —aclaró emocionada Miranda—. ¿Has descubierto algo por internet?

—Nada nuevo. Lo que nos dijo tu padre y poca cosa más. Lo que sí he conseguido es la dirección de ese Hugo Franzolini —contestó Axl.

—¡Ostras, mi padre! —gritó al instante la periodista cogiendo desprevenido a su compañero, al que le dio un vuelco el corazón—. Me había olvidado por completo de él… y eso que ha oído toda la pelea. Ni me imagino lo preocupado que estará. —Miranda cogió el teléfono y marcó.

—Chica, a este paso enviarás a tu viejo al cementerio en un pispás. Con la de sobresaltos que le das... —avisó el fotógrafo mientras movía la cabeza de modo reprobatorio—. Suerte que parece un tío fuerte. Por cierto, voto por que vayamos a casa de ese capullo hijo de puta y lo sigamos para ver con quién se relaciona.

—Me parece bien. Ya es hora de que empecemos a averiguar qué se llevan entre manos. ¡Estoy harta de que nos intenten matar cada dos por tres! —En aquel momento oyó a su padre—. Un segundo, papá. Axl, ¿llamas a Fernando? ¿Tú crees que habrá encontrado un sitio seguro para alojarnos? ¿Y si nos deja tirados?

—No sufras, necesita el dinero y no creo que nos abandone. Anda, pon al corriente de nuestras aventuras a tu padre y tranquilízalo, que estoy oyendo cómo pierde la paciencia —recordó a su amiga, que ya se había olvidado otra vez de su progenitor.

—¡Uy, sí! —se sonrojó de vergüenza al caer en la cuenta de que lo relegaba a cada momento.

Hugo Franzolini
(Identidad falsa de Franz Diefenbaker)

Herr Diefenbaker —llamó Himmler, comandante en jefe del Grupo de Ejército del Alto Rin en el sudoeste de Alemania.

—¡*Heil* Hitler! ¡A sus órdenes, comandante! —respondió Fritz Diefenbaker cuadrándose ante el temido creador de la Waffen SS.

—Le he hecho llamar porque me han dicho que usted es una de las personas más valiosas con las que cuenta nuestro camarada Goebbels y que lo considera su mejor discípulo. Sé que es fiel a la causa y tengo una misión para usted. Confío en que usted, junto con otros soldados de incalculable valor estratégico, podrá crear una red internacional de contactos para tener una buena posición geopolítica. Pronto entenderá la relevancia que tiene para la pervivencia del nacionalsocialismo —empezó a explicar sin demora Heinrich Himmler en cuanto estuvieron solos en su lujoso despacho—. Cuento con usted y las habilidades propagandísticas que ha mostrado a lo largo de estos años. La discreción es básica para llevar a cabo este cometido.

—Puede contar conmigo y con mi silencio. —Fritz estaba orgulloso de que los altos mandos se hubieran fijado en su labor.

—Lo que le voy a contar ahora mismo es alto secreto. Cualquier filtración significará el paredón, ¿entendido? Acabo de recibir la respuesta del General Eisenhower, y niega nuestra rendición —compartió Himmler sin quitar ojo a Diefenbaker mientras paseaba con las manos cruzadas a la espalda.

—¿Rendición?

—Sí, lo que acaba de oír. Nuestro mandato está a punto de expirar. He intentado salvaguardar ante todo la raza aria, pero no me extrañaría que los judíos hubieran financiado la invasión a los americanos y que los hubieran aleccionado para que no negociaran con nosotros —arguyó el militar antes de continuar con su diatriba—. He intentado por todos los medios eliminarlos mediante la Solución Final, pero son tan difíciles de exterminar como las cucarachas: por mucho que las pises, siempre hay alguna que surge en el momento más inesperado. Bueno, a lo que íbamos, quiero que usted, su mujer y sus hijos, Franz y Harvey, emigren junto a Eichmann y otros conciudadanos a Argentina y creen una plataforma desde donde poder difundir nuestro mensaje. Nos tendremos que hacer más fuertes antes de volver a sublevarnos contra los marxistas, comunistas, capitalistas y demás sanguijuelas de la sociedad. Eduque a sus vástagos para que puedan hacerse cargo del relevo generacional. Tenemos que contar con ellos para que nuestra misión tenga continuidad en el tiempo y que no hayamos trabajado en vano. Los gastos se financiarán gracias a todo el oro, joyas y obras de arte incautado a todos esos subhumanos. Durante estos años hemos creado una compleja trama para poder escapar si se complicaba la situación. Ahora ha llegado el momento. No lo vea como una huida, sino como una expansión. Hable con el obispo Alois Hudal. Mi secretario le dará los datos pertinentes para poder contactar con él. Hitler, Goebbels, yo... no tendremos ningún futuro cuando esta guerra acabe. Somos demasiado conocidos y nos acusarán de criminales de guerra y de otras patrañas.

Durante los años siguientes, Fritz Diefenbaker se encargó de cumplir aquella última misión. Hábil como su mentor, al que al final mató por petición propia, inculcó hasta la saciedad a sus hijos la importancia de sus vidas para con la realidad nacionalsocialista. Franz se integró a la perfección en la sociedad argentina, se acostumbró a su nueva identidad y progresó en todas las disciplinas en las que le fueron instruyendo los camaradas huidos gracias a la *ratline* de Hudal. Mantuvo el contacto con los hijos de otros nazis diseminados por todo el mundo y que también habían sobrevivido a la caza de los judíos gracias a la previsión de Himmler. Fortalecieron y ampliaron las miras iniciales de la nueva generación a la espera de que la supremacía blanca pudiera imponerse otra vez en aquel mundo deteriorado e infame.

En cuanto a su hermano, Harvey, empezó a dar muestras de flaqueza en su adolescencia y fue repudiado por su padre. No lo fue por su hermano mayor, que siempre tuvo cierta debilidad por él y lo protegió en todo momento de la crueldad de los compañeros que abogaban por eliminarlo debido a su fragilidad y la deshonra que representaba para la raza aria.

Diez

Después de haber aparcado el Mini Cooper D Countryman en la zona habilitada dentro del pueblo, Carol se recriminó el no haber visitado aquella población con más frecuencia. Era como un remanso de paz que le transmitía una tranquilidad interior y actuaba a su vez como un bálsamo en los atormentados recuerdos del último año. Las históricas edificaciones de piedra luchaban orgullosas contra el paso del tiempo y mantenían vivos los recuerdos de los paseos de los reyes de Mallorca o de los condes de Rosellón. Incluso algunos buscadores de tesoros también se dejaban caer de vez en cuando al encuentro de las reliquias templarias que se suponían enterradas en aquellos parajes. Ahora pertenecía a la denominada Costa Roja francesa de la región del Langedoc-Rosellón, zona turística por definición. Los pintores bohemios habían inundado sus calles de galerías de arte y le daban una nota de color y calidez a la villa. Con su rudimentario francés se propuso llegar a la Rue du Mirador y preguntar por la galería que regentaba *Madame* Zoe. Tenía que reunirse con el personaje que le había descrito su amiga aunque no había podido avisar de su visita. La sorpresa fue mayúscula cuando pudo comprobar que solo en aquella estrecha callejuela, no había uno, si no ocho establecimientos dedicados al arte. Se dirigió al primero y preguntó a una joven de unos veinte años que se encontraba en el portal retocando uno de sus óleos.

—*Bon jour*. Estoy buscando a *Madame* Zoe. ¿La conoce, por casualidad? —probó, cruzando los dedos para que la entendiera a pesar de su pronunciación.

—*Pardon?* —se disculpó saliendo de su ensimismamiento mientras se quitaba los auriculares ocultos bajo su melena.

—*Madame* Zoe. ¿La conoce?

—*Oh, oui. Grand mére!* —Al instante se volvió a sumergir en la música de su MP4 para evadirse otra vez.

—¿Sí? —respondió la anciana en español. Había surgido del interior de una habitación y cruzado el salón con una agilidad sorprendente. Aunque lucía una afable sonrisa en su bello rostro, su mirada estaba cargada de recelo—. ¿En qué la puedo ayudar?

—Me llamo Carol Castro y vengo de parte de una amiga, Miranda Roval.

—¿Y...?

—Me dijo que viniera aquí y preguntara por usted, que

me pondría en contacto con el señor Larski —dijo desconcertada por aquella actitud. Por un momento pensó que Miranda había entendido mal las señas de su confidente—. Soy periodista.

—No conozco a ningún Larski, señorita Castro. Lo siento. —*Madame* Zoe se dio la vuelta y dio por finalizada la conversación.

—Pero no lo entiendo. El señor Diefenbaker puso en contacto a mi amiga con el señor Larski y este le dijo a ella que alguien se desplazara hasta aquí y preguntara por usted.

—¿Diefenbaker? ¿Qué Diefenbaker? —La anciana paró y se giró. Examinó con más detalle a Carol.

—Harvey Diefenbaker. Miranda está investigando a la empresa...

—¡Shhhh! —*Madame* Zoe miró a su alrededor para asegurarse de que nadie las podía oír—. Pase, ya se lo explicará a él —invitó en un susurro a la vez que sonreía con más intensidad y decía en un tono más audible—. Bueno, ya que el destino la ha traído aquí, pase y vea nuestras obras de arte. ¿Le apetece un té?

—Sí, con leche por favor —respondió Carol sorprendida por aquella inusitada reacción. La siguió al interior de la vivienda.

—Tenemos que ir con mucho cuidado. Hay demasiada gente que quiere ver muerto a Saúl. —La cogió por el brazo con su huesuda mano y le metió un papelito doblado en el bolso—. Lo encontrarás en esta dirección. Cuando salgas por esta puerta, dame las gracias por todo y dime que no es lo que andas buscando. Toda precaución es poca. Os agradecemos los esfuerzos que tendréis que hacer para poder llevar a cabo la empresa en la que os habéis embarcado. No os rindáis, por mucho que os amenacen... *¡Vive la resistance!* —musitó apretando el puño con una vitalidad que desentonaba con la edad y la fragilidad de su cuerpo. La consigna, emblemática durante la Resistencia de la Segunda Guerra Mundial, había sido tomada de la Revolución Francesa como grito de guerra contra el opresor. Carol obedeció y siguió al pie de la letra las instrucciones recibidas sin que la absorta nieta apartara los ojos del lienzo. «Bueno, parece que me voy a tener que recorrer el pueblo en busca de ese hombre misterioso... ¡Suerte que es pequeño!» pensó. Cuando estuvo a una distancia prudencial y después de parar en diferentes escaparates para disimular, abrió el bolso para saber cuál sería su siguiente destino. Aquello le parecía un poco paranoico aunque suponía que Larski tendría sus motivos para ser tan cauteloso. Tal y como le había dicho Miranda, en el poco tiempo que llevaban inmersos en aquella investigación, ya habían intentado acabar con ella varias veces. La temática la había cautivado desde el primer momento, al margen del peligro que pudiera representar. A nivel sociológico se podía llegar a entender que surgiera un personaje como Adolf Hitler. La inflación y la subyugación que sufrió la Alemania superviviente de la Primera Guerra Mundial hizo que los alemanes buscaran desesperados un líder que les asegurara un plato de comida caliente, pero en la actualidad la fascinación por el nacionalsocialismo y la supremacía aria no era tan fácil de comprender a menos que se interpretara como la autodestrucción que había implícita en la raza humana. Saber que tenía la oportunidad de destapar la trama de un movimiento al que equiparaba con un cáncer para la sociedad reafirmaba sus convicciones para que hiciera oídos sordos a las consecuencias que pudieran derivar del reportaje.

«Boulevard de Miramar» se dijo. «Si no me falla la memoria, esta es la calle donde se encuentra la iglesia de Notre Dame des Anges. Tendría que estar... ¡aquí!»

Siempre le había fascinado aquel entorno compuesto por el campanario del siglo XVII bordeado por el mar Mediterráneo y que en su día se utilizó como faro del puerto de Collioure.

«Ahora solo falta encontrar la casa. A ver, a ver... mírala, ahí está. Ahora pongo la contraseña que me ha dado Madame Zoe y… *voilà!*»

Cuando la rústica puerta se abrió, un hormigueo la recorrió de arriba abajo. El único sonido que podía oír era el murmullo del acordeón de la versión alemana de Lili Marleen cantada por la inconfundible voz de Marlene Dietrich. De manera automática, se trasladó a los años cuarenta y se imaginó un *cabaret* lleno de nazis que disfrutaban de la opulencia y se reían jocosos de las torturas a las que habían sometido aquel día a los judíos. El por qué de aquella imagen no lo podía determinar, ya que Marlene Dietrich fue una de las que más censuró el totalitarismo nazi.

—¿Hola? —gritó a modo de saludo cuando la puerta se cerró tras ella—. ¿Hay alguien?

—Suba, suba, estoy arriba, en la terraza —oyó desde el piso superior.

—De acuerdo. —Carol tomaba nota mental de todo lo que veía a su paso. Cuando atravesó la lúgubre salita, apenas iluminada por la luz que se filtraba a través de las persianas entrecerradas, acabó de comprobar que la austeridad predominante en la planta baja continuaba en el resto las habitaciones, hasta tal punto que Carol pensó que la residencia estaba abandonada y que en realidad su anfitrión tampoco vivía allí. Al final llegó a una escalera metálica de caracol que irradiaba un brillo casi celestial. El torrente luminiscente provocado por el brillante sol que lucía en el exterior contrastaba con la oscuridad reinante igual que un rayo en una noche de tormenta—. ¿Hola? —volvió a repetir en cuanto llegó a la azotea. Quedó cegada por un momento por la luz diurna.

—Buenos días, señorita Castro —saludó una profunda voz a sus espaldas, en perfecto español.

—Es difícil de encontrar —bromeó la periodista en cuanto su vista se volvió a acostumbrar a la claridad—. ¿Cómo sabía que sería yo y no uno de sus supuestos seguidores? —preguntó examinando a su interlocutor.

—Primero, porque Zoe me ha avisado y segundo, porque he investigado su currículo y he visto las fotografías que corren de usted por la red. Mientras curioseaba las habitaciones yo he contrastado las imágenes con lo que veía a través de las diferentes cámaras ante las que ha pasado para llegar hasta aquí. Aun así, desde mi estratégica posición, poco hubiera podido hacer contra mí—contestó el aludido acariciando con suavidad una pistola.

—¡Ah! —No se había imaginado a un octogenario tan lúcido y perspicaz.

—¿Quiere tomar un poco de limonada? —Saúl le sirvió un vaso—. En un día tan caluroso hay que hidratarse.

—Sí, por favor —agradeció tomando asiento en una silla de mimbre que se encontraba bajo un toldo marítimo y que la resguardaba del sol—. ¡Caray! —se maravilló la española al ver las preciosas vistas que tenía de la villa francesa, después de deshacerse de la hipnótica mirada de su anfitrión—. ¿Marlene Dietrich? —quiso confirmar la periodista—. Parece la canción perfecta para este entorno idílico.

—Sí. Es una versión crítica que cantó en alemán sobre el régimen de terror instaurado por Hitler. Cuando uno ha vivido lo que ha vivido, estos pequeños momentos son como un bálsamo para la espiritualidad. Por cierto, siento lo de su tragedia. —Se solidarizó para estupefacción de su invitada.

—¿Pero cómo...?

—Ya le he dicho que la he investigado y hoy en día nadie se libra de la red. —Confirmó su comentario al entregarle un *dossier* sobre su persona.

—Esto es increíble —murmuró una petrificada Carol.

—Gracias —agradeció sin más Larski a la cada vez más descolocada periodista, que no estaba acostumbrada a perder la iniciativa.

—¿Perdón?

—Cuando la señorita Roval me dijo que usted iba a ser mi contacto en Europa y supe de su carrera, me sentí honrado de que una profesional de su magnitud se involucrara en nuestra causa. No todo el mundo está dispuesto a dar su vida por desvelar la verdad —manifestó moviendo la cabeza con respeto ante el silencio de su interlocutora—. Le aconsejo que, a partir de ahora, extreme encarecidamente la seguridad. No dé nada por hecho y desconfíe de todo y de todos los que no pertenezcan a su círculo más íntimo. Si le parece bien, podemos empezar por el asunto que la ha traído hasta aquí.

—Un momento, un momento. —Carol hizo gala de su carácter y quiso retomar el control de la situación—. ¿Quién es usted? Usted lo sabe todo de mí, y yo solo sé lo que me ha contado Miranda, y le puedo asegurar que es muy poco.

—Es justo. Póngase cómoda porque enlazaremos la historia de mi vida con nuestro objetivo. Cuando estalló la Segunda Guerra Mundial nosotros vivíamos en la calle Nalewki, de Varsovia. Era una de las neurálgicas del barrio judío. Hay que tener en cuenta que en aquel momento la comunidad judía polaca era la segunda más grande a nivel mundial después de la de Nueva York. Después de la invasión, en 1939, los alemanes nos obligaron a llevar brazalete y al año siguiente ya nos hacinaron en el primer gueto de la ciudad y nos despojaron de todas nuestras posesiones. Dos años más tarde, nos trasladaron a un campo de concentración en Treblinka. Allí vi cómo asesinaban a sangre fría a mi hermano menor, Leopold. Yo tenía diez años. Días más tarde me separaron de mis padres y mi hermana y nunca más supe de ellos. Por desgracia la *shoah* no se cernió solo sobre mi familia, sino en toda nuestra raza.

—¿*Shoah*? —interrumpió Carol a su pesar, ante aquel término que ella desconocía.

—Disculpe. *Shoah* es la palabra con la que nos referimos los judíos al Holocausto. —Revivió por un momento aquellos días. Se preguntó dónde estarían enterrados sus padres y si su hermana continuaría viva. Recordaba los gritos de dolor de las mujeres que enterraban a sus maridos después de haber sido ejecutados, los lloros de los inocentes niños que entraban en las cámaras de gas y que morían sin saber por qué los habían separado de sus familias, las torturas en los laboratorios donde experimentaban con aquellos desgraciados que habían sido sentenciados por un dedo alemán, el olor incesante a carne quemada de la incineradora... Se había vuelto a abrir una vez más la puerta que jamás podría acabar de cerrar ni ignorar, un pasado que le había dejado una huella tan imborrable en su mente como el tatuaje que llevaba en el brazo y que lo identificaba como el judío A-9728—. Me arrancaron sin piedad lo que más quería —prosiguió—. Juré venganza. No me pregunte cómo, pero sobreviví al exterminio y saqué fuerzas para empezar una vida destinada a la persecución de aquellos malnacidos. Años más tarde conocí a Simon Wiesenthal mediante uno de los ex miembros del Centro de Documentación Judía de Linz. Yo tenía veinticinco años y la verdad es que quedé muy impresionado por su personalidad. A partir de ahí colaboramos siempre que pudimos, ya que compartíamos el mismo fin. Un día me comentó que había descubierto a algunos de los dirigentes nazis que habían creado Odessa, una red financiada en parte por las grandes riquezas que se habían formado gracias a la guerra y en parte por las que nos habían saqueado, y que habían huido con la colaboración de un obispo austriaco del Vaticano afín a las políticas nacionalsocialistas. Hudal, que era como se apellidaba el eclesiástico, había alabado de forma pública la ideología nazi ya que pensaba que era la solución definitiva contra el comunismo. Su colaboración fue vital para que pudieran escapar miles de nazis a través de las conocidas *ratlines* o líneas de fuga. El relevo generacional de los fugados ha permitido que Odessa haya pervivido y evolucionado hasta nuestros días. Los neonazis de hoy en día son un peligro, y hay que evitar como sea que prosperen, ya que su objetivo se centra en instaurar el Cuarto Reich. Tu amiga está investigando la Fundación Reldeih, que está ubicada en Buenos Aires. Esta institución tiene la misión de coordinar toda la propaganda nazi a nivel mundial, no solo a nivel interno, sino también con otras organizaciones que proclaman la superioridad del hombre blanco, como por ejemplo el Ku Klux Klan, etc. Organiza congregaciones y campamentos y anula la personalidad de sus cachorros más noveles. También ofrece becas a los más destacados y los educan en psicología, derecho y, en definitiva, en cualquier carrera que les ayude a colocarlo en algún punto clave de la sociedad actual. En Alabama está la Kyklos Scientific Research, Co., una empresa financiada en sus inicios por la CIA y que "fichó" a los carniceros que Hitler hacía llamar científicos y que nos habían usado como conejillos de indias en los campos de concentración.

—Pero... —se escandalizó la periodista.

—Las preguntas, después —cortó Saúl—. La Kyklos se lleva algo entre manos. En Roma está la Fundación Savitri, que promociona y continúa el trabajo que inició y desarrolló en 1939 Heinrich Harrer, Lobenhoffer y Chicken en la expedición a Nanga Parbat en busca del origen de la raza aria. En Westfalia parece que está la Fundación Schicklgruber, donde me parece que organizan y dirigen las otras empresas y fundaciones al compás de su música. Luego también hay empresas menores, que aportan su grano de arena al movimiento, como por ejemplo discográficas y promotoras neofascistas.

—Ostras... no sé qué decir, la verdad. ¿Y cómo se financian? ¿Aún les quedan fondos de lo que llegaron a saquear? Desde luego, parece que tienen cubiertos todos los flancos.

—Bueno, es bien cierto que sacaron muchísimas riquezas a través de los empresarios más representativos del país y que las depositaron en bancos suizos para que crecieran y pudieran alimentar la red que tenían preparada para la huida en cuanto las cosas se pusieran feas. Gracias a Eva Perón y al General Franco, también invirtieron en lo que sería su gallina de los huevos de oro hasta la fecha de hoy.

—¿Y?

—Como le he dicho, los más altos dirigentes prepararon su fuga, pero eso estaba muy lejos de indicar que daban la guerra por perdida. Otto Skorzeny, un peligroso coronel de la Waffen SS experto en espionaje y sabotaje, creó una red paralela a Odessa a la que llamó "La Araña" y a través de la cual huyeron por la frontera sur de Alemania centenares de nazis entre los cuales se encontraba él. En su viaje a Argentina, hizo escala en Madrid, ya que mantenía muy buenas relaciones con el régimen franquista. El motivo de aquella parada se supo años más tarde, ya que gracias a los cien millones de dólares que le proporcionó la mismísima Eva Perón, pudo crear una empresa en España para la fabricación y venta de armamento que aún existe y que se llama Wolfadel, S.A. A partir de aquí empieza su misión. Creo, ya que no lo he podido demostrar, que Wolfadel mantiene una gran parte de la infraestructura neonazi contemporánea. Si no estoy equivocado, vende armas en el mercado negro y alimenta a la extrema derecha de tú país —concluyó el askenazí.

—Joder —soltó Carol, poco propensa a decir tacos, mientras asimilaba la última dosis de información.

—Nostradamus había profetizado que el *Reich* de Hitler duraría mil años, cosa que por suerte no se cumplió. Los idólatras del dictador han empezado a preparar el terreno para crear el Cuarto Reich con bastantes garantías de éxito y su intención es que dure más de los doce años de terror que consiguió Hitler. Creo que la situación económica que vivimos en la actualidad es ideal para que fructifique un virus como este y no tengo ni idea de cuándo se va a producir. Nuestra responsabilidad es evitarlo.

—Joder —repitió la chica pensando que el día ya no era tan soleado, que el calor no era tan sofocante y que unos nubarrones tormentosos se estaban acercando de forma muy amenazadora.

Madame Zoe

Era el año 1944 cuando una guapísima y esbelta Zoe atendió a un grupo de empresarios alemanes que se habían congregado, bajo la supervisión del mismísimo secretario general de Hitler, Martin Borman, para llevar a cabo una de las huidas más importantes protagonizadas por los nazis antes del asalto de los aliados. En aquellos tiempos ella trabajaba como camarera en el Hotel Maison Rouge, en Estrasburgo, y pertenecía a la resistencia francesa. Contaba quince años. Su juventud era uno de sus bienes más preciados y considerados en su papel de espía, ya que por lo general, la gente no le prestaba demasiada atención y hablaba más de lo que haría ante cualquier otra persona. Las tragedias de la guerra se le manifestaron el día en que su mejor amiga fue asesinada por ser judía. Hacía años que sus padres habían muerto en un accidente ferroviario y se había criado con su tía Marlene. Ozna era una niña que vivía en la casa contigua a la de su tía y con la que entabló amistad enseguida. Ozna, en hebreo "la que escucha", hacía honor a su nombre. A Zoe le sirvió como paño de lágrimas y tabla de salvación. La ausencia de sus progenitores facilitó que se desahogara con ella y su dolido corazón dejara de estar solo.

Un día Ozna se cruzó con quién no debía y acabó vejada y ejecutada. Zoe descubrió su cadáver con la ropa desgarrada en un charco maloliente de excrementos y orines. La cubrió con su chal y la llevó como pudo a casa de su tía. A partir de aquel nuevo revés, dedicó su vida a la lucha contra el movimiento nazi y ayudó a todo aquel que lo combatiera y que la necesitara. Se introdujo en la resistencia y así fueron pasando los años, hasta que un día conoció a un joven atormentado, desharrapado y andrajoso, que le pidió un mendrugo de pan. Aquel chico desnutrido se llamaba Saúl Larski y había sufrido en sus carnes la tragedia y las atrocidades de la guerra alemana. Al igual que a ella también le habían dejado unas cicatrices que jamás llegarían a desaparecer. Lo que empezó como una bonita amistad se convirtió en un amor que fue capaz de sortear todas las barreras que el destino les depararía. Ambos sabían que se debían a una causa superior y divina que era la de no dejar impune a nadie que hubiera ayudado a perpetrar aquellas atrocidades. Los dos habían jurado venganza. Eso no impidió que tuvieran descendencia, un niño al que llamaron Lazlo. A medida que las pesquisas de Saúl se convertían en respuestas y sus persecuciones en detenciones, más precauciones tomaba con su familia para que no corriera peligro. Tanto Zoe como Saúl viajaban por todo el mundo gracias a donaciones que conseguían de otros judíos que también perseguían el mismo fin pero que no se atrevían a hacer en persona. Un día se trasladaron a una pequeña población de la costa francesa llamada Collioure y Zoe montó una pequeña galería de arte a modo de tapadera. Cuando el joven Lazlo tomó consciencia de la labor que estaban desarrollando sus padres se dispuso a seguir sus mismos pasos y a tomar el relevo cuando estos se lo pidieran. Con el tiempo se llegó a casar y a tener una hija. Como su esposa no era tan comprensiva con él como lo había sido su madre con su padre, no tardó en divorciarse. Lazlo se quedó solo al quedarse ella con la custodia de su hija. Aquella situación hizo que se centrara más si cabía en su cruzada contra los nazis huidos.

Once

S*ieg Heil!* —saludó el fiel camarada Todd extendiendo su brazo.

—¡*Sieg Heil!* —correspondió Ben Campbell con el pecho henchido de orgullo.

Después de la charla mantenida con Tommy Lee y pensando que la periodista y su amigo ya eran historia, Todd había concertado una reunión, a petición de su jefe, con el presidente de Kyklos Scientific Research Co. en su sede de Alabama. Hacía años que se conocían y siempre habían mantenido una relación muy cordial. El despacho de Campbell era el que se podría esperar de un alto directivo de una empresa de tecnología punta e investigación. Diseño, lujo, sencillez y modernos equipos que denotaban que aparte de gestionar la compañía, también participaba de forma activa en los proyectos en los que estaban embarcados.

—¿Cómo van los avances? —preguntó sin preámbulos el segundo de Tommy Lee.

—Como se suele decir, viento en popa. Creo que lo vamos a conseguir en breve. A partir de aquí solo quedará la implantación de nuestra razón de ser —respondió el gerente con evidente satisfacción—. ¿Sabéis algo de nuestros colegas italianos? —interpeló con ansiedad sabedor del papel fundamental que tenían los 88 dentro de la organización mundial.

—Nada. De momento la Fundación Savitri se mantiene en silencio. El otro día Tommy Lee llamó a Angelo y este le dijo que prefería no adelantar acontecimientos —respondió refiriéndose al homólogo europeo de su amigo—. Supongo que después de tantos desengaños ahora van con pies de plomo.

—Tienes razón. Estoy ansioso por confirmar su éxito para poder implementarlo a nuestros logros —confesó Ben al tiempo que se sentaba en su apreciada butaca—. Gracias al *Führer* hoy Kyklos es lo que es. Mira nuestros avances y disfruta. —Encaró la pantalla hacia Todd y puso su pulgar derecho sobre un escáner para que reconociera la huella dactilar. Los continuos mecanismos de seguridad que le pidieron acceso dejaban bien claro la restricción de lo que le iba a enseñar.

—El apartamento no está nada mal. ¿Seguro que quieres que nos instalemos aquí? —preguntó Axl a Fernando, que al final los había llevado a la vivienda de su hermano en la calle del Caminito, en el barrio de La Boca—. Desde luego, todas estas casas parecen salidas de un museo.

—Sí, no pasa nada. Me hace falta la plata y además mi hermano tardará todavía unas semanas en regresar. Sean discretos y cuiden que no les maten aquí. Esta calle todavía es segura, pero si se adentran un poco más hacia La Bombonera no les aseguro que puedan salir ilesos —bromeó el taxista a la vez que advertía de los riesgos que podían correr si se acercaban demasiado al campo de fútbol del Boca Juniors—. Este barrio es uno de los más turísticos de la ciudad, o sea que encima les hago de guía gratis. ¿Ya saben cuál es su siguiente paso?

—Sí, tenemos que ir a esta dirección —mostró Axl en un papel—. Estamos buscando a un individuo que se llama Hugo Franzolini.

—¡No rompás más las pelotas pibe! —La pareja se sobresaltó por la reacción inesperada de Fernando.

—Eeeh... relájate, ¿pero qué te pasa? —inquirió sorprendida Miranda.

—¡Canejo! ¿Por qué no me habían dicho que se querían meter con el mismísimo diablo? —se lamentó pasándose la mano por la revuelta cabellera—. ¿Y encima me preguntás que qué me pasa? Soy taxista, he oído muchísimas cosas de ese pendejo y te puedo asegurar que nada buenas. Domina a todos los *skinheads* de Buenos Aires y dicen que se codea con los antiguos nazis que viven aquí y se escaparon de Alemania. Nos van a romper el orto. Estoy haciendo el papafrita, chabón, me han metido en un quilombo de narices.

—Psss, ¿de qué está hablando?

—Mejor que no lo sepas —confesó el cámara. No tenía ganas de admitir que él también se había perdido y que había adivinado por su gesticulación que lo que había dicho no era nada bueno—. De todas maneras, ¿sabes dónde está este lugar?

—¡Dale! Claro que sí, está en uno de los *country* de lujo de Buenos Aires.

—¿Y qué es un *country*? —quiso saber la reportera.

—Suele ser una urbanización vallada y con vigilancia... —se adelantó Axl. Se dio cuenta de que en los últimos días parecía que su único objetivo era invadir casas de temibles fascistas—. Tendremos que buscar alguna otra opción para averiguar más de él.

—Espérate antes de darte por vencido. Voy a llamar a Harvey, a ver si me puede dar alguna otra pista —animó Miranda mientras subían al taxi y marcaba el número de su confidente.

—¿Sí?

—Harvey, ¿estás sobrio?

—¿Quién coño eres y qué cojones te importa?

—Soy Miranda, estoy en Buenos Aires y ya sabemos dónde vive Franzolini. ¿Sabes algún sistema que nos permita espiarlo o recabar más información?

—Sí, espera y te daré el código de entrada de su oficina —sorprendió el soplón.

—Joder, ¿y tú cómo sabes eso?

—Es la fecha del fallecimiento de nuestro padre.

—¿Perdón?

—Hugo Franzolini es en realidad mi hermano, Franz Diefenbaker —dejó ir, como si aquello fuera de dominio público—. Apunta.

—¿Cómo? —La periodista cogió papel y lápiz e hizo callar a Axl y Fernando que se habían enfrascado en una diatriba del por qué lo habían metido en aquel embolado.

—Mira, no tengo ganas de hablar más, voy a tomar un trago. Ya te lo explicaré otro día. —Se despidió y colgó sin dar opción a ningún tipo de réplica.

—¿Qué te ha dicho? —interpeló Axl a su compañera, al ver que ella no decía nada.

—Tengo el código de acceso a las oficinas de Franzolini —musitó en voz baja como un autómata. Todavía estaba procesando lo que le había contado Harvey.

—¿Puedes hablar más claro?

—Tengo la contraseña de la fundación y la dirección de su casa.

—¡Joder! ¡Qué pasada...!

—Sí, ahora solo falta franquear la entrada de uno de los *country* más seguros de la capital, meterse en su casa, registrarla, y luego introducirse en su centro de mando —se mofó el taxista.

—Tranquilo, Fernando. Por lo del *country* no te preocupes.

No sabes la de puertas que puede abrir una acreditación periodística —vaticinó Miranda con fingida seguridad y pensando en posibles alternativas.

Al otro lado del Atlántico, en Roma, Flavio Sforza había salido a tomar una merecida copa después de una larga y dura jornada de trabajo. A veces, su día a día podía llegar a ser agotador. Su jefa, la redactora en jefe Cristina Mangliano, con la que se llevaba a las mil maravillas, lo machacaba hasta la saciedad hasta que sacaba lo mejor de sí mismo en cada reportaje. Hacía diez años que trabajaba en *Il Corriere della Repubblica,* uno de los periódicos italianos con más tirada a nivel nacional, y su pasión por la profesión, que lo había cautivado en su juventud, no había decaído ni un ápice. Vivía por y para el periodismo, tanto que todas sus relaciones se habían ido al garete por no haber sabido conciliar la vida profesional con la personal. Para él, ser reportero comportaba entrega y dedicación las veinticuatro horas del día durante siete días a la semana, y uno no siempre podía escoger las intempestivas horas en la que surgían las noticias. Flavio era una persona a la que le gustaba cuidarse mucho. Todo lo que comía se reducía a ensaladas o platos cocinados a la plancha, se hacía la depilación integral y no descuidaba ni un día el ejercicio físico, ya fuera practicando *jogging* o modelando su cuerpo en el gimnasio. Se consideraba urbanita, una *fashion victim* de la moda al que más de un vez habían confundido con un modelo. Tanto era así, que diferentes canales de televisión lo habían querido fichar para presentar las noticias. Aun así, la personalidad de Flavio hizo que no cayera en las garras del hedonismo y no buscara los placeres mundanos y cortoplacistas a los que otra persona en su situación y condición hubiera sucumbido. A nivel personal, el periodista era de aquel tipo de personas que prefería y disfrutaba teniendo una relación estable aunque, cuando no la tenía y sus feromonas apretaban, no desechaba cualquier oportunidad que se le presentase para mantener relaciones esporádicas con el primero que le pareciera bien. Aquel era uno de aquellos días, así que aparcó su Vespa y se dirigió a su bar preferido. Eros, que era como se llamaba el local, ya orientaba a los posibles navegantes de lo que se podían encontrar en el interior gracias al sugerente nombre.

—Hola, Marcelo. ¿Cómo estás?

—Pues ya ves, trabajando un poco. —Se conocían desde hacía años—. ¿Con ganas de juerga?

—¡Cómo lo sabes! —rio el periodista—. Demasiados días en el dique seco. No parece que haya mucho ambiente, ¿no?

—La verdad es que de momento está flojo, pero por aquí anda Andrea —informó el camarero al tiempo que le guiñaba un ojo.

—Gracias. —Paseó la mirada por el local hasta divisar a su esporádica pareja sexual—. ¿Vamos al reservado? Te necesito...

En cuanto entraron, Andrea empujó contra la pared a

Flavio y empezó a besarlo con pasión. Sus dedos le desabotonaron con rapidez la camisa. Se la quitó y dejó al descubierto un torneado y musculoso torso. Las suaves manos de Andrea no dejaban de acariciarlo a la vez que sus labios buscaban los sensibles pezones de Flavio con la intención de chuparlos y mordisquearlos. El periodista, que se estaba volviendo loco por momentos, no paraba de morderse los labios para no gritar. El sudor corría por su piel provocado en parte por el sofocante calor de la estancia y en parte por el calor interno que aumentaba a cada minuto que pasaba. La lengua le surcaba los perfectos abdominales y provocaba que este arqueara la espalda. Andrea le pellizcó los pezones. El agradable dolor que le infligía hizo que emitiera un leve gemido. La excitación de saber que al otro lado de la puerta había gente que los podía oír hacía que su libido estuviera por las nubes. Luchaba con desesperación para liberar su miembro de la opresión de los tejanos, aunque cada vez que lo intentaba Andrea le apartaba las manos. La boca, la lengua, las manos de su amante lo torturaban sin piedad. Al final, sin prisa pero sin pausa, empezó a desabrochar uno a uno los botones metálicos del pantalón, a la espera de que de un momento a otro saliera al exterior el erecto pene. En cuanto lo hizo, la boca entró en juego para deleite del periodista. Si alguien sabía hacer un buen trabajo era Andrea. La profunda y entrecortada respiración se aceleraba cada vez más indicando que el clímax estaba a punto de llegar. Andrea le acabó de bajar los tejanos hasta los tobillos y le dio la vuelta para ponerle de cara a la pared. Separó las nalgas de Flavio y continuó jugando con su lengua para mayor desesperación del reportero.

—Por favor, Andrea, no pares, no pares... —jadeó Flavio que empezó a masturbarse ante la incontenible excitación que lo embargaba.

—Tranquilo, que ya estoy contigo.

—Sí, por favor, te necesito —apremió Flavio, loco de placer—. ¡Oh! ¡Sí, sí! —insistió al notar cómo Andrea lo penetraba.

—Me encantan estos escarceos —le runruneó con voz entrecortada mientras lo embestía con pasión—. Estoy a punto, estoy a punt...

—¡Sí! —bisbiseó a la vez que Andrea eyaculaba en su interior—. Cómo me tiemblan las piernas. Solo tú puedes conseguir que tenga semejantes orgasmos. —Andrea se subió los pantalones, y antes de besarle confesó—: No sabía que hubieras regresado de Londres.

—Llegué antes de ayer —respondió Andrea—. Estaré aquí unos días y luego me iré. Ya sabes que me canso con rapidez de las ciudades en las que trabajo. La ventaja de ser corresponsal es que cuando quiero pido otro destino y me lo conceden.

—¿Y cuál será el próximo?

—Alemania. Volveré a mis orígenes —sonrió—. Ahora estoy de vacaciones y desde luego no me había imaginado que empezarían tan bien...

En el momento que salían del cuarto, Flavio notó cómo su teléfono vibraba en el bolsillo y le provocaba un ligero cosquilleo.

—Un segundo —pidió antes de dar un beso rápido en los labios a su amigo—. ¿Dígame?

—¿Flavio?

—¿Sí?

—*Sono Io, Carol, della Spagna*!

—*Ciao, Bambina*! *Come stai*? —voceó el reportero con entusiasmo para hacerse oír por encima de la música del local.

—Bien, muy bien. ¿Puedes hablar unos minutos? —pidió Carol con la alegría que la caracterizaba.

—Sí, sí. ¡No dirías nunca con quién estoy! —accedió el italiano con jovialidad, ya que todo era un cúmulo de agradables coincidencias.

—Hombre, pues no, la verdad.

—¡Con Andrea Eisemberg! ¿Te acuerdas de él?

—¿Cómo me voy a olvidar? ¡Otra desgracia de hombre que hemos perdido las mujeres! —reconoció con sorna Carol al rememorar el chasco que se llevó el día en el que lo conoció y le dijeron que era el amante de Flavio, su guía de Erasmus.

—¡Pues lo tengo a mi lado! —gritó sin poder contener una cierta pluma—. Ha venido unos días de vacaciones, antes de irse hacia Alemania...

—Joder, Flavio, eres como un altavoz andante —se quejó el germano, con una media sonrisa—. ¿Con quién hablas?

—¿A Alemania? ¿Y aún se dedica al periodismo? —se sorprendió Carol pensando que a lo mejor podría matar dos pájaros de un tiro.

—¿Eh?, tranquila, tranquila. Sí, aún está casado con los periódicos —respondió. Se sentía avasallado por las preguntas, que le venían de dos frentes diferentes—. Andrea, tengo al teléfono a Carol Castro. ¿La recuerdas? Estudió con nosotros su último año de carrera.

—¡Cómo olvidarme de ella!

—¿Me puedes poner en manos libres? Tengo que haceros una petición que os podría atañer a los dos —pidió, excitada de poder contar con aquellos dos elementos.

—Sí, cómo no. —Ambos salieron a la calle para oírla mejor aunque de vez en cuando algún que otro bocinazo los interrumpiera—. Ya está, somos todo tuyos.

—Un trío, qué imagen más evocadora... —provocó irónicamente la chica—. Bien, a lo que iba: estoy ayudando a una amiga en un reportaje que puede ser un serio candidato para el Pulitzer y necesitaría de vuestra ayuda. La casualidad hace que dos de las ramificaciones de nuestra investigación nos dirijan a Alemania y a Italia. ¿Qué decís?

—¿De qué va el tema? Porque si es un tostón, paso —intervino Andrea expectante cruzando la mirada con su amigo que asintió, poniendo de manifiesto que pensaba igual.

—El resurgimiento organizado a nivel mundial de los neonazis, con la instauración final del Cuarto Reich.

—¡Bah! Con todos mis respetos hacia tu amiga, esa utopía nunca sucederá. Qué más quisieran los *skinheads* que poder volver a los tiempos de aquel demente.

—Esto es diferente. ¿Os suena Odessa? —La española buscó el punto propicio para llevarlos a su terreno.

—Sí —afirmó Andrea.

—Un mito —dijo Flavio negó con la cabeza como si ya hubiera tomado una determinación al respecto.

—No lo es. Tenemos confidentes que están en disposición de guiarnos para poder desvelar toda la trama y hacer desmoronar los planes de esos hijos de puta. Y vosotros más que nadie tendríais que ayudar en este proyecto.

—¿Nosotros? ¿Por qué?

—¿Tengo que recordaros qué les hicieron y hacen a los gays?

Flavio Sforza

Tenía diez años cuando empezó a tener aquella extraña sensación interior que le incomodaba. Cuando todos sus amigos empezaban a hablar de las chicas que les gustaban, cuando explicaban cómo se las ingeniaban para conseguir revistas de adultos y masturbarse con las sugerentes fotografías femeninas, cuando iban tras las chicas para tocarles el culo... eran cosas que a él no le decían nada y tampoco le incitaban a seguir aquel tipo de comportamiento. Tampoco era que perdiera el norte cuando veía a sus amigos en las duchas después de gimnasia. Aquel hecho hacía que aumentara su desconcierto. Como no conseguía averiguar el motivo de la falta de sentimientos en una dirección u otra intentaba concentrarse en las diferentes actividades que le llenaban y distraían. El deporte y la lectura eran sus dos grandes pasiones. Se consideraba feliz excepto cuando le invadían aquellas preocupaciones. Un día, se presentó un chico nuevo para inscribirse en el club de fútbol al que él pertenecía. Era alto y apuesto. Aquello fue el detonante que activó lo que durante tanto tiempo le había perturbado. Tenía catorce años y las fantasías con Vittorio se empezaron a suceder una tras otra en su imaginación. Entre ambos había una afinidad fuera de lo común y, a medida que se iban conociendo mejor, hacían más actividades conjuntas. La niebla que le había envuelto durante el inicio de su adolescencia se había disipado para pasar a ser un precipicio que le aterraba. ¿Y si se equivocaba? ¿Y si estaba interpretando de manera errónea los mensajes subliminales que le parecía que le enviaba Vittorio? ¿Cómo superar aquel miedo atroz al ridículo? ¿Cómo se lo tomarían sus padres? En su fuero interno sabía que sería una noticia que no encajarían muy bien. En Italia ser homosexual no estaba bien visto, y menos en un pueblo pequeño como Oliveto Lucano. Aquella era tierra de machos, pero él no se dejó amedrentar por el que dirán y trazó un plan para ver si sus sentimientos eran correspondidos. Un día le propuso a Vittorio que cogieran el autobús hacia Matera, una ciudad grande donde podían pasar desapercibidos, para escaparse e ir al cine, a lo que él accedió de buena gana. Una vez amparado por la oscuridad de la sala, intentó cogerle de la mano pero los nervios y la tensión lo paralizaron. Cuando finalizó la película, Flavio estaba descorazonado. No se había atrevido y tenía que aprovechar aquella ocasión, ya que sus padres no solían darle dinero para sus gastos y aquel día había sido una excepción. Sabía que no tendría otra oportunidad como aquella así que, cuando pasaron por un callejón solitario, se lanzó a sus labios sin que su cerebro tuviera tiempo de analizar las consecuencias. Estas no tardaron en evidenciarse. Vittorio se quedó petrificado en un primer instante al no entender lo que estaba haciendo su amigo del alma, hasta que poco a poco fue tomando consciencia, lo empujó con fuerza y lo lanzó al suelo.

—¿Eres maricón? —Vittorio se frotó los labios asqueado.

—Lo siento —se disculpó Flavio desde los fríos adoquines al ver que había metido la pata hasta lo más hondo—. Hace tiempo que me gustas y pensaba que yo también a ti...

—¿Pensabas que yo también era un jodido maricón? —exclamó perplejo ante aquella asquerosa idea—. ¡Eres un maldito invertido! —maldijo tras pegarle una patada en el pecho que lo dejó sin aire—. ¡No me vuelvas a tocar nunca más en tu vida, ni me dirijas la palabra, niñita de mierda! —amenazó mientras le propinaba un puñetazo que lo acabó por dejar sin sentido.

Al día siguiente su vida se convirtió en un infierno. Vittorio había pregonado a todo el pueblo su preferencia por el sexo masculino. La noticia corrió como la pólvora y le llegó a sus padres antes de que él pudiera reunir el valor suficiente como para confesárselo. Aquel mismo día su progenitor se quitó el cinturón y, sin mediar palabra, empezó a fustigarlo ante el desconsuelo de su madre que presenciaba la escena entre lloros y súplicas a Dios, rezando porque la enfermedad de su hijo se curase. Después de aquello y para su consternación, su mismo padre le preparó las maletas, le dio unos miles de liras y lo echó de su casa, renegando así de su sangre. Flavio pasó de niño a adulto en aquel mismo instante. Cogió el equipaje y, sin girarse siquiera, se dirigió a la estación de autobuses para irse lo más lejos posible de aquella gente de mente retrógrada.

Doce

El avión había aterrizado en Ezeiza hacía unos minutos y Tommy Lee y su esposa, Cynthia, ya habían recogido su equipaje. Buenos Aires no tenía muchos secretos para el jefe de policía americano que, desde que creó 88, había realizado numerosos viajes a la capital argentina. Para su mujer era una pequeña escapada, ya que siempre solía quedarse trabajando y defendiendo a miembros de la causa.

—¿Dónde está el colectivo que va hacia el centro? —preguntó al primer bonaerense que encontró—. Estos argentinos están cambiando cada dos por tres la ubicación de las paradas de autobuses.

—Por acá, señor, pero si vos querés los puedo llevar por ciento treinta pesos. Tengo un negocio de *transfer,* aunque solo los trasladaría a ustedes.

—OK, pues llévenos al centro, a la avenida Corrientes.

—¿Y qué vamos a hacer aquí? —quiso saber la abogada.

—Primero te presentaré a un verdadero camarada hijo de nazis y líder de la Fundación Reldeih, Hugo Franzolini. Ayer me llamó para informarme de que los reporteros siguen con vida y que, encima, les han perdido el rastro. Luego tenemos que ultimar la próxima concentración de camaradas, ya que Todd me dijo que su reunión con Ben en Kyklos había ido sobre ruedas. Me explicó que habían hablado con la Fundación Savitri de Roma y que están esperando unos resultados para dar a conocer el gran acontecimiento.

—¿Y de todo esto no se podría encargar Todd? —inquirió Cynthia ajena a las miradas que provocaba en el aeropuerto.

—No sigas por ese camino. ¿Quién te crees que eres para decirme lo que tengo que hacer o no?

—Disculpa, tienes razón.

—Además, acostúmbrate, porqué según cómo vaya por aquí, tendremos que ir a Alemania y con suerte conocer en persona al mandamás —aconsejó, suavizando el tono de voz.

—¿Pero no tendrás problemas en el trabajo?

—No, ya está hablado con el alcalde. —Tommy Lee tenía el beneplácito de su jefe directo, que a su vez era hermano de Sean Mitchell. Como todos ellos, también compartía la misma ideología—. Además, si todo va bien, tengo una agradable sorpresa para ti. Una que ni te puedes imaginar.

—¿A sí? —Su marido no era muy propenso a los regalos—. ¿Y cuál es? —preguntó abrazándose a él con zalamería.

—Todo se andará. A su debido tiempo —contestó con un halo de misterio.

Aunque Miranda era una chica deseable y podía escoger entre una amplia variedad de pretendientes, su vida sexual era muy pobre. Su profesión la había absorbido tanto que al final solo le quedaba la opción de consolarse a sí misma y muy, muy esporádicamente tener un escarceo con algún que otro desconocido. Por aquella misma razón, en cuanto vio y notó el miembro de Axl contra ella, germinó un deseo irrefrenable de que la poseyera, por lo menos hasta que el resurgido y casi olvidado apetito sexual quedara saciado. Como además, aunque estuviera en el siglo veintiuno, le gustaba que la iniciativa la llevara el hombre, decidió que provocaría al máximo a su amigo para que este se viera obligado a proponerle lo que ella deseaba. A partir de aquel momento empezaba la veda y ella sería la cazadora.

—Axl, ¿qué sugieres que hagamos ahora? —consultó con expresión inocente.

—Pues tenemos infinidad de opciones, desde dormir una siesta hasta hacer un poco de turismo. Total, todavía nos queda un rato hasta que regrese Fernando —respondió refiriéndose al taxista.

—Si te parece bien, voy a ducharme y vamos a dar un paseo.

—Psé. Está bien. Voy a revisar otra vez el correo

electrónico, a ver si hay alguna novedad. —En aquel momento Axl no adivinaba lo que se le venía encima.

La periodista entró en el baño sin siquiera molestarse en cerrar la puerta. «Así me podrás ver bien…» pensó con una sonrisa en los labios. Empezó a desvestirse de espaldas a él sin darle importancia. El fotógrafo, ajeno a las provocaciones, cogió el portátil. Estaba tan concentrado que cuando levantó la mirada mientras esperaba a que se cargara el sistema operativo, se quedó de piedra.

«Joder» exclamó para sus adentros al ver cómo aquella Venus de Milo entraba en la ducha y entrecerraba la cortina. «Hostia, no, otra sesión como aquella no, por favor...» pensó recordando lo mal que lo había pasado la última vez. «Tengo que ser fuerte, es una compañera de trabajo y no te la puedes tirar. Contención. Si no, me pongo un cilicio en la polla y asunto cerrado.»

Aun así, embelesado como estaba ante aquel cuerpo, no podía dejar de mirarla. Como si estuviera en un trance hipnótico, su respiración fue disminuyendo de intensidad para quedar acorde con la rigidez del cuerpo y su sexo. Miranda, que no tenía la certeza de que la estuviera mirando, decidió dar un paso más en su provocación esperando que aquello captara la atención de Axl, en caso de que no lo hubiera hecho ya. Empezó a fingir que se masturbaba y, aunque de buena gana lo hubiera hecho debido a la creciente excitación que estaba experimentando, se contuvo a la espera de la reacción de su amigo. Viendo que este no iba, empezó a gemir un poco más fuerte para asegurarse de que la pudiera oír.

A aquellas alturas, Axl no sabía cómo ponerse. «Esto es inhumano» pensó planteándose saciar su libido de una vez por todas. «No es normal tener a una tía que esta buenísima en la habitación de al lado toqueteándose y yo aquí intentando contenerme. Esto va contra natura.» El mensaje de que tenía un *email* consiguió sacarlo de su ensimismamiento a duras penas.

—Tu amiga española te ha respondido —gritó para hacerse oír por encima del agua con la máxima naturalidad que pudo.

Miranda, ofuscada por la inexplicable inapetencia de Axl, no se dio por vencida y, haciendo oídos sordos, continuó con lo suyo.

—Esta Carol... —rio en voz alta, ignorándola. «Joder, joder, joder. ¡Como no pare, explotaré!», se dijo recolocándose el miembro como pudo para que no abultara tanto.

Miranda bufó airada y corrió la cortina. «No pienses que te escaparás...»pensó. Se enrolló la minúscula toalla y preguntó de malas maneras:

—¿Y qué dice?

—¿Qué te pasa?

—Nada, nada...

—Si tú lo dices... Se ve que ya se ha puesto en contacto con Larski, que le parece un personaje muy interesante, y también comenta que ya tiene a los reporteros para Italia y Alemania. ¡Joder, ya tenemos el equipo montado! ¡Qué pasada!

—¿Ah, sí? —Al oír aquellas noticias se le pasó la irritación al momento—. Carol siempre ha sido muy competente, y además es muy inteligente. A ver qué consiguen averiguar... Miranda le dio la espalda y dobló el cuerpo por la cintura para coger la ropa interior de la mochila que estaba en el suelo. Se había olvidado por completo de lo corta que era la toalla e ignoraba que en aquella postura estaba dando un primer plano de sus nalgas y sexo a un cardíaco cámara al que se le salían los ojos de las órbitas.

«A este ritmo no hará falta que me maten los nazis. Antes me muero de un infarto» pensó el sudoroso fotógrafo que ya no sabía cómo disimular la erección.

—Bueno, Andrea, prométeme que tendrás mucho cuidado con esta gentuza, ¿vale? —Flavio abrazó a su amante y le besó—. No sé ni por dónde empezar. A ver si tengo suerte y encuentro el hilo que me permita desenredar el ovillo... —confesó Flavio con cara de circunstancias.

—Ya verás como sí. Tengo ganas de darles un escarmiento a esos homófobos hijos de puta. Están todos tarados. Si te soy sincero, estoy excitadísimo por toda esta movida. Nunca antes había participado en un reportaje de esta magnitud. Será la primera y última vez que le dé por culo a un neonazi —bromeó Andrea—. Bueno, me voy a casa, que tengo que preparar una maleta. Cariño, cuídate tú también, por favor —agregó devolviéndole el beso para escándalo de una anciana que paseaba por allá.

Cuando Carol les informó sobre todo lo relativo a sus nuevos quehaceres, les explicó sobre los numerosos atentados que habían sufrido sus amigos americanos y la persecución continuada que sufría su confidente. A Andrea le había pasado el contacto de Lazlo. Por aquel entonces Zoe le había dicho que al final no podría ir ella. A Flavio le había dado unos cuantos nombres y una dirección por la cual tendría que empezar a investigar. Todos se encontraban en el mismo punto, es decir, sin nada y con un arduo trabajo de investigación por delante. Habían acordado que se comprarían nuevos teléfonos que solo usarían entre ellos y que desconectarían los de propiedad. El correo electrónico funcionaría siempre codificado, y en cuanto alguien descubriera información relevante lo comunicaría al resto del grupo para ver si podía aportar alguna luz a sus respectivas pesquisas.

Wolfadel, S.A. era una empresa que se dedicaba a la producción y exportación de armas. Estaba constituida por capital español privado, a diferencia de otras de su sector, que tenían como accionistas a entidades bancarias. Su sede estaba en Valencia capital, y estaba regida por Feliciano Martínez. Para una hábil investigadora como Carol, aquella información había sido fácil de descubrir, ya que la red ofrecía cincuenta mil posibilidades y solo tenía que cribarlas. Antes de profundizar en su objetivo, quiso instruirse en el sector armamentístico que tantos beneficios reportaba al gobierno. España estaba considerada una de las principales potencias mundiales en la venta de armamento y equipamiento militar y los gobiernos que habían pasado por la Moncloa, independientemente de su ideología, siempre habían intentado que aquel aspecto de la economía nacional pasara lo más desapercibido posible. En el último año habían ingresado mil quinientos millones de euros. Lo más oscuro y reprobable de algunas empresas de aquel sector eran sus clientes. La mayoría de las ventas de sus productos iban dirigidas a países en guerra civil o con regímenes opresivos en los que el respeto por los derechos humanos era un elemento anecdótico. Por lo que averiguó, Wolfadel se caracterizaba por no tener escrúpulos. Se saltaba de manera sistemática el derecho internacional y las resoluciones de la ONU. El cómo se creó ya era harina de otro costal. Su origen se había diluido después de un maremágnum de fusiones y absorciones. Solo pudo constatar que en un momento dado de precariedad, recibió una misteriosa inyección de capital que la reflotó. Tras aquella primera inmersión, le faltaba conocer de primera mano a su otro objetivo: Feliciano Martínez. La fortuna le sonrió al ver que aquel personaje era muy profuso en la red. Su familia había sido una de las más acaudaladas del régimen franquista. En la actualidad parecía tener grandes contactos en el Ministerio de Defensa a través de militares de alta graduación afines al movimiento. Falangista y fascista hasta la médula, era reconocido también por su habilidad negociadora y sus amplios contactos políticos de cualquier índole. Carol no pudo encontrar mucho sobre él de antes de que entrara como director general en la empresa armamentística, pero lo cierto es que hacía más de veinte años que la dirigía con bastante éxito. Casado, padre de ocho hijos y esposo modelo, su perfil social parecía ejemplar. Intentaba ser discreto, incluso con su ideología, ya que como persona precavida no quería que aquella faceta le perjudicara en sus negocios. Las malas lenguas no solo decían que vendía a quién no debía, sino que también traficaba en el mercado negro.

Después de hacer una radiografía de Wolfadel y su dirigente, le faltaba acometer un último punto: infiltrarse e investigar desde dentro para obtener pruebas comprometedoras. Aquel era el momento en el que se metía en la boca del lobo.

—Hans, ¿ves algo? —preguntó su compañero de vuelo.

—*Nichts* —negó el piloto alemán con el ceño fruncido—. ¿Seguro que en el pergamino ponía que era por aquí? A ver si hemos venido a Tayikistán para nada...

—Seguro. Ponía que estaba cerca de Parama Kamboja, en la zona Kuru—aseveró el copiloto—. Céntrate en la prospección. Nadie dijo que tuviera que ser fácil. Si no, nuestros predecesores ya lo habrían descubierto y el mérito hubiera sido de ellos.

—Pues me parece que nos hemos equivocado. —Hans puso de manifiesto su permanente tozudez.

—Joder, no empieces. Vale que las otras veces no hayamos tenido suerte, pero todavía no habíamos descubierto este documento. Si erramos, vas y le dices a Alejandro Magno que qué coño significa este pergamino de transacción comercial —espetó con sarcasmo y continuó—. La información tiene unos dos mil seiscientos años. Parece mentira que te rindas con tanta facilidad.

—Vale, vale... Es que he perdido la cuenta de los falsos arios que hemos encontrado ya y me da la impresión de que estamos buscando las cenizas del ave Fénix.

—Yo a veces pienso lo mismo —aflojó su compañero—. Hay días en que también me invade cierta desazón, pero somos arqueólogos y no podemos desfallecer. Estoy de acuerdo en que alguno de los estudios de los antropólogos de Hitler pudiera no estar bien fundamentado o incluso viciado por las ganas de encontrar lo que buscamos, pero nosotros hemos hecho el trabajo bien y ya verás como dará sus frutos. Triunfaremos allí donde fracasaron Beger y los demás. Ten confianza.

—Pues espero que lo encontremos pronto, porque no sé qué va a ser peor, que nos coja el invierno en estos parajes, o que nos trague la tierra en uno de sus terremotos —largó malhumorado Hans—. Bueno, eso si los de aquí no nos acribillan a balazos... ¡Eh! ¿Me lo parece a mí o en aquel campo se puede apreciar un túmulo y un foso con su muro?—exclamó señalando un campo de algodón que contenía diversas oscilaciones geográficas.

—Hombre, poder ser, podría. ¿Sabes en qué zona estamos? —quiso averiguar Herbert.

—Sí, esto es el Valle de Fergana y pertenece a la provincia de Khatlon. Tengo las coordenadas.

—Bien, pues ya podemos volver al aeródromo y organizar la expedición. ¡Empieza la fiesta!

Andrea Eisenberg

Hijo, ¿tienes la maleta preparada?

—Papá, ¿otra vez tenemos que trasladarnos? —Andrea acababa de cumplir dieciséis años.

—Ya sabes que el trabajo de papá es así, cariño —intervino la madre mientras le alborotaba cariñosamente su frondosa cabellera.

—¿Y a dónde nos toca esta vez? —preguntó el hijo del cónsul italiano que temía que el destino fuera un país de su desagrado—. Es que al principio esto parecía que iba a ser divertido, pero mudarnos cada dos años de un sitio a otro...

—A casa, volvemos a casa, Andrea —contestó su madre sin poder contener su júbilo—. Le han ofrecido un cargo en el Ministerio de Relaciones Exteriores.

—¡Bien! ¡Volvemos a Roma! —Abrazó a sus padres lleno de regocijo.

—Siento que nuestra vida haya sido así, hijo mío —se disculpó el progenitor.

—Bueno, pero por lo menos ahora ya nos estableceremos para siempre, ¿verdad?

—Verdad —confirmó el funcionario sintiendo como le invadía una oleada de ternura—. Ahora por fin podrás echar raíces y tener unos amigos como Dios manda. ¿Todavía quieres estudiar periodismo?

—Sí, me encantaría. Papá, mamá, ¿os puedo confesar una cosa?

Los padres se miraron extrañados por aquella insólita petición, ya que era evidente que la respuesta sería afirmativa.

—Claro que sí, hijo —afirmó la madre.

—Sería mejor que os sentarais... —avisó poniéndolos cada vez más nerviosos.

—¿Qué pasa? ¿Sucede algo malo? —temió el cónsul.

—Hace tiempo que os quiero decir una cosa, pero nunca me he atrevido. Quiero que sepáis que no es nada fácil para mí y que espero que me comprendáis —avanzó temeroso el joven.

—Por favor, Andrea, dilo ya, que me tienes en vilo —pidió su madre.

—Soy homosexual. —Al confesarse experimentó un gran alivio. Desde que descubrió su orientación sexual había temido que llegara aquel día pero no podía aguantar más aquella presión.

El silencio reinó en la sala.

Habían pasado ya unos años desde aquel día, pero jamás se había arrepentido de haberse sincerado. Tras digerir la noticia sus padres le acabaron dando su apoyo incondicional, asumiendo que el amor, al igual que la orientación sexual, no se podía escoger, por mucho que a ellos les hubiera encantado que a su hijo le gustaran las chicas.

Trece

Me quedo dentro del taxi. No quiero entrar ahí —afirmó Fernando Gambazza al llegar a las puertas del *country* donde residía el ex nazi.

—¿Estás seguro de que no quieres venir? —preguntó Miranda.

—A dónde, ¿a hurgar en la casa de un loco nazi? Ni hablar. No, gracias.

—Miranda, no insistas, vamos hacia el guarda, que se está poniendo nervioso y es capaz de azuzar a los perros para que nos ataquen —avisó Axl. A medida que el taxista conocía sus propósitos, la predisposición menguaba—. ¿Ya sabes qué le dirás al "segurata"?

—Le explicaré que estamos haciendo un reportaje sobre los diferentes estilos de vida en Argentina. —Miranda se había arreglado con la intención de que ningún hombre se resistiera a sus peticiones—. Hola, señor, somos del Canal 9, de Estados Unidos, estamos laburando... —empezó intentando conectar con el vigilante.

—No. —La rotundidad con la que le denegó la petición la descolocó. Ni siquiera había interrumpido la preparación del mate.

—Hombre, no sea así, solo queremos hacer unas cuantas fotografías y entrevistar a algún habitante del *country* y...

—No.

—Pero, ¿y si le damos algo de plata por las molestias?

—He dicho que no. ¿Qué parte del "no" no entendés? —El vigilante apartó la mirada del recipiente en el que había estado concentrado hasta aquel momento y se incorporó. Su altura solía ser suficiente para amedrentar a cualquiera aunque, para asegurarse, descansó la mano en la porra a modo de advertencia.

—¿Sergio? —se oyó tras los periodistas.

—¡Fernando! —gritó el gorila con alegría apartándolos para ir a abrazar al taxista, para estupefacción de los americanos—. ¡Cuánto tiempo sin verte!

—¿Pero se puede saber qué hacés aquí? ¡Eh, grandullón! ¡Dejá que respire, que me asfixias!

—Ya veo que os conocéis... —dijo Axl.

—¿La lolita y el tipo vienen con vos?

—Sí, son unos amigos. Quieren hacer un reportaje sobre un ex milico que vive acá. Miranda, Axl, Sergio es mi primo. ¿Cuánto tiempo hace que estás acá?

—Hace un par de meses, dejé Rosario y vine a probar suerte. Este es el primer trabajo que encontré. Viejo, no me rompás las pelotas que aquí hay ex milicos. ¿Y quién es el boludo?

—Hugo Franzolini. En su tiempo fue nazi —confió bajando la voz. Miró a su alrededor para que nadie, salvo los presentes, lo pudiera oír.

—¡La concha de la lora! —Sergio escupió con desprecio y se dirigió por primera vez a los americanos—. ¡Dale, pues! Entren, pero vayan con cuidado, que pongo en juego mi puesto de trabajo.

—¡Gracias! ¿Quieres venir ahora, Fernando? —volvió a insistir Miranda, que aún estaba enojada porque parecía que sus atributos sexuales habían perdido todo el poder en aquellas tierras.

—No, me quedaré con Sergio poniéndome al día. ¿Te molesta?

—Que va, entremos en la garita. Ustedes busquen una mansión amarilla con columnas. Es la única con esa descripción. Y repito, sean discretos. Hace una hora que se fue y no volverá hasta el atardecer. Franzolini no suele romper sus rutinas.

—Gracias. ¿Nos ponemos manos a la obra? —instó Axl.

—¡Vamos! Hemos tenido una suerte...

—Sí, porque si tenemos que depender de tus dotes de seducción... —se mofó el cámara, para mayor irritación de su amiga.

—Ya. ¡Qué simpático!

—Anda que si tenemos que escapar lo tendremos difícil —pensó en voz alta observando las altas empalizadas metálicas bordeadas por una malla electrificada.

Los camiones, de modelos retirados de occidente, circulaban traqueteando por los pedregosos caminos rurales del Valle de Fergana. El paisaje, agreste al igual que el clima, no parecía que fuera a dar más complicaciones de las que ya se habían encontrado en otras expediciones. Hacía años que trabajaban para la Fundación Savitri y eran conscientes de la relevancia de su cometido. Cualquier avance era muy bien acogido por los miembros de la organización, de la misma manera que cualquier fracaso era recriminado con dureza. No había término medio. La marcha estaba liderada por Hans y Herbert, ya que el hallazgo del documento había sido gracias a ellos, pero también se habían añadido a la aventura Günter Schiller y Friedrich Schlöndorf, dos compañeros y arqueólogos que también colaboraban en la particular búsqueda del "Santo Grial" de la fundación. Estos habían dejado sus investigaciones a petición de su jefe ya que los fundamentos del nuevo proyecto tenían bastante más consistencia. Hacía años que se conocían los cuatro, pero no siempre habían colaborado en las mismas expediciones. La rivalidad siempre había marcado sus trayectorias profesionales. El resto de los miembros eran tayikos, el grupo étnico más numeroso de la zona, que por pocos dírhams, podían garantizar un mínimo de seguridad y mano de obra para los trabajos más duros. Todos iban fuertemente armados ya que uno de los principales ingresos del país procedía del tráfico de la droga procedente de Afganistán. Los tayikos solían ser rudos y a veces peligrosos y cuando además la excavación era clandestina, como era aquel caso, el riesgo se multiplicaba por mil. Para el cuarteto, acostumbrados a trabajar en la ilegalidad, aquel hecho no les representaba ningún problema moral. Aunque cada uno tenía su especialidad, todos tenían una amplia experiencia en aquella parte olvidada de la antigua Unión Soviética, lo que les había servido para capear más de un incidente. Sabían a quién sobornar y cómo hacerlo, y si hacía falta, intimidar a los autóctonos que, por lo general, solían ser campesinos. Günter había sido el último en realizar un descubrimiento de cierto renombre en la antigua ciudad de Samarcanda y había conseguido publicar en las prestigiosas revistas Nature y Science. Para guardar las apariencias de la fundación solían combinar trabajos oficiales con los que en realidad aportaban valor a la misión del entramado neonazi.

—La verdad es que tuvisteis mucha suerte al encontrar aquel pergamino —confesó Friedrich con envidia. Para él aquello era una competición en toda regla y, si tenía que arrinconar a sus colegas para ensalzar sus éxitos, no se lo pensaría dos veces.

En aquel momento la caravana había realizado un alto

para que los integrantes pudieran estirar las piernas y descansar sus posaderas del continuo traqueteo provocado por el irregular camino. Llevaban horas circulando por caminos alejados de cualquier civilización y el gélido clima no ayudaba a mejorar las condiciones del viaje.

—Lo que tú digas, pero dicen que la suerte es una oportunidad cruzada con mil horas de trabajo —contradijo Herbert, que era uno de los últimos historiadores fichados por la fundación, mientras encendía un cigarrillo—. Para mí, el azar no existe. Solo hay que tener los ojos abiertos. Siempre hemos sabido que los indoeuropeos son el origen de la raza aria, por mucho que otros se empeñen en decir lo contrario, y también hemos sabido que esta zona estuvo bajo el reinado de Alejandro Magno, al igual que el reino de Pérgamo. De aquí que los pergaminos de las transacciones comerciales de esta zona se guardaran en su biblioteca. Aunque al principio me costó verlo, lo lógico es que después de la conquista del Imperio Romano trasladaran toda la documentación a Italia. Ahora, lo que tú llamas suerte para mí tiene otra definición muy distinta. Trabajas en Savitri desde el principio y hacía décadas que la fundación tenía en su archivo privado esta vitela. Si, de manera incomprensible te ha pasado desapercibida, en mi opinión, lo que refleja es tu grado de incompetencia —espetó impertérrito ante la sorpresa del resto del grupo.

—¡Serás hijo de puta! —maldijo el aludido—. Lo que tú quieras, pero bien que me has venido a buscar...

—Te vuelves a equivocar. Estás aquí por orden de Angelo, en contra de mi voluntad —reveló Herbert mencionando al director general de Savitri.

—Capullo arrogante. —Friedrich le lanzó una mirada envenenada.

«Joder, vaya días que nos esperan…» pensó Hans.

—Buenos días. Estoy buscando trabajo —pidió Carol en la empresa de trabajo temporal. Hacía un día que se había instalado en la capital valenciana y ya había averiguado cómo podía infiltrarse en la empresa objetivo de sus investigaciones.

—Rellene este formulario. ¿Tiene experiencia? —La administrativa hizo la pregunta sin dejar de mascar el chicle.

—Sí, puede pedir mis referencias en estas dos empresas —señaló la periodista en su falseado currículo.

Carol había adulterado su imagen personal a propósito para su nuevo objetivo y la había adaptado a la nueva identidad que se había propuesto encarnar. Iba sin maquillar, llevaba sus alborotados rizos recogidos en un moño y la ropa que llevaba, una talla más grande de lo habitual, hacía que perdiera toda la feminidad que la solía caracterizar.

—¿Algún turno en especial?

—Sí, mejor por la noche. Ya sabes, para poder tirar con la casa y los niños —mintió Carol. Le tendió un papel con un nombre escrito y dijo—: Una amiga me ha recomendado esta empresa...

—Sí, sí —acalló la entrevistadora con la intención de evitarse oír otro drama familiar—. ¿Disponibilidad para empezar?

—Hoy mismo.

—Pues es tu día de suerte. Una de las chicas que trabajaba aquí lo ha dejado esta misma mañana. Ve a esta dirección para que te hagan la revisión médica y luego vuelve para firmar el contrato. Te daremos el uniforme y las pautas de comportamiento. —No se podía creer lo rápido que había cubierto aquella vacante.

—¡Muchas, muchísimas gracias! —Cuando Carol salió de Collioure se le ocurrió una idea que al principio se le antojó descabellada, pero que maduró hasta hacerla viable. El azar le había hecho un guiño y no podía desperdiciar la oportunidad.

«Ya estoy dentro... ¡qué potra he tenido! Bueno, ahora me tengo que ganar la confianza de mis nuevas compañeras y estudiar los sistemas de seguridad internos» se dijo. «Seguro que una empresa como esta tendrá un montón de destructoras de papel. A ver si dura mi racha y puedo conseguir algún archivo incriminatorio... ¡Wolfadel me ha abierto las puertas y no puedo fallar!».

De todo el equipo de investigación que se había creado en torno a 88 y demás ramificaciones, Flavio Sforza era el que lo tenía mejor. No se había tenido que desplazar, estaba en su ambiente y podía tirar de sus confidentes. Además, estaba su redactora jefe, Cristina. Aunque se suponía que la investigación se tenía que llevar en el más estricto secreto, Flavio se lo había explicado para convencerla de que le diera un poco de margen con sus obligaciones diarias. Pensó que, como ella había sido una consumada reportera de investigación, no podía permitirse el lujo de renunciar a su inestimable experiencia. Si lo hubiera hecho sería tonto. Aunque de manera indirecta, ella podría aportar muchísimo valor a su trabajo.

Una vez lidiado el tema laboral, localizó las oficinas centrales e identificó posibles puntos de observación que le permitieran pasar inadvertido. El edificio de la fundación era de los años setenta. Tenía una bella aunque deteriorada fachada modernista con grandes ventanales. La polución del tráfico romano había hecho mella en la construcción. Flavio había contado unos quince trabajadores, aparte de los arqueólogos que estuvieran danzando por las diferentes excavaciones que realizaban. Al igual que sus compañeros de armas, también había recurrido a la magia de la red para una primera toma de contacto. Se descargó toda la información que había encontrado de la Fundación Savitri y de su máximo representante, Angelo Fariello. Sobre la institución, no había ningún indicio de que perteneciera a la extrema derecha, ya que todo parecía normal: exposiciones itinerantes, publicaciones en revistas prestigiosas y excavaciones en diversos puntos del mundo. Del sistema de financiación no había podido averiguar nada relevante y de sus colaboradores, así como de su dirigente, tampoco. En sus pesquisas, había oído que alguna que otra vez habían traficado con antigüedades, pero todo quedaba invalidado si no lo podía contrastar. Se le hacía difícil poder establecer una conexión entre los neonazis y la actividad diaria de los historiadores, aunque si Carol se lo había dicho, sería verdad. Tenía una fe ciega en su amiga. Cuando convivió con ella en su época de Erasmus constató lo brillante que era. Siempre iba un paso por delante del resto de sus compañeros.

Feliciano Martínez

Medía un metro sesenta y ocho, era canijo y tenía una nariz aguileña y desproporcionada para su cara. Llevaba siempre un cuidado y finísimo bigote que se solía atusar con asiduidad. Su indumentaria consistía en gafas con montura de pasta, pelo engominado y peinado hacia atrás y un traje de rayas diplomáticas. Había subvencionado a partidos políticos de la derecha valenciana con las consecuentes ventajas que conllevaba y, aunque sus actuaciones siempre se habían hecho desde el anonimato, todo el mundo sabía que Feliciano Martínez andaba detrás. En su familia se mezclaba riqueza, poder e historia a partes iguales. Así como su padre había formado parte del Ministerio de Defensa del dictador Francisco Franco, sus tíos habían sido altos cargos militares que habían pertenecido a la famosa División Azul. Habían dirigido parte de los cuarenta y siete mil españoles que fueron a la guerra y habían dado soporte a la causa nacionalsocialista de los nazis en contra del comunismo ruso. Con esa herencia,

Feliciano lo tuvo fácil para continuar con las buenas relaciones existentes. Su padre fue uno de los responsables de la protección de Otto Skorzeny y de proporcionarle la nueva identidad con el nombre de Rolf Steinbauer. Además, también se encargó de facilitarle un encuentro con Eva Perón en Buenos Aires con la idea de recaudar fondos para la subsistencia de la causa alemana después de su caída. Una vez regresó, y en agradecimiento por su colaboración, Skornezy creó una empresa armamentística en sociedad con Julián Martínez, el padre de Feliciano, al que le dio el veinticinco por ciento de la misma. Aquel fue un peaje que el alemán pagó con gusto, ya que los permisos necesarios para el buen inicio de la sociedad fueron un mero trámite gracias a los contactos de los que gozaba en otros ministerios el nuevo socio. A partir de aquel momento, la unión entre Skornezy y Martínez fue inquebrantable. El primero viajaba por todo el mundo con la identidad proporcionada por su amigo, reactivando todos sus contactos para la venta de armas procedentes del excedente del *stock* español tras la Guerra Civil Española, aparte de los nuevos productos, que solían ser armas ligeras, proyectiles y explosivos. Durante las diferentes etapas que vivió la sociedad, fue cambiando de nombre y de accionistas para despistar el rastro de sus auténticos propietarios. Mientras, Martínez había dejado el domicilio en Madrid para trasladarse a la comunidad levantina, donde cogería las riendas de la empresa familiar y absorbería todo lo que pudiera de su mentor alemán. Astuto como un zorro, el madrileño amplió sus mercados a África e Israel, multiplicando así su capacidad exportadora independientemente de lo que sintiera hacia aquellas razas inferiores. Estaba orgulloso del linaje de su familia, que siempre había luchado por salvaguardar la integridad española. Se consideraba una persona justa y honorable. Cuando estaba en su ambiente decía con cinismo que él quería a todos los inmigrantes por igual: muertos. Los odiaba a todos, ya fueran sudamericanos, asiáticos o africanos. Ellos eran responsables de la situación económica del país y de que los ciudadanos españoles tuvieran que arrastrarse para conseguir un puesto de trabajo por un sueldo digno. Según él, había que eliminarlos, ya que sus mujeres embaucaban a los machos españoles para que las preñaran y devaluaran así la raza ibérica.

Los judíos tenían una mención aparte ya que estos, además de ser unas ratas iguales que las otras, tenían un poder económico procedente de la usura, engaños y estafas.

Catorce

Después de unos cuantos trenes y algún que otro autobús, Andrea Eisenberg llegó a la comarca de Berchtesgadener Land, en el sur de Baviera. Antes de salir, Lazlo Larski había contactado con él de un modo inusual, tanto que lo había dejado helado. La noche que se despidió de Flavio solo hizo dos cosas: la primera, ir a comprar un billete de *interrail* para llegar a su destino, ya que odiaba los aviones, y la segunda, conectarse a un *chat* para saludar a sus amigos y ponerse al día de los cotilleos. Aquel era un vicio adquirido a lo largo de los años al que no se podía resistir. Aquella noche volvió a sucumbir. Fue allí cuando un *nick* desconocido le abrió una ventana con un mensaje privado. Al principio la cerró. Aunque le gustaba aquel mundo tampoco solía conversar con cualquiera. Aquel desconocido le insistió a la vez que le enviaba un saludo. Andrea pensó que era un pesado y volvió a cerrar la ventana. Cuando el tenaz cibernauta le abrió por tercera vez el privado, le escribió un mensaje que captó su atención al instante:

—Hola, Andrea. Nos vemos de aquí a un par de días en El nido de las Águilas. Te daré todo lo que tengo sobre la Fundación Schicklgruber y Klaus Bonhoeffer.

Lo dejó fuera de combate, entre otros motivos porque nadie sabía el nombre real que se escondía bajo su apodo en la red. Además, nunca le había confesado a nadie aquella debilidad y mucho menos la página web a la que se solía conectar. Y allí estaba: un desconocido le había llamado por su nombre real y además le había dicho que le daría información relevante sobre el objeto de una investigación a la que se había adherido tan solo hacía unas horas. Una investigación que, tal y como le habían aconsejado, no había comentado con nadie. En aquel momento tomó consciencia de que la aventura en la que se había embarcado era bastante más importante de lo que se había imaginado en primera instancia. Cuando, desde el otro lado de la pantalla, el invasor intuyó que ya había captado la atención del periodista, se identificó antes de desconectar:

—Soy Lazlo.

El italogermano quedó tan estupefacto que cuando reaccionó se dio cuenta de que volvía a estar solo. ¿Cómo lo había descubierto? Tenía dos días para repasar cualquier detalle que le pudiera haber delatado ante aquel individuo y averiguar lo que pudiera del misterioso invasor. Estaba claro que si él lo había localizado, los neonazis a los que tenía que investigar también podrían hacerlo.

—Nunca dejas de sorprenderme —confesó Miranda al ver como Axl forzaba la puerta trasera de la mansión de Franzolini.

—La experiencia es un grado más en la vida. —El cámara entró con sumo cuidado y desactivó al instante la alarma—. Desde luego, hemos tenido suerte de que el primo de Fernando tenga todas las claves de las casas, porque no sé cómo lo hubiéramos hecho.

—¿Por dónde podemos empezar?

—No lo sé, sube al piso de arriba y mira en su dormitorio. Yo buscaré el despacho, porque supongo que debe tener uno...

La casa, a diferencia de la del policía americano, sí que denotaba el carácter de su propietario. Estaba decorada con fetiches que cualquier nazi hubiera deseado tener. La periodista supuso que muchos de aquellos objetos habían salido de forma ilegal de Europa, al igual que su propietario. En seguida distinguió la alcoba principal. Con sesenta metros cuadrados era la mayor de todas con diferencia y, aunque estaba ricamente adornada, había un objeto que destacaba por su extrema relevancia dentro de su configuración.

—¡Miranda! —Axl subía los escalones de dos en dos con—. ¿Dónde coño estás?

—Aquí, ¿qué sucede?

—¡Por fin! Joder, ¿pero cuántos dormitorios tiene este

capullo? —maldijo el fotógrafo sudando la gota gorda y con la respiración entrecortada—. ¡Hostias! —soltó en cuanto entró en el aposento.

—Pero, ¿qué te pasa? Axl, ¿se puede saber qué te sucede? —Miranda no entendía por qué su amigo se había quedado embelesado por la lanza de madera que tenía pequeños filamentos dorados incrustados en la punta metálica y que estaba salvaguardada por una vitrina de seguridad—. ¡Axl!

—La lanza de Longinos —murmuró caminando hipnotizado hacia la reliquia.

—¿La lanza de qué?

—De qué no, de quién. —Axl sacó la cámara y fotografió aquel modesto palo—. Creo que esta es la lanza con la que los romanos comprobaron que Jesús había muerto aún estando en la cruz. No sé si será la verdadera, ya que en la Edad Media se hicieron tres copias que empezaron a circular por Europa de mano en mano, y cada una de ellas se erigió como la original. Se rumoreaba que Hitler la había tenido en su poder y que antes que él la había poseído Carlomagno. La leyenda dice que confiere poderes sobrenaturales a su poseedor...

En aquel instante se oyó cómo alguien ponía una llave en la cerradura de la puerta principal. Aquello alarmó a Miranda, que enseguida miró paralizada a Axl.

—¡Ah, sí! Se me había olvidado: Fernando me ha avisado de que un matrimonio americano ha preguntado por la casa. Rápido, escondámonos bajo la cama y recemos para que se vayan pronto. Suerte que es de las antiguas y quepo que si no... —susurró empujándola con suavidad.

Las voces cada vez se oían más cerca. Una mujer preguntaba:

—Entonces, ¿qué te ha dicho?

—Que nos alojemos en su habitación, nos refresquemos y cojamos un taxi para ir al centro. —Tommy Lee se movía con soltura por la casa—. Espero que ya hayan liquidado a aquellos jodidos periodistas.

—¿En su dormitorio? ¿Y eso?

—*Herr* Diefenbaker es un poco especial, así que no le contradigo y punto. De todas maneras te gustará, parece el museo de Hitler.

—Cariño, eso que está dentro de la vitrina, ¿es lo que creo que es? —Chyntia asió a su marido por el brazo, sorprendida.

—Sí. No sé cómo lo hizo, pero este viejo zorro consiguió sacar esta reliquia antes de que se perdiera todo en la caída del imperio alemán.

—¿Y tú crees que de veras tiene los poderes que se le atribuyen?

—No lo sé... pero no voy a perder la oportunidad de follarte aquí mismo, en su presencia, para ver si te quedas preñada de una vez —dijo a la vez que dejaba las bolsas en el suelo y la abrazaba con pasión por la cintura.

Axl y Miranda se miraron pasmados al comprobar que el jefe de policía responsable de su persecución en Jefferson City se había desplazado hasta la otra parte del mundo para continuar con su caza. Al caer la blusa de la mujer al suelo rompió el ensimismamiento del cámara. «Joder, solo me faltaba esto. Estoy a punto de convertirme en un *voyeur* y encima tengo a Miranda aquí, pegada a mí... esto se me va a hacer muy pero que muy largo» pensó. «Tendría que grabar el polvo y meterlo en la investigación. Anda que no alucinaría el jurado del Pulitzer» ironizó para sus adentros.

—Prepárate, mujer, porque no te voy a dar cuartel. —Chyntia emitió un leve gemido de placer que se intensificó cuando la lengua de Tommy Lee empezó a jugar con el lóbulo de su oreja. El neonazi la desnudó en un santiamén. A él no le iban los romanticismos. Le gustaba el sexo duro que llegaba hasta puntos insostenibles de excitación y el hecho de que a su pareja también le fuera la misma rudeza hacía que todavía se desatara más su parte animal.

—Métemela como tú sabes... pégame... ¡poséeme! —suplicó Chyntia entre jadeos.

Axl, que a duras penas cabía en su escondite, cerró los ojos al ver que no podía evitar que su miembro tuviera una erección y evidenciara un bulto en los pantalones de algodón. Por su parte Miranda, que tenía especial debilidad por los momentos extremos, notó cómo empezaba a sucumbir a la excitación a través de las mallas. Poco a poco el cálido fluido de su sexo humedeció sus muslos. El peligro que conllevaba aquella situación la excitaba. Miró a Axl a los ojos. Notaba su aliento al tiempo que oía las embestidas del *sheriff*.

«Mierda. Y para más inri, como la colcha es tan fina, puedo ver a través de ella el reflejo en el ventanal. ¡Cómo se le mueven las tetazas! Joder, y con el tiempo que llevo sin mojar. ¿Pero qué coño tiene este país? Desde que he llegado, Miranda me calienta a más no poder y ahora esto» maldijo intentando controlar las vertiginosas sensaciones que le producía la proximidad del cuerpo de la periodista.

—¿Te gusta?

—¡Sí! ¡Dame más!

—¿O mejor así? —Tommy Lee la tumbó encima de la cama y la inmovilizó con intención de sodomizarla.

—No, por favor, hoy por ahí no...

—No te preocupes, que cuando llegue el momento me correré en tu coño —dijo penetrándola con lentitud.

—¡Me duele, me duele... pero no pares, maldito hijo de puta!

Miranda no resistía más. Su excitación estaba a punto de volverla loca. Sin dejar de mirar a su amigo a los ojos, introdujo la mano en las mallas y empezó a acariciarse. «¿Pero qué coño hace? ¿Cómo puede masturbarse ahora? Parece una gata en celo... ¡A mí me va a dar algo!», se dijo inmóvil a la espera de que finalizara de una vez aquella situación surrealista.

—Chyntia, estoy a punto, estoy a punto...

—Córrete, cabrón. ¡Soy toda tuya! ¡Llena mi coño! —Cynthia levantó más las nalgas para que pudiera penetrarla más profundamente—. Sí, sí. ¡Me corrooo! —avisó al notar cómo también lo hacía él.

«¡Menos mal que ya han acabado! Suerte que el hijo puta no aguanta mucho» se alegró Axl. «¡Un poco más y dejo perdido el pantalón!». Aunque Miranda se había quedado a gusto, no dejaba de pensar en que la verga de su compañero tenía que acabar siendo suya antes de que acabara aquella aventura.

—¿Cómo va, Hans? —se interesó Herbert, enfundado en su grueso abrigo. Ante ellos tenían un mapa topográfico de la zona donde suponían que estaba su objetivo.

—Ya estamos a punto. Günter se ha encargado de supervisar la instalación de los módulos y Friedrich está acabando de organizar a los tayikos. Les ha dado órdenes precisas de cómo empezar la exploración. Si no me equivoco, ya han clavado las varillas y realizado el sondeo —añadió refiriéndose al agujero de un metro cúbico excavado a base de pico y pala—. Una vez abierto, podremos ver las capas de cotas de altura y podremos proceder al análisis de los estratos.

Estaban en la tienda de campaña que habían montado para resguardarse de las inclemencias del tiempo y que a la vez hacía de centro de mando. Habían hecho un repaso visual de la zona geográfica donde suponían que podía estar el túmulo funerario. Lo habían bautizado como "la zona Kuru".

Herbert se había erigido como líder de la expedición y Friedrich lo había aceptado a regañadientes. Después de dos días de ruta por tortuosos caminos eludiendo a las autoridades policiales o a los militares ex soviéticos que patrullaban de vez en cuando por la zona, habían llegado al destino. Habían tenido suerte aunque Herbert, previsor como pocos, llevaba suficiente dinero en sobres como para poder sobornar y solventar la ilegalidad de la entrada de la expedición en caso de que se hubieran topado con cualquiera que les hubiera solicitado los visados de su estancia en el país.

—Al final vas a acertar, pedazo de cabrón —dijo Friedrich que en aquel momento irrumpió en el módulo—. En el tercer nivel del sondeo hemos encontrado tierras que constatan la aportación antrópica. —Aquello confirmaba que en la antigüedad los humanos habían manipulado las tierras—. Ya he marcado a esos salvajes la hipótesis de delimitación. Así sabrán dónde tienen que trabajar.

—Yo de ti tendría más respeto por el personal autóctono —aconsejó Günter, que también acababa de añadirse al grupo buscando entrar en calor—. Estos campesinos te pueden salvar la vida en un momento dado, o si les tocas mucho las narices, quitártela. Les da lo mismo ocho que ochenta. Por cierto, Herbert, aparte de por los pergaminos mercantiles, ¿cómo sabías dónde buscar?

—Porque esos mismos documentos confirmaban que esta zona era rica en rutas comerciales antes de las migraciones de los indoeuropeos.

—Sí, eso ya lo sé. —Friedrich también escuchaba con disimulada atención.

—Pues bien, en uno de los pergaminos que examinamos se hacía referencia a una población de más de un millar de habitantes que fue abandonada tras el asesinato de su caudillo en una emboscada. Hicimos un estudio de la toponimia local y eso nos ayudó a ubicar con bastante exactitud el centro de nuestro yacimiento. Suerte que la piel curtida es bastante más dura y resistente que el papiro, ya que si no, con el trote que ha sufrido el documento, no creo que hubiera perdurado hasta nuestros días.

—¿En qué año lo has ubicado?

—Sobre el 500 a.C.

—¡Callad un momento! —ordenó al instante Hans—. ¿Qué es ese jaleo?

—¡No fastidies que vamos a tener la suerte de encontrar algo! —masculló Friedrich resentido mientras salían corriendo.

Un tayiko se dirigía hacia ellos y gritaba tanto que Günter apenas podía entender nada. Cuando se encontraron les extendió un pesado pedazo de piedra con lo que parecía una inscripción.

—Dicen que ha picado en una piedra y le ha parecido

ver algo que nos podría interesar. —Günter era el intérprete oficial, ya que era el que más conocimiento tenía de la lengua persa.

—Pues yo no consigo ver nada —admitió Hans, que se esforzaba en buscar lo que decía el lugareño. Estaba atardeciendo y la escasa visibilidad dificultaba apreciar los detalles del hallazgo. Herbert abrió la lona de la carpa y propuso excitado:

—Entra, así podremos limpiar la superficie con un pincel.

—Amigos, creo que hemos dado con algo —avanzó Günter ceremonioso. Con intención de integrar a Friedrich en el grupo, le preguntó—: ¿Qué te parece?

—¡Me cago en la hostia! Si no me equivoco, esto está escrito en... ¡ario védico! —El lenguaje de la piedra coincidía con el de la época en la que Herbert había situado el documento momentos antes—. Señores —prosiguió con solemnidad ante el silencio reinante—, creo que estamos ante una estela funeraria, y con suerte, ante los orígenes de la raza aria.

Lazlo Larski

A diferencia de su padre, Lazlo era un portento de la naturaleza. Alto, piel morena y pelo color azabache. Su protuberante nariz y carnosos labios le daban un atractivo inusual, que se acentuaba con los hoyuelos que le aparecían al sonreír y que remataba con su blanquísima y alineada dentadura. Durante los años que estuvo en la Mines Paris Tech, una de las principales universidades de la Confederación de Grandes Escuelas de Francia ubicadas en la región parisina, practicó waterpolo lo que moldeó su cuerpo. Se licenció en ingeniería con tan buenas notas que no le fue difícil conseguir una beca de investigación en el mismo centro. Aquella fue la etapa dorada de un chico de provincias que a duras penas había podido compartir tiempo con un padre que viajaba con mucha frecuencia, y al que su madre, a la que respetaba, amaba y veneraba de una manera incomprensible. Siempre había oído que el roce hacía el cariño. En su caso la relación paternal durante su adolescencia había sido inexistente. Aquel joven al que siempre le habían inculcado el respeto y la tolerancia consiguió, gracias a sus buenas aptitudes estudiantiles, ayudas económicas suficientes por parte del estado para que pudiera cumplir su sueño dorado: convertirse en uno de los mejores ingenieros industriales que pudiera haber en su promoción. Cuando conoció a su novia, que luego se convertiría en su esposa, todavía era ajeno a la historia familiar ya que para él su madre siempre había sido una artista bohemia y su padre un comerciante que se debía a un trabajo que lo alejaba constantemente de su familia. Un día recibió la llamada desesperada de su madre, de la que en los últimos años se había distanciado por su ajetreada agenda, para que acudiera a Collioure con la máxima celeridad. Preocupado, cogió el coche y sin avisar siquiera a la que ya era su mujer, condujo toda la noche. Al amanecer llegó a la casa que lo había visto crecer. Cuando entró en la habitación donde se hallaba su padre, se encontró a casi un desconocido postrado en la cama y medio moribundo, con el rostro amoratado y el cuerpo lleno de contusiones. El sencillo cuarto estaba alumbrado por la tenue luz de una vela que reflejaba la austeridad y humildad de la que siempre habían hecho gala sus progenitores y que había sido la base de su educación. La visión enseguida le transportó a aquellos lejanos días de tormenta en los que, asustado, se metía en la cama con su madre y esta lo abrazaba para tranquilizarlo. Era el mismo lecho en el que yacía su padre, rodeado de toallas con manchas negruzcas de sangre que había utilizado su madre para limpiarlo.

—¿Qué ha sucedido, madre? —preguntó con la confusión reflejada en aquellos ojos que tanto transmitían.

—Han intentado asesinar a tu padre, y me ha pedido que te llamara porque no cree que sobreviva a la brutal paliza que ha recibido —aclaró Zoe, con voz serena pero llena de rabia.

—¿Asesinar? ¿Por qué? —Lazlo no comprendía por qué habían agredido hasta tal punto a una persona mayor que no se metía con nadie y que solo quería llevar un sustento a su familia—. ¿Qué ha dicho el médico?

—Nada. No le hemos llamado.

—¡Pero, madre, padre necesita cuidados urgentes! —se escandalizó incrédulo de que no hubieran contactado con urgencias.

—Lazlo, esta no ha sido la primera vez, como tampoco lo es que lo haya curado sin necesidad de ayuda —reveló la madre con una voz cargada de vehemencia y tristeza.

—¿Pero por qué querrían hacer daño a padre? —increpó estupefacto.

—Ya sabes, siempre hay gente mala... —empezó a argumentar Zoe.

—Cariño —murmuró de manera apenas audible ya que había vuelto en sí—, díselo.

—Pero, Saúl, nos prometimos que lo mantendríamos al margen.

—Puede que no salga de esta. No quiero ser el desconocido que siempre he sido para nuestro hijo y que no sepa por qué he sacrificado lo que más amo en esta vida —insistió buscando la mano de su esposa.

—¿Padre? —instó un Lazlo que no entendía nada de lo que estaban hablando—. ¿Madre?

—Como quieras —se resignó Zoe—. Antes de nada quiero que veas esto. —Se dirigió a su hijo y levantó la sábana. El horror en seguida asomó a sus ojos. Nunca antes había visto las cicatrices que tenía su padre por todo el cuerpo—. Siéntate, porque ahora vas a conocer nuestra verdadera historia.

Las horas pasaron una tras otra mientras le narraban la historia de unas vidas atormentadas por el holocausto y el compromiso que habían adquirido con la humanidad a partir del horror sufrido. Cuando Zoe acabó, Lazlo tenía los ojos anegados de lágrimas y, lejos de recriminar nada a sus padres, sintió un profundo amor que no pudo expresar debido al nudo que le atenazaba el estómago. Miró a su padre con renovado respeto y se prometió que él asumiría la responsabilidad que habían cargado sobre sus espaldas durante todos aquellos años. Era el momento del relevo.

Al final Saúl consiguió recuperarse y se sumergió de lleno en la resistencia del siglo XXI, para desesperación de su esposa.

Quince

Sabéis algo de los periodistas? —preguntó Ben, que servía un café a Todd.

—No. Han desaparecido y les hemos perdido el rastro.

Invitado por el ex Gran Mago del KKK, Ben Campbell, habían aprovechado para ponerse al día sobre los avances del proyecto que se llevaban entre manos. En aquel instante reparó en un ajado libro que no había visto en sus anteriores visitas.

—¿Y esto? —preguntó hojeando lo que parecía una agenda manuscrita.

—Ten cuidado, mucho cuidado con esa reliquia, por favor. Es mi biblia, la fuente de nuestra inspiración. Está escrito por uno de mis ídolos.

—¿Por quién?

—Por el profesor Mengele.

—¿Nuestro Mengele? —repitió incrédulo con los ojos como platos y mirando la antigüedad con renovado interés.

—¡Como si pudiera haber otro! —Ben meneó la cabeza

a modo reprobatorio por la tontería que había dicho el lugarteniente de 88—. De hecho, tenemos la colección completa. Nuestro centro de investigación dispone de toda la documentación de Mengele, Heim, Eisel, Krebsbach, Demdanjuk, el carnicero de Treblinka, Cukurs, el verdugo de Riga, etc. Años de investigación y experimentación con resultados increíbles. Es el vademécum de cualquier científico —confesó henchido de orgullo el responsable de Kyklos—. Por supuesto, comparto la ideología del *Führer* pero además, un científico como yo no podía perder la oportunidad de aprender de los grandes maestros. Siempre los he admirado y he querido continuar con su trabajo. Ese fue uno de los motivos principales por los que me interesó ser parte activa de nuestra organización y no de otra.

—¿Y cómo los conseguiste?

—Bueno, como ya sabes, muchos nazis escaparon a Argentina, Uruguay, Egipto, España y aquí. Nuestro país, y más concretamente la CIA, consideró de vital importancia dar asilo político a los científicos alemanes para aprovechar el resultado de sus experimentos, con la idea de utilizarlos en la Guerra Fría contra la antigua Unión Soviética. Después de haberles proporcionado de forma clandestina la denominada "Ruta de la Libertad", les montaron una empresa para que pudieran proseguir con la labor desempeñada en su etapa hitleriana. Esta sociedad se financió con dinero público y quedó al amparo de la Agencia Central de Inteligencia Americana —explicó excitado. Para él aquello era más que la dirección de un centro de investigación. Por sus ojos pasó el brillo fugaz de la locura que provocó que incluso Todd sintiera un escalofrío en lo más profundo de su ser. Estaba bien lo que hacían, pero incluso para un soldado como él, aquel tipo de prácticas le daban repelús.

—Te veo muy contento, Feliciano —se sorprendió Víctor, acostumbrado a ver a su primo bastante comedido en las manifestaciones emocionales.

—¿Cómo no lo voy a estar? Por fin me he podido quitar de encima a ese maldito juez de la Audiencia Nacional... —confirmó radiante el gerente de Wolfadel.

—¿Tanto te molestaba? —quiso saber el que hasta aquel momento era la sombra oscura y alargada de uno de los fascistas más destacados del panorama nacional.

—Sí, indagaba demasiado y nos podría haber metido en un buen apuro. Agradece que tenga tanta influencia en el Consejo General del Poder Judicial y en la derecha política de este país. Si no, me habría visto obligado a decantarme por el plan B, y ahí entrabas tú de lleno. —Feliciano se sirvió un Larios 1866 Gran reserva—. Ahora por lo menos está inhabilitado y solo quedará desacreditarlo. Será cuestión de que vayamos pensando en cómo lo podemos inculpar.

—Aun a día de hoy, no deja de sorprenderme hasta dónde pueden llegar tus tentáculos —admitió mientras se acomodaba en el confortable sillón del despacho de su primo.

—Bueno, ya sabes que los descendientes de la División Azul hacemos un buen equipo y nos apoyamos entre nosotros. Además, gentuza como ese juez de pacotilla hay que erradicarla de nuestro panorama nacional. Por culpa de gente así tenemos el país lleno de jodidos y apestosos inmigrantes. Suerte que hay jueces afiliados a la derecha que nos echan un cable.

—Bueno, ¿y para qué me has mandado llamar?

—Marruecos. Ya había cerrado la venta de un cargamento de armas ligeras con un traficante, pero ahora me he encontrado con que al responsable de aduanas le ha dado un ataque de mala conciencia... y eso que aceptó el soborno sin remilgos.

—Entiendo. ¿Qué tienes sobre él?

—Todo está en este sobre: familia, dirección, fotos, etc. —dijo tendiéndoselo—. Dale una lección.

—¿Lo quieres de alguna manera en especial? —preguntó Víctor, exento de cualquier atisbo emocional.

—Tiene cuatro hijos. Mata a los dos mayores y dile lo que le pasará al resto de su familia si no se retracta.

—¿Tortura?

—Da lo mismo, haz lo que te venga en gana —dijo. Sabía que no se podría resistir a la tentación de someterles a algunos de sus perversos juegos—. Lo que sí deseo es tenerlo cerrado para esta semana. Tengo el cargamento a punto de expedir en el puerto y no quiero sorpresas.

—No te preocupes, ya me encargo. Supongo que el pasaje también está aquí, ¿no?

—Sí, avísame cuando haya entrado en razón.

Andrea inspiró hondo. Antes del nada fortuito encuentro por internet con Lazlo el periodista no había oído jamás el nombre de El nido de las Águilas. Cuando averiguó la localización del lugar, se quedó sorprendido de que aquel turístico restaurante alpino, ubicado en pleno parque nacional de Berchtesgadener, hubiera sido alguna vez la casa de veraneo de Hitler y que él nunca lo hubiera oído antes. Esta había sido un regalo de Bormann con motivo de su cincuenta aniversario. Aún estaba impresionado por el viaje que había realizado y de la belleza de aquel entorno. Las impresionantes montañas que se alzaban orgullosas con toda su inmensidad, los cristalinos ríos que serpenteaban sinuosos por las laderas y los lagos, que parecían espejos dispuestos para que se reflejara la vegetación que los rodeaba habían prendado su corazón cosmopolita. «Desde luego, quién me iba a decir que el trayecto hasta el monte Watzmann sería tan espectacular... ¡Por lo menos habré conocido un poquito más Alemania!», pensó Andrea. En aquellos momentos estaba en la terraza de la cantina saboreando aquel remanso de paz celestial. Había pedido una Stiegl, una de las cervezas bávaras más conocidas de la zona. De repente tuvo la sensación de que alguien le observaba. Inquieto, miró a su alrededor entre los pocos turistas que había a aquella hora de la mañana.

—¿Has visitado alguna vez la fábrica de Stiegl en Salzburgo? —susurró una voz a su lado.

—¡Joder! —Andrea dio un respingo que casi le hace caer de la silla.

—¿Te he asustado? —preguntó Lazlo divertido.

—¿No puedes hacer las cosas como la gente normal?

—Lo siento, pero pensaba que después de lo del *chat* extremarías las precauciones. Este reportaje es muy peligroso. Cuando digo que te juegas la vida, no bromeo. Por cierto, soy Lazlo.

—Bueno, pues como ya sabes, soy Andrea —dijo estrechándole la mano con energía—. ¿Cómo es que me has citado aquí y no en Westfalia, que era la intención inicial?

—Cuando recibí la confirmación de que os apuntabais al carro, dejé mis investigaciones sobre el castillo y me dirigí hacia aquí. Como te puedes imaginar, intento ser lo más discreto posible, pero después de tantos años a la caza de esos animales, creo que ya empiezan a sospechar de mí. Por ese motivo decidí dejarte Wewelsburg para ti y centrarme en la zona de Obersalzberg.

—¿Obersalzberg? Pensé que esto era Berchtesgadener —replicó molesto por tener que reconocer su ignorancia respecto a la geografía alemana.

—Sí, has oído bien, y tienes tu parte de razón. Obersalzberg se refiere a esta zona montañosa. Aquí es donde vivió Hitler, en el Berghof. De vez en cuando también visitaba El nido de las Águilas.

—¿Y por qué aquí?

—Porque es posible que en esta zona se encuentre el tesoro más importante de los nazis. Hay un entramado de túneles de los cuales una parte aún no se han encontrado ni registrado. Se cree que ahí puede estar la mayor parte de la fortuna que requisaron al pueblo judío, tanto en dinero como en arte.

—O sea, nosotros nos jugamos la vida y... ¿tú te dedicas a cazar tesoros?

—No, hombre, no. Parece ser que el responsable más importante de la banca germana en aquel tiempo, el Dr. Walther Funk, escondió en estos lares el patrimonio nazi para salvaguardarlo del enemigo. Aunque la nueva generación ya se autoabastece a nivel económico, quiero ver si puedo encontrar ese tesoro para devolvérselo a sus legítimos dueños. Piensa que también necesitamos sufragar los gastos que nos implica esta lucha. Hemos dedicado nuestra vida a desenmascarar, junto con Simon Wiesenthal, a todos esos cabrones de mierda. Lo último por lo que lo hacemos es por dinero. Eso te lo puedo garantizar.

—Si tú lo dices... —contestó haciendo un acto de fe—. ¿Y qué me puedes decir de Klaus Bonhoeffer y la fundación Schicklgruber?

—Schicklgruber podemos definirla como "La Fundación". Es la madre del cordero, la organizadora y todo lo que tú quieras añadir. En cuanto a Bonhoeffer, es el perverso cerebro que dirige todo el cotarro a nivel mundial. Él mueve la batuta. Es listo y se ha llevado por delante a todo aquel que lo ha intentado desenmascarar. O sea, que cuidadito con él. —Lazlo le tendió un *dossier* antes de despedirse donde estaba toda la información que había conseguido recabar hasta entonces—. Es más, él ha puesto precio a la cabeza de mi padre. Si consigues vincular con documentación todas las fundaciones y sociedades y las pruebas correspondientes, puede que incluso consigamos desarticular todo el entramado. Ese ha sido mi objetivo durante todos estos años, pero sin ayuda es muy difícil de conseguir. Mis padres y yo os agradecemos de corazón vuestra implicación. Suerte.

Después de días de infructuosa investigación, Flavio entró desalentado en el despacho de Cristina.

—¿Qué te pasa? —Su jefa apartó por un momento la mirada del artículo que leía.

—Estoy desmoralizado. Llevo días investigando sobre Fariello y su fundación y todo parece impoluto. No consigo encontrar ningún resquicio por donde pueda meter la nariz y descubrir lo que busco.

—¿Puede ser que tu amiga haya errado el tiro? Ya sabes que a veces las fuentes se equivocan...

—No, no puede ser. Carol es una de las mejores periodistas que conozco y aunque todo el mundo puede fallar, ella no.

—Ya, pero si no recuerdo mal, por lo que me comentaste, la iniciativa del reportaje ha sido de su amiga americana.

—Sí, es cierto, pero me inclino a pensar que soy yo el que no consigue dar con el camino.

—Será cuestión de llamar a Scorzo —sentenció Cristina después de unos minutos de reflexión.

—¿A quién?

—A Scorzo, un detective privado sin escrúpulos. Lo contrato como última opción cuando quiero algo que no consigo por los medios convencionales. Su metodología suele ser poco ortodoxa.

—Pues ya tardas en llamarlo, porque la verdad es que no sé cómo se lo montará el resto del equipo, pero sin ayuda no creo que pueda avanzar mucho.

—¿Scorzo? *Ciao,* Cristina al aparato —saludó en un tono desenfadado—. Tengo un amigo que tiene un problema y necesita de tus servicios. ¿Estás libre?

—¿Qué te ha dicho? —preguntó en cuanto su jefa colgó.

—Dentro de media hora te espera ante el monumento de Vittorio Emmanuelle. Lleva toda la información.

—¿Y cómo lo reconoceré?

—No te preocupes. Ya lo hará él por ti.

—Veo que no les han encontrado... —comprobó el taxista al ver aparecer a sus clientes americanos.

—Sí, suerte que nos has avisado a tiempo. Gracias, Fernando —dijo Axl.

—¿Qué les ha pasado que están tan azorados? —quiso saber al notar el rubor que cubría las mejillas de la periodista.

—Nada, nada —atajó la periodista mientras evitaba mirar a Axl. Aún estaba avergonzada por haberse dejado llevar por la situación—. Regresemos al apartamento, que esta noche tenemos que visitar su cuartel general. Por cierto, agradécele a tu primo la ayuda y dile que puede que le pidamos que nos deje entrar una vez más.

—¿Otra vez? Pensaba que les había dado tiempo de registrar la casa y encontrar lo que buscaban. Por cierto, ¿quiénes eran aquellos gringos?

—Unos que nos querían liquidar en nuestro país. No sé cómo han averiguado que estábamos aquí... —aclaró Axl—. No hemos encontrado nada. Volveremos en función de lo que hallemos en sus oficinas.

—Qué buena onda —ironizó el taxista—. O sea, que no solo tenemos que ir con cuidado con los neonazis argentinos, sino que además hay un gigantón americano que ha hecho no sé cuántos miles de quilómetros para darles caza. Y encima, por si no hubieran tenido suficiente con el susto de esta mañana, esta noche se quieren infiltrar en su central. Por mucho que me paguen, siempre será poco, se lo aseguro.

—Piensa en todo el bien que harás a la humanidad —respondió con sorna el cámara.

—¡La concha de tu madre! —refunfuñó malhumorado Fernando por la cantidad de riesgos que le hacían correr cada minuto que pasaba.

—¡A mis brazos, querido amigo! —exclamó Hugo con su característico acento germano—. ¡Te veo muy bien acompañado!

—*Herr* Franzolini —saludó con respeto Tommy Lee—. Como siempre, es un honor que nos reciba y nos acoja en su casa. Permítame presentarle a mi esposa.

—Parece una hembra de pura raza, te felicito —afirmó con evidente falta de respeto por el sexo femenino—. Señora Morgan, tiene que estar orgullosa de ser la esposa de un líder tan carismático como buen soldado.

—Lo estoy —reconoció Chyntia, honrada de que le tuvieran en tan alta estima—. Es un placer conocerle. Mi marido me ha hablado mucho y muy bien de usted. Una pieza clave para el resurgir de nuestro movimiento y para situarlo en la posición que se merece.

Se encontraban en las oficinas de la fundación Reldeih, uno de los edificios más céntricos de la capital argentina. Ocupaba toda una planta, y aunque no era del agrado de la mayor parte de sus vecinos, estos nunca habían podido encontrar ninguna excusa que justificara su expulsión del inmueble. La repulsa que sentían hacia sus miembros era evidente cada vez que se cruzaban en los ascensores. A simple vista nadie habría diferenciado un bufete de abogados de los despachos de la fundación, si no fuera porque en la pared principal había una inmensa esvástica. El piso, de quinientos metros cuadrados, era diáfano a excepción de los cuatro despachos y la sala de reuniones. Todos los componentes de Reldeih eran hombres, y aunque no todos iban con el pelo al cero, parecían cortados con el mismo patrón. La actitud marcial era tan tangible como los carteles supremacistas que decoraban las paredes de las oficinas. El respeto que demostraban ante el paso de su máximo mandatario rayaba la sumisión absoluta.

—Tommy Lee, siento comunicarte que Mario, uno de los dos soldados que fue a eliminar a los periodistas, fracasó en su intento y el otro murió cuando intentaba frenar la huida de esos miserables. Mario pretende enmendar su error. Dice que es una cuestión de honor. O sea que le he dado otra oportunidad. Me hubiera gustado darte una sorpresa e informarte de la muerte de esos entrometidos. —Jodidos desgraciados, tienen más vidas que los gatos. Allí también se cargaron a uno de los nuestros.

—Lo peor es que les hemos perdido el rastro. Mario ha encontrado el teléfono que nos ayudaba a localizarlos —acabó por rematar, para mayor frustración del líder de 88—. He tenido que poner más dispositivos en la calle con fotografías para que los puedan reconocer.

—*Herr* Franzolini, esto no me huele nada bien. Me da la impresión de que estos individuos deben tener ayuda externa.

—No te extrañe, los tentáculos sionistas son muy largos.

—Me alegra ver que no le inquieta lo más mínimo.

—Hijo, los judíos han sido, son y serán, una de las peores plagas que ha azotado a la humanidad. Hace mucho tiempo que los combato, y hasta que no llevemos a cabo nuestro objetivo seguro que entorpecerán nuestros fines en más de una ocasión. Que disfruten lo que puedan. Estoy oliendo el dulce aroma de la victoria, que cada vez está más cerca —confesó con el fanático fervor de quien piensa que su verdad es la única—. Por cierto, siento que hayas hecho el viaje en vano... nuestro líder me ha dicho que te reúnas con él en el Castillo de Wewelsburg. Quiere conocerte en persona. Enhorabuena.

Angelo Fariello

Angelo Fariello había pasado toda su adolescencia en su ciudad natal, Grottaferrata. Allí conoció a su mentor, el hombre que marcó su vida y que le iluminó.

Por aquella época, el obispo austrohúngaro, Alois Hudal, se hacía llamar Luigi. Hacía pocos años que le habían obligado a retirarse del rectorado del Colegio Teutónico de Santa María del'Anima para acallar las crecientes voces que vinculaban a la Santa Sede con el nazismo. La excusa fue que su posición era contraria a la doctrina del Papa Pio XI respecto a la ideología nacionalsocialista. Además, argumentaban que Hudal había sido uno de sus principales activistas junto al Cardenal Humberto Siri, el arzobispo Kronislav Draganovic, el obispo Ivan Bucko y otros diecisiete dignatarios eclesiásticos más.

Hudal siempre había mantenido una estrecha relación con Arturo Fariello, el padre de Angelo, después de que los presentara Benito Mussolini. Arturo había sido un miembro del equipo directivo de la rotativa en el mismo periodo en que un joven Mussolini lo dirigía. Cuando lo cerraron por razones políticas y encarcelaron a su máximo responsable, Arturo se mudó de Trento a Grottaferrata, aunque aquello no significó que perdiera el contacto con aquel irreverente chico de veintipocos años que ya despuntaba por sus convicciones políticas.

La ideología lo unió a Hudal, igual que lo había hecho en su día a Mussolini. Tanta fue la amistad que nació entre ambos que incluso lo ayudó a configurar la materialización de un proyecto llamado *ratline*. Gracias a ellos y a sus inestimables contactos con la Cruz Roja, Cáritas y otras ONG, fue posible que miles de dirigentes nazis pudieran darse a la fuga con los pasaportes falsos que les habían proporcionado. Angelo vivió y respiró aquella ideología desde su nacimiento, que compartía solo con otra gran pasión: la arqueología. Angelo se fue empapando de todo lo concerniente a la raza aria gracias a los prófugos que pasaron por su casa. Así comenzó a sentir el orgullo de pertenecer a unos seres superiores que, por desgracia, se habían ido degradando a medida que se mezclaban con genes de otras etnias que no tenían el mismo grado de pureza. Aquel hecho marcaría su trayectoria profesional. Los Fariello se vieron inmersos en lo más profundo de Odessa y se les recompensó con creces por su inestimable ayuda. El hijo de Arturo acabó manteniendo una relación tan estrecha con sus protegidos alemanes que cuando se planteó el continuar con los trabajos de investigación del Tercer Reich, en seguida recibió ayuda financiera del que después se convertiría en su jefe y uno de sus mejores amigos: Klaus Bonhoeffer, cerebro de la organización Schicklgruber.

Aquel fue el inicio de la Fundación Savitri.

Dieciséis

Después del descubrimiento de la noche anterior, la excitación los había embargado de tal manera que ninguno de ellos había podido conciliar el sueño. Sus cábalas, ilusiones y temores a otro fracaso les habían rondado por sus mentes sin que nadie se atreviese a compartirlos con el resto de sus compañeros de excavación. Era el típico hormigueo que solía tener cualquier arqueólogo ante la expectativa de saber que se estaba a punto de abrir una puerta que la historia había cerrado y que después de muchísimos siglos se iba a ser el primero en traspasarla. Hans Richter, Herbert Lindenberg, Günter Schiller y Friedrich Schlöndorf podían dar un paso definitivo en el secreto deseo de la Fundación. El sol estaba despuntando y el cielo sereno daba paso a una amalgama de colores que hubiera inspirado a cualquier poeta. Los tayikos, ajenos a las inquietudes de sus patrones, dormían tan plácidamente como les permitía el angosto terreno donde habían tenido que plantar las tiendas de campaña.

—¿Alguien quiere un café? —se ofreció Herbert después de incorporarse y desperezarse—. No sé vosotros, pero yo necesito tomar algo caliente para entrar en calor, aunque sea ese brebaje negro con una mínima dosis de cafeína.

—Me apunto. Prefiero morir intoxicado que de frío. —Günter solo se calzó, ya que por comodidad, seguridad y prudencia, ninguno de los allí presentes se desvestía para acostarse.

—Yo voy a despertar a ese atajo de holgazanes —avisó Friedrich con su mal humor habitual. Salió de la carpa tras renunciar al ofrecimiento de su compañero.

—Herb, yo también quiero uno, pero ponle mucho azúcar porque si no, no hay quién se lo trague... —se apuntó Hans, con el pelo enmarañado—. No he podido pegar ojo en toda la noche. Tengo una corazonada.

Después de que Friedrich descifrara parte de los símbolos que habían encontrado en la estela funeraria habían concurrido en que parecía el túmulo de un gran guerrero, ya que parte de las imágenes parecían indicar la consecución de grandes gestas. Aún habían quedado algunos ideogramas que habían reservado para el día siguiente y, aunque la desilusión de sus camaradas se hizo latente, acataron la decisión del experto. Por muy impacientes que estuvieran por averiguar el significado del hallazgo, los trazos no eran del todo nítidos y se tenían que limpiar con luz diurna.

—Bueno, ya tenemos a los zánganos trabajando. —Friedrich irrumpió otra vez rebosante de energía y se dirigió donde estaba la estela. Cogió el bisturí y el pincel y dijo—: Prepárate, porque voy a arrancar de tus entrañas todos los secretos que tengas escondidos.

—¿Reconoces todos los signos? —inquirió Hans esperanzado.

—La verdad es que no, pero hay otros que creo que sí que podré descifrar... como estos —dijo señalando con el bisturí los referenciados—. Parece que este guerrero también era bastante culto, ya que aquí están representados los siete *grahas*, más los dos *chaaya grahas*.

—¿*Grahas*? —preguntó Herbert, ajeno a aquel concepto indoeuropeo.

—Planetas. La astrología védica se basaba en el Sol, la Luna, Marte, Mercurio, Júpiter, Venus y Saturno. Lo que a mí también se me escapa es el término *chaaya* —intervino Günter admitiendo su limitación.

—Los *chaaya* son lo que ellos calificaban como los planetas sombríos, Rahu y Ketu, que son puntos matemáticos que se refieren a la órbita de la Luna y de la Tierra —complementó Hans demostrando por qué Angelo Fariello, el director general de la Fundación Savitri, los había reunido y había compuesto uno de los más potentes grupos de arqueólogos.

—Además, en la cultura védica cada planeta representa una de las encarnaciones de Visnú —remató Friedrich. Por un momento aparcó el recelo del día anterior—. Mira por dónde ya podremos ponerle nombre a nuestro guerrero misterioso.

—¿Sí? ¿También lo pone? —Günter se esforzó por descifrar los grabados aunque para él no tenían sentido.

—Sí, nuestro hombre se llamaba Nrisimha. Ese nombre procede de *Nrisimha avatara,* "procedente del planeta Marte". Parece que cuando le pusieron ese nombre ya marcaron su destino —reveló Friedrich triunfante—. Nrisimha significa "mitad hombre, mitad león".

Herbert, que era el que estaba más flojo de los cuatro en simbología indoeuropea, confirmó con solemnidad:

—Guerrero cien por cien. Estaba predestinado, sí señor. Deduzco que la cultura védica no debe ser diferente al resto, y que Marte también representaría al guerrero. ¿Me equivoco?

—No —ratificó Günter—. Marte es un Kshatriya, o lo que es lo mismo, un guerrero. Es más, no es un guerrero normal y corriente, sino que en su mitología es el comandante en jefe de los dioses, que se traduce como Subrahmanya.

—Para que luego digan que no cada día se aprende algo nuevo. —Herbert fue interrumpido por más exclamaciones de los tayikos.

—Parece que ya hemos encontrado la tumba —tradujo con euforia Günter después de unos segundos de silencio—. ¡Vamos! ¡A ver qué descubrimos!

No tuvo que repetirlo dos veces. Todos habían recogido

sus respectivos equipos ansiosos de encontrar el hallazgo que los llevaría a la gloria.

Carol ya llevaba varios días trabajando como mujer de la limpieza en Wolfadel y aún no había encontrado ninguna información que le guiara hacia sus objetivos. El hecho de limpiar en el turno de noche, cuando ya no quedaba nadie, le había permitido mirar y registrar las oficinas e incluso el despacho del director general que, para más inri, estaba abierto y sin ninguna medida de seguridad. No había que ser muy hábil para ver que algo fallaba en todo aquello. Demasiado fácil, demasiado limpio. Se consideraba una mujer ingeniosa y de mente abierta, pero todas las opciones iniciales se habían ido descartando una tras otra. Creía saberlo todo sobre Feliciano Martínez y su industria. Había muchas especulaciones sobre aquel individuo y ninguna era buena. Con los ordenadores no había podido hacer nada, ya que no tenía ninguna contraseña que le diera acceso a sus programas informáticos. Supuso que el máximo responsable debía tener un portátil y que lo más seguro era que lo llevara siempre consigo, ya que en su mesa no había ningún aparato tecnológico. Lo único que tenía era revistas de pasatiempos de las que, después de ojearlas, sacó la conclusión de que o no daba ni golpe, o era un fanático de los juegos de palabras. En cuanto a los registros escritos, tampoco pudo localizarlos. En toda la empresa no había visto ninguna factura o papel, ni archivado ni sin archivar.

Aun así pensó que tenían que estar por alguna parte, aunque no fueran visibles, ya que había trituradoras con restos de documentos encriptados cortado en tiras de tres centímetros. Era la primera vez que veía una empresa que no estaba abarrotada de papeles por todas partes. Según le había parecido recordar, aquella metodología de trabajo también se utilizaba en empresas de *brokers* bursátiles, ya que así garantizaban que no se pudiera filtrar información comprometida al exterior.

Aquella noche no parecía ser diferente a las otras. Había fichado, cogido el mocho y el carrito de los productos de limpieza como los otros días y se había dispuesto a iniciar su rutina nocturna. Carol había intentado congeniar con sus compañeras de trabajo sin demasiada fortuna. Todas llevaban tan poco tiempo como ella y, por temor, marcaban las distancias. De lo único que consiguió enterarse era de que Wolfadel exigía a la subcontrata que las limpiadoras no estuvieran más de un mes en el mismo departamento. A partir de aquí empezaba un complejo sistema de rotaciones que garantizaba que ninguna trabajadora volviera a aquella sección en mucho tiempo. Había tenido el don de la oportunidad y el destino había hecho que aterrizara en la planta en la que, en teoría, tendría que haber encontrado información incriminatoria, pero los días pasaban y ella no había recogido sus frutos. Cuando llegó al despacho de Feliciano, la apatía inicial no le permitió ver una variación en el mobiliario hasta pasados diez minutos.

«¡Ostras! ¡Su portátil!» pensó excitada ante aquella

oportunidad única mientras se dirigía con rapidez a la mesa. «¡Y está encendido! A ver, a ver qué encontramos...» se dijo moviendo el ratón para que se activara la pantalla inicial, que estaba en modo de ahorro. «Vaya, está bloqueado. Bueno, era de esperar. No podía tener tanta suerte. ¿Qué contraseña podrá tener?» se preguntó. «Esto no lo podré hacer sola y aquí ya no me queda nada más que rascar. ¡A tomar por saco! Me la juego. Me largo con el ordenador, que ya sé quién me ayudará a desbloquearlo en Barcelona» sospesó con una sonrisa triunfal. Lo escondió dentro del carrito de la limpieza y pensó: «Espero que valga la pena haberme descubierto o sino habrá sido un verdadero fracaso».

Después de su parada técnica en Berchtesgadener, Andrea prosiguió su camino hacia Westfalia. Se había leído parte de la documentación proporcionada por Lazlo y se había quedado anonadado. Si toda aquella teoría de la conspiración era cierta, se estaban encaminando hacia el Cuarto Reich. Parecía que los últimos rescoldos de Hitler no solo no se habían apagado, sino que estaban empezando a coger fuerza. Como le había dicho su contacto judío, aunque en todos aquellos años no habían conseguido vincular las diferentes fundaciones, sabían que Savitri y Reldeih y las empresas Wolfadel y Kyklos Scientific Research estaban bajo el paraguas de la organización Schicklgruber, al igual que varios sellos discográficos de origen radical y otros negocios de menor envergadura.

Cada una de ellas tenía un objetivo muy claro y todas operaban a nivel mundial. La Fundación Reldeih, con sede central en Argentina, se encargaba de la difusión ideológica del movimiento organizando concentraciones propagandísticas que afianzaban a los neonazis más débiles y enardecían a los más convencidos. Parecía ser que por orden directa de Klaus Bonhoeffer el responsable de Reldeih, Franz Diefenbaker, un antiguo nazi huido gracias a las *ratlines* de Hudal que actuaba bajo la identidad de Hugo Franzolini, había creado la reciente agrupación, 88. Estos venían a ser el brazo armado del nuevo movimiento que, además de utilizar la violencia gratuita y de sembrar el terror entre las poblaciones consideradas inferiores, también tenían la obligación de captar nuevos adeptos y de unir y disuadir las rencillas y competitividades que se habían generado entre los diferentes grupos neonazis, tales como Hammerskin, Blood & Honour y Partido Nazi Americano, entre otros. Su radio de acción era los Estados Unidos, aunque parecía aumentar con vertiginosa eficacia y rapidez, extendiéndose a otros países. Su máximo representante se llamaba Tommy Lee Morgan y tenía antepasados en el KKK. Aparte de la fusión de grupos de extrema derecha también había reactivado las relaciones con el Gran Mago del Ku Klux Klan, Sean Mitchell, máxima distinción jerárquica dentro de la orden. Este ayudaba al líder de 88 a proporcionar conejillos de indias para los experimentos de la Kyklos Scientific Research, capitaneada por Ben Campbell, un brillante aunque xenófobo científico, que se había formado en la CIA y que después de un cierto tiempo la abandonó para tomar el relevo a su antecesor. Aquella empresa se había creado a partir de la caída del Tercer Reich y tuvo su mayor auge en la guerra fría. Aunque los Larski intuían que tenía un peso importante dentro de la megainfraestructura de la nueva generación, carecían de más información. La responsabilidad de rellenar aquella laguna había recaído sobre el binomio americano.

El pilar fuerte de toda la trama parecía ser la sociedad española Wolfadel, dirigida por Feliciano Martínez. Se trataba de una empresa armamentística que, aparte de vender armas legalmente, traficaba con ellas en el mercado negro. La ironía hacía que sus mejores mercados estuvieran en aquellos países donde estaban las razas que se habían propuesto eliminar. Andrea pensó que con aquella empresa mataban dos pájaros de un tiro: el primero y más importante era que colaboraban en la desaparición de los que los supremacistas consideraban indeseables, que se exterminaban entre ellos, y el segundo era que conseguían financiación para mantener al resto de la infraestructura nazi para acabar con los que no acababan asesinados. Los dividendos que arrojaba Wolfadel hacían que fuera la fuente económica conocida más importante de todo el entramado. Savitri, con Angelo Fariello a la cabeza, parecía ser otra organización que también aportaba fondos económicos gracias a la venta ilegal de sus descubrimientos arqueológicos. Lazlo parecía que tampoco había centrado su atención en ellos, ya que no disponía de más información que la que le había proporcionado, que no era mucha. Según lo que le había explicado Larski en el monte Watzmann, también creían que otra gran fuente de financiación eran los tesoros expropiados a los judíos en la Segunda Guerra Mundial y que se encontraban ocultos en la zona montañosa de Obersalzberg. El judío se había concentrado en investigar todos los movimientos del ministro de Economía nazi, Walther Funk, desde su huida de Berlín hasta su posterior captura, para ver si lograba encontrar las obras de arte y demás bienes semitas que, suponían, iban vendiendo a coleccionistas sin escrúpulos. Para finalizar quedaba la Fundación Schicklgruber, que aparte de aglutinar al resto, parecía trabajar en la creación de una religión, ya que su punto más fuerte era el esoterismo y la nigromancia. Parecía ser que cada año Klaus Bonhoeffer convocaba en Westfalia al resto de los directores generales en su sede central del castillo de Wewelsburg para reunirse, como si de un consejo de administración se tratara. Andrea todavía se estremecía al recordar la terrible realidad que le habían desvelado, que le había puesto los pelos de punta. Estaba tan abrumado que a partir de aquel día no se había podido quitar de encima la perenne sensación de asfixia, ya que temía que todo lo que había descubierto la familia Larski hasta aquel momento solo fuera la punta del iceberg. No sabía hasta qué punto había dado en el clavo.

El taxista los había dejado a unas manzanas de la sede central de Reldeih. Axl y Miranda caminaban deprisa con los nervios a flor de piel. La adrenalina circulaba por sus venas con tanto desenfreno que Axl no recordaba cuánto hacía que no vivía una situación tan límite como la de aquellos últimos días. Miranda, por su parte, había evitado hablar con su acompañante sobre la bochornosa situación vivida en casa del nazi. Aún no sabía lo que le había sucedido. Nunca antes había tenido un comportamiento tan lascivo. Cierto era que desde que vio su sexo se le había quedado grabada la imagen. Si a eso se le sumaba el rechazo hacia a ella, cosa a la que no estaba acostumbrada, hacía que una mezcla explosiva que no se veía capaz de controlar la poseyera. Ambos iban vestidos de negro, al más puro estilo espía, para pasar desapercibidos en la oscuridad. Llevaban los pertinentes pasamontañas, aunque sabían que de nada servirían y Axl, además, llevaba una pequeña mochila donde, entre otros enseres, había una cámara doméstica de fotos de altas prestaciones que también grababa y que le había sacado de más de un apuro. Según Fernando, en el bloque de oficinas donde se encontraba su objetivo solo había un vigilante, que por una respetable cantidad de dólares se dejaba sobornar. El cómo había obtenido tan valiosa información no lo tenían claro, pero su respuesta ante tal cuestión fue:

—Pibes, como decía "un gallego" que conocí hace tiempo—dijo haciendo referencia al gentilicio con el que se referían a los españoles—: "A caballo regalado no le mires el dentado".

Cuando llegaron al edificio se miraron el uno al otro hasta que Axl rompió el silencio:

—Espero que nuestro colega no se haya equivocado, porque si no estaremos listos...

—¿Crees que nos puede haber tendido una trampa? —se sorprendió la periodista, que ya le había empezado a tomar cariño al taxista gruñón.

—No, eso no, pero puede ser que la información que nos ha facilitado no sea todo lo veraz que él piense. Por si acaso, déjame entrar a mi primero y si lo veo claro te aviso para que vengas, ¿de acuerdo?

—Ten cuidado, por favor.

—No te preocupes, pequeña. ¡Joder! ¡Me ha quedado como en las películas! —soltó de pronto y provocó una discreta risita en su compañera que le sirvió como válvula de escape.

—Mira que eres payaso...

—Allá voy, estate atenta. —Axl golpeó con suavidad la puerta de cristal para llamar la atención del guarda. Este apartó la mirada del libro en el que se había concentrado y lo miró sorprendido. Se levantó con parsimonia, con la mano encima de una pistola Taser, y se dirigió hacia él.

—Dígame.

—¿Me deja pasar para hablar un momento con usted? —preguntó con discreción, intentando no llamar la atención de los escasos transeúntes que pasaban por allí.

—No, y será mejor que se largue.

—Hay más como este —avisó plantando un billete de cien dólares en el vidrio.

—Entre. —El guarda abrió sin quitar la mano de la Taser y ojeó la avenida para comprobar que nadie los espiaba—. ¿Qué querés?

—Necesito que haga la vista gorda durante unos instantes. Mi compañero y yo tenemos que hacer un trabajo. Le daré quinientos dólares.

—¿Cuánto rato?

—Creo que con dos horas bastará.

—Mil.

—¿Mil qué?

—Mil dólares. No puede robar nada. A la que sospeche algo le descargo ochenta mil voltios y llamo a la policía.

—Me parece bien. —Axl hizo una señal a Miranda que entró con el pasamontañas puesto —. Vamos, el tiempo corre. ¿Tienes a mano la contraseña que te sopló el borracho?

—Sí.

—Pues vamos allá.

Scorzo

Era bajito, flaco, con una protuberante nariz, labios carnosos, orejas grandes y salidas, ojos pequeños y chispeantes de mirada penetrante, pelo abundante y canoso, mentón y manos firmes. Solo había una posible calificación para definir su belleza externa: inexistente. Las mujeres siempre lo descartaban en primera instancia porque no era una persona agradable a la vista. Su vestuario era descuidado y desaliñado y eso, en la capital de la moda, era poco más o menos que un sacrilegio. Aun así, todo el rechazo que generaba a simple vista lo contrarrestaba con creces en cuanto pronunciaba las primeras palabras. Era listo, sagaz, agudo y culto. Tenía una personalidad arrolladora y una energía vital que transmitía en todo momento. Aunque si de una cosa carecía era de escrúpulos. Todo valía para conseguir sus fines. Era como un perro de presa que no paraba hasta cazar a su objetivo. El cómo se metió en el mundo de la investigación fue lo más curioso. Una vez, hacía muchísimo tiempo, conoció a una bella chica a la que cortejó con tanta tenacidad que al final sucumbió ante el *savoir faire* del romano. Decir que ella era guapa era poco. Su atractivo había hecho que más de uno se rindiera a sus pies. Cuando las amistades de la chica se enteraron de la relación bautizaron con crueldad a la pareja como "la bella y la bestia". Cualquiera que los viera no dejaba de preguntarse qué era lo que había visto ella en él. Ni siquiera Scorzo lo sabía ni le importaba. No se hizo preguntas y aceptó aquel regalo del destino. En aquel tiempo Scorzo trabajaba como analista informático. Su habilidad para sintetizar los problemas y su fácil clarividencia en un mundo lleno de continuos entresijos le hacían uno de los profesionales más buscados del momento. Al final se casaron y se trasladaron de Milán a Florencia, donde él había recibido una muy buena oferta de trabajo. Le cayó la venda de los ojos con brusquedad cuando un día pilló por accidente a su esposa en la cama con un vecino. Su mundo se desplomó en cuestión de segundos y le creó un impacto equivalente al de un meteorito al chocar contra la tierra. Los árboles no le habían dejado ver el bosque. Lleno de rabia y frustración empezó a desgranar su relación desde el momento en que la conoció hasta el fin de su matrimonio. Fue lo peor que pudo haber hecho. Al rebuscar en lo que a él le había parecido una vida placentera de pareja, descubrió que su esposa lo había engañado y manipulado a su antojo. Como muchas otras personas aquejadas del mismo mal, se volvió receloso y a partir de aquel momento se convirtió en una persona fría y, si cabía, más calculadora. Decidió dar un giro de ciento ochenta grados a su vida. Se trasladó a Roma y se formó en el arte de la investigación privada, que juntamente con sus habilidades informáticas, hicieron de él un efectivo descubridor de secretos. Primero se centró en parejas, constatando que había mucho cornudo y cornuda suelta. Luego, aquellos mismos clientes empezaron a hacerle peticiones sobre trabajos empresariales, ya fueran sobre espionaje industrial, investigaciones de directivos o seguimientos del estado de los trabajadores. Sus tentáculos se fueron expandiendo y llegaron a tejer una valiosísima red de información. Los escrúpulos fueron desapareciendo en aras de su efectividad. Todo era bueno con tal de que el resultado mereciera la pena, sin importarle a quién arrollaba por el camino.

En cuanto a sus relaciones personales, continuaron tan muertas como el día en el que le rompieron el corazón.

Diecisiete

Era medianoche cuando llegó a su casa. En aquel momento se dio cuenta de que le faltaba algo. Tenía aquella extraña sensación de cuando se sabe que, aunque se haya seguido la rutina diaria, hay alguna cosa que no encaja. Palpó el bolsillo para comprobar que las llaves continuaban allí, la cartera, el teléfono... no parecía que tuviera fundamento para el incipiente nerviosismo que se estaba apoderando de él. Repasó mentalmente cómo le había ido el día, cómo había estado conversando con su primo después de su exitosa misión en el norte de África y cómo lo habían ido a celebrar cuando lo había ido a recoger a la oficina.

—¡Mierda, el portátil! —maldijo cayendo en la cuenta de que se lo había dejado encima de la mesa. Aunque no temía por él, ya que consideraba que tenía montado un buen sistema de seguridad, le molestaba mucho que se hubiera despistado. Feliciano era una persona meticulosa y exigente, tanto con los demás como consigo mismo. Además, el portátil era como su cartera, un objeto privado que consideraba que nadie salvo él podía tocar. Conociéndose a sí mismo y a sabiendas de que si no lo hacía no dormiría en toda la noche, decidió volver a Wolfadel para recogerlo y quedarse tranquilo.

Cuando llegó a la empresa saludó como de costumbre al vigilante de noche. Hacía muchísimos años que lo conocía ya que era hijo de un fiel camarada y su alineación con la causa era indiscutible. Vivía por y para la libertad de España. En sus ratos libres se iba a cazar cualquier tipo de inmigrante que se le cruzara y más de una vez había tenido que pedirle a Víctor, su primo, que le sacara del lío donde se había metido. Era fiel como pocos, y aunque se había planteado más de una vez encargarle tareas que a primera vista pudieran parecer más importantes, al final se imponía el sentido común que hacía que ocupara, a ojos de Feliciano, uno de los cargos más relevantes que pudieran haber: la vigilancia de una pieza clave en la organización.

—Buenas noches, Pablo. ¿Todo bien?

—Buenas noches, señor Martínez. Qué sorpresa verle por aquí a estas horas.

—Salgo en seguida, me he dejado una cosa y he venido buscarla.

—Como si estuviera en su casa.

Feliciano no estaba tranquilo. Tenía un pálpito y no sabía por qué. Desde Buenos Aires había recibido una llamada de su colega Franzolini y le había avisado de que dos periodistas les estaban tocando las narices. Aquello no le preocupó. En su actividad y con su ideología cuando no sucedían incidentes en una empresa era en otra. Aquella vez le había tocado a la Fundación Reldeih. Mala suerte.

Lo primero que hizo cuando entró en el despacho fue mirar en su mesa. Nada. Estaba seguro de que se lo había dejado allí y al no verlo se acrecentó el desconcierto primero y el enfado después. Inspiró y contuvo la respiración unos segundos antes de expulsar el aire. Se dispuso a repasar minuto a minuto lo que había hecho antes de que apareciera su primo. Estaba acabando una conversación telefónica con un buen cliente cuando entró Víctor por la puerta con aquella sonrisa triunfal que le caracterizaba. Colgó y se dirigió hacia él para abrazarlo. Rieron cuando Víctor le explicó la cara que puso el político cuando le presentó la cabeza de sus hijos con las cuencas oculares vacías. Lo apremió debido a que tenían reservada mesa en uno de los mejores restaurantes de la ciudad levantina. Salieron y comentaron la rapidez con la que habían cerrado el trato después del aleccionamiento. No cabía duda. El portátil se había quedado encendido encima de la mesa y ahora no estaba. Llamó al guarda de seguridad.

—Dígame, señor Martínez.

—Pablo, han entrado en mi despacho y se han llevado un objeto de muchísimo valor —informó con la voz encrespada por la rabia.

—Señor, no puede ser, no ha saltado ninguno de los

sensores... y por las cámaras de video no se ha visto nada.

—Pues te puedo afirmar que este objeto no está donde lo dejé. ¿Ha sucedido algo atípico esta noche?

—No, señor. No ha pasado... disculpe, sí, sí que ha pasado un incidente —reaccionó el vigilante con la esperanza de poderle decir algo que le llegara a exculpar—. Una de las chicas de la limpieza ha dicho que se encontraba mal y se ha ido a su casa.

—¿Qué cuadrante le tocaba limpiar? —Feliciano sabía de antemano la respuesta.

—El... el suyo, señor —admitió tragando saliva.

—Llama ahora mismo a la encargada de la empresa de la limpieza y que te dé todos los datos de esa trabajadora. Los quiero para dentro de media hora y no acepto un no por respuesta —ordenó con ganas de estrangular a alguien. Cogió el teléfono y marcó—: ¿Víctor?

—Hola, primo. ¿Todavía estás de fiesta? —La voz de Víctor parecía estar cargada de alcohol.

—Tenemos un problema y de los gordos. Te necesito aquí en media hora.

—Vale, ahí estaré. —No era habitual que el tono de Feliciano tuviera aquella carga de preocupación.

Por su parte, en su despacho y después de haber movilizado a la gente pertinente, el gerente de Wolfadel se medio sentó en su mesa. Se estaba mesando la barbilla cuando le vino a la cabeza el aviso del responsable germano en Argentina sobre los periodistas que le estaban causando problemas. Esperaba que fueran hechos aislados, porque si llegaban a tener alguna conexión aquello no presagiaría nada bueno. Tenía que seguir el protocolo marcado por el camarada Bonhoeffer y empezó a llamar a todos los altos dignatarios mundiales para avisar que él también había sido víctima de un ataque. Ellos no creían en el azar.

—Es inmensa —comentó Herbert excitado en cuanto llegaron a la tumba—. Por lo menos hace unos sesenta metros cuadrados.

Los nativos trabajaban contagiándose unos a otros con la expectación de quien espera encontrar grandes tesoros. La mañana era muy fría y el vaho que desprendían todos al respirar así lo reflejaba. El sol asomaba por las cumbres montañosas y hacía que una paleta de colores celestiales se diluyera poco a poco para dar paso a un cielo despejado y de un azul intenso.

—Parece que se encuentra en buen estado de conservación —apuntó Hans al ver que el túmulo daba señales de haberse mantenido hermético.

—Hasta que no levantemos la primera losa no lo sabremos. O sea, que no te hagas excesivas ilusiones. Supongo que no será la primera vez que cuando accedes a tu anhelado descubrimiento compruebas que ya lo han saqueado con anterioridad, ¿verdad? —destacó punzante Friedrich sin apartar la mirada de la excavación y haciendo parecer a Hans un principiante.

—Herbert, ¿me puedes hacer el favor de sacarle a Friedrich el palo de la escoba del culo?

—Va, dejémonos de puyas y veamos si podemos encontrar un hueco por donde colarnos.

—Lástima que no tengamos tiempo para poder examinar con detenimiento todo el yacimiento… —comentó apenado mirando lo que suponía que serían los muros que delimitaban el poblado.

—No sufras, ya lo harán estos animales por ti —vaticinó Friedrich con sorna como si disfrutara de la tristeza de su camarada—. En cuanto sepamos si lo que tenemos bajo nuestros pies vale la pena o no y nos larguemos de aquí, estos salvajes se dedicaran a saquearlo para comerciar con lo que puedan en el mercado negro.

—Parece que cumple todos los requisitos para ser un señor túmulo —intervino Hans.

—¿Por qué lo dices? —quiso saber Herbert observando el montículo.

—Porque es redondo y porque tiene doble baldosa. —Levantó con cuidado la primera piedra con la punta del pico e intentó hacer lo mismo con la que se encontraba debajo—. La primera simboliza el Sol y la segunda la Luna. ¿Os vais a quedar mirando o pensáis ayudarme? —Tenía la cara enrojecida por el esfuerzo a pesar del frío matutino.

—¡Vamos, vamos! —animó Günter.

—Yo os animo mientras intentáis abrir la entrada —dijo Friedrich. Buscó una roca donde sentarse y enojó todavía más si cabía al resto del equipo.

—Déjalo, Hans. —Herbert puso la mano a modo conciliador en su hombro ante la previsión de un arranque de ira.

—Es que me pone de los nervios...

—¡Venga, holgazanes! ¡¿Qué coño hacéis aquí parados mirando?! ¿Y vosotros? ¿No tendríais que estar vigilando que nadie rondara por aquí? —ordenó Friedrich—. Atajo de vagos, así os va...

—¿Creéis que por fin lo encontraremos? —Günter despejó la maleza y la tierra de las losas adyacentes para hacer un mejor acceso.

—Espero que sí. Sería como descubrir nuestro Santo Grial particular... —admitió Hans—. Llevamos tantos años buscándolo que a veces, cuando decaigo, pienso si no habremos perdido el tiempo.

—Te comprendo —corroboró Herbert—. A veces da la impresión de que sería más fácil encontrar un unicornio que nuestro objetivo.

—¡Eh! ¡Se mueve! ¡Vamos, vamos! ¡Günter, ayúdanos! Y si al señor marqués le parece bien, ¿puede ir a buscar linternas y máscaras para que podamos echar un vistazo en su interior?

—Ahora vengo. —Friedrich se dirigió a la tienda de campaña modular con paso ligero.

—¡Joder! ¡Sí que cuesta! —gruñó entre dientes. Poco a poco entre los tres consiguieron que la roca cediera—. ¡Ya! ¡Por fin!

—¡Qué mal huele! Ya no me acordaba de cómo apestaba el aire enrarecido. —Herbert se quejó pero mostró una sonrisa de satisfacción.

—Qué menos, ¿no? Después de mil y pico años… Ojalá tuviera el placer de olerlo más a menudo.

—Aquí están las linternas —avisó Friedrich tendiéndoselas al resto del equipo, al igual que las máscaras.

—¡Haz los honores, Herbert!

No le había costado mucho llegar al Monumento Nazionale a Vittorio Emanuele II, que estaba próximo a las oficinas donde él trabajaba. La construcción, que conmemoraba al primer rey italiano, estaba en pleno corazón de la ciudad. Como en cualquier época del año en cualquier punto de Roma, aquello estaba plagado de turistas y el sol, que le daba un brillo especial al blanquecino mármol, hacía resaltar la majestuosidad de las columnas que generaban un aura que todavía favorecía más a uno de los emblemas más fotografiados de la capital romana. El que hubiera tanta gente por allí no tranquilizaba a Flavio. Dudaba de que en una situación tan adversa Scorzo lo localizara. Tenía plena confianza en Cristina, su jefa. Era una mujer inteligente y, sobre todo, muy intuitiva. Durante todos aquellos años en los que había estado bajo su mando había podido aprender muchísimo de ella y se sentía afortunado de haberla conocido. Tal como le había dicho en su despacho, se podía dar el caso de que estuviera investigando una fundación que no tuviera nada que ocultar, y que la información de su amiga Carol, a la que también respetaba, fuera errónea y él estuviera perdiendo el tiempo. Además, desde que se separó de Andrea no había vuelto a saber de él, por lo tanto tampoco sabía si él también navegaba en la dirección equivocada. Estaba tan ensimismado en sus pensamientos que no vio venir al investigador.

—Hola, Flavio.

—¿Perdón? —respondió en un acto reflejo el periodista.

—Soy Scorzo. ¿Ha traído lo que le he solicitado?

El reportero se quedó mirando a aquel hombre menudo que iba vestido con pantalones cortos, camisa floreada y sandalias complementadas con calcetines blancos. La cámara fotográfica de baja calidad que pendía de su cuello y las gafas de sol, junto con la guía sobre la capital italiana, hacía que pasara por cualquier visitante extranjero que estuviera admirando la construcción.

—Sí —balbuceó Flavio sin acabar de creer que Cristina tuviera la confianza puesta en aquel hombrecillo.

—¿Le ha explicado la señorita Mangliano sobre mis honorarios? —Scorzo habló en un susurro apenas audible. Para disimular le tendió un plano desplegado y señaló un punto inconcreto en él.

—Sí, pero…

—Si está de acuerdo deme los archivos de los que disponga por debajo del mapa, con discreción. Cuando tenga información de interés ya me pondré en contacto con usted.

Flavio, que en ningún momento había previsto una reunión en la que no pudiera explicar y preguntar sobre cómo iría el desarrollo de su relación comercial, le tendió un pequeño *dossier* con todo lo que había podido recabar hasta aquel momento.

—*Mille grazie, signor* —se despidió de forma sonora con un marcado acento extranjero que lo dejó atónito y perplejo.

Con los corazones latiendo a mil por hora se miraron el uno al otro antes de volver sus ojos hacia la pantallita digital que tenían ante ellos. Aquel momento era crucial. Iban a comprobar si el arrepentido y alcohólico Diefenbaker les había dicho la verdad o no. Miranda sostenía con mano temblorosa el papelito donde se suponía que tenía la contraseña que les daría acceso a las oficinas de la Fundación Reldeih, Axl, nervioso, se pasaba la lengua por los labios secos en un vano intento de humedecerlos.

—Es la hora de la verdad. Espero que no salten las alarmas y tengamos en breve a un montón de hijos de puta furiosos con ganas de lincharnos —dijo el cámara—. Dispara —ordenó. Contuvo el aire en sus pulmones y pulsó, dígito a dígito, lo que le iba dictando su compañera. Toda su atención estaba concentrada en el teclado alfanumérico.

Cuando la luz verde se encendió sin problemas y dio acceso libre a las oficinas, un sonoro suspiro de alivio salió de su boca. Una vez más confirmó que el alemán no les había fallado. En cuanto entraran buscarían la sala de las cámaras de vigilancia para anular las grabaciones y, a partir de ahí, se podrían mover con total libertad.

—Vamos, tú localiza la sala de seguridad que yo voy directo al despacho de Franzolini, Diefenbaker o como quiera que se llame ese cabrón. —Axl recogió la mochila donde llevaba sus artilugios—. No te entretengas, que no me fío del vigilante.

—Tenemos intrusos en nuestras oficinas —advirtió el alemán al americano mientras depositaba la servilleta encima de la mesa del lujoso restaurante bonaerense adonde había llevado a sus invitados.

—¿Cómo lo sabe? —Tommy Lee cruzó los cubiertos después de haber dado cuenta del exquisito bife que había degustado.

—Porque cuando a partir de cierta hora alguien desconecta la alarma de la oficina, recibo de manera automática un aviso en mi teléfono. —Hugo cogió el móvil dispuesto a llamar a su segundo.

—¿Y ahora qué va a hacer?

—Avisaré a Mario, a ver si esta vez liquida a esos metomentodo.

—¿Estamos muy lejos de la sede central?

—No, desde Puerto Madero a nuestra oficina de la Avenida Corrientes habrá unos quince minutos a lo sumo. ¿Por qué?

—Porque, si me lo permite, prefiero ir yo de cacería. Así quemaré las calorías que acabo de ingerir. No hace falta ni que se levante. Aconseje a Chyntia sobre qué postre puede degustar después del Matambrita tiernizada. Puede que el hojaldre de crema y dulce de leche o la Teja con surtido de dulces sean buenas opciones, ¿no? No siempre se tiene la oportunidad de venir a cenar a la Cabaña de las Lilas.

Aunque era tarde, el restaurante estaba de lleno a rebosar. La decoración le confería un aire cálido y acogedor al que también contribuían el suelo de parqué, el techo de madera y las paredes de obra vista repletas de cuadros antiguos que homenajeaban a las principales líneas de sus vacunos. Todo ayudaba a que el comensal se sintiera como en su casa. Las exquisiteces, dignas de los mejores paladares, le habían valido la mención de ser uno de los mejores restaurantes a nivel mundial. La cuidada selección de las carnes originarias de sus propios pastos en la pampa hacía que ciudadanos de todo el mundo quisieran reservar mesa en aquel local y, de paso, aprovechaban la visita a uno de los barrios más exclusivos de Buenos Aires. Franz Diefenbaker o como se hacía llamar desde que se fugó de Alemania, Hugo Franzolini, se había convertido en uno de los mejores clientes de la casa. A Franzolini le encantaba el lujo. Él había visto la transformación que había sufrido Puerto Madero desde sus inicios. No quedaba ningún vestigio de la decadencia del lugar que había imperado entre los años veinte y los noventa. A sus ojos, se podía equiparar la evolución de aquella zona con el resurgimiento del Cuarto Reich. Al igual que Puerto Madero, ellos también harían del planeta un mundo mejor. Serían los artífices de la creación de un nuevo futuro limpio de inmundicias. Crearían un mundo en el que solo tendría cabida una raza fuerte y pura.

Después de dejar a Chyntia con su anfitrión, Tommy Lee cogió un taxi. Entre tanto el responsable de Reldeih llamaba al vigilante de seguridad para que no le pusiera trabas en su acceso al edificio y para que él mismo evitara que se fugara la presa. El norteamericano acariciaba ansioso su cuchillo Aitor II, un arma que consideraba una extensión de sí mismo. La hoja de dieciocho centímetros lo había hecho disfrutar más de una vez al introducirla hasta la empuñadura en los negros y judíos que habían tenido la desgracia de cruzarse con él las veces que había salido de cacería. Quería, deseaba y anhelaba eliminar a aquel par de intrusos que lo único que hacían era entrometerse y desvirtuar su causa. Él era un predador sediento de sangre... y ellos se habían convertido en sus presas.

Klaus Bonhoeffer

El apellido Bonhoeffer siempre había tenido un peso dentro de la organización nacionalsocialista porque habían defendido y defendían sus convicciones a capa y espada. Pertenecía a una familia acomodada que había conseguido salir airosa de la quema de brujas que se había producido después de la caída de Hitler. Su patrimonio no solo no se había resentido lo más mínimo durante el desmoronamiento del Tercer Reich sino que, gracias a los contactos que habían mantenido con países tan estratégicos como Inglaterra y los Estados Unidos durante la Segunda Guerra Mundial, aún había salido más fortalecido. Sus padres, gente de dudosa moral, lo enviaron, al igual que a sus hermanos, a las mejores universidades que había en aquella época donde enseñaban economía, derecho y ciencias políticas. En el caso de Klaus fue a la prestigiosa academia militar inglesa Royal Military Academy Sandhurst después de haber compaginado la carrera de Ciencias Políticas con la de Derecho. En aquella época trabajó con ahínco una de las aptitudes que más destacaban de su personalidad: la estrategia. Estudió todas las grandes batallas que habían tenido lugar desde los inicios de la humanidad y las consecuencias que se habían derivado de cada uno de sus capítulos. También buscó la perfección en el dominio del arte de la manipulación de las personas para conseguir sus objetivos. Fue en ese punto cuando también se introdujo en el mundo de la nigromancia y parapsicología, siguiendo los pasos de su referente en el arte de la sugestión de masas: Adolf Hitler. Con aquella alcurnia y bagaje en el mundo político, no le fue difícil urdir un plan para afrontar lo que sería la empresa más ambiciosa que jamás se había planteado: acabar lo que el líder nacionalsocialista había empezado. Movilizó a todos los contactos de los que disponía para despertar y unir a los seguidores neonazis de segunda y tercera generación. Cada uno de ellos actuaría de manera independiente y así podría hacer el imperio más grande y más fuerte de lo que había llegado a ser en los años cuarenta. Rescató el Castillo de Wewelsburg del olvido y lo maquilló para que no despertara sospechas. Siguiendo los pasos de su líder lo convirtió en el cuartel general del Cuarto Reich. En su idea de fusión y de globalización, habló con Hugo Franzolini para que desde allí mandara crear a 88 y conseguir así un nuevo grupo que consiguiera eliminar las rivalidades existentes entre los diferentes colectivos neonazis.

A sus cuarenta y nueve años, Klaus Bonhoeffer era un

abnegado padre de familia numerosa. Sus cinco hijos, rubios y de ojos azules, no dejaban lugar a dudas de su procedencia germana, al igual que las dos niñas que completaban la familia. La señora Bonhoeffer, que también coincidía con su marido en cuanto a ideología política, se dedicaba exclusivamente a cuidar de la familia, tal y como marcaban los cánones del régimen. En cuanto a los hermanos de Klaus, tenían altos cargos tanto en el mundo empresarial de las finanzas como en el de la política, y aunque no todos convergían con su hermano menor, a la hora de darle su apoyo no dudaban en hacerlo. Sabían que tener aquel tipo de pensamientos en la Alemania del siglo XXI los ponía en el punto de mira, pero el tesón y la constancia que había mostrado el benjamín de los Bonhoeffer al respecto hacía que lo admiraran y apoyaran aún más.

Dieciocho

Ajenos a lo que se les venía encima, Axl había localizado con facilidad el despacho de Hugo Franzolini. Miranda, por su cuenta, había desactivado las cámaras de seguridad y requisado como medida preventiva las grabaciones que había encontrado. Por otra parte, el vigilante de seguridad, sorprendido de que el propietario del inmueble se hubiera enterado de la intrusión, decidió hacer algo al respecto para que no lo despidieran.

—¿Has hecho ya lo que querías? —Miranda asomó la cabeza por el quicio de la puerta.

—Sí —respondió incorporándose del suelo—. Ya nos podemos ir… un momento. ¿Has oído algo?

—No. —La periodista se puso tensa. Si él lo preguntaba es que había percibido algo anómalo y a aquellas alturas ya se había acostumbrado a hacer caso de sus intuiciones.

—Otra vez. Viene de la puerta. Alguien pretende entrar —susurró mientras se escondía detrás de una mesa junto a

Miranda—. Ya me extrañaba que no tuviéramos problemas...

En aquel momento Tommy Lee acababa de llegar y, después de pagar al taxista, sacó la llave de acceso al edificio que le había dado Hugo.

«Qué raro que el vigilante no esté en su puesto». Sacó el puñal de supervivencia y lo acarició. Estaba tan sediento de sangre como él.

La puerta de entrada a las oficinas de Reldeih se abrió lentamente y la cabeza del vigilante asomó con timidez. Al no ver a nadie, acabó de entrar con la Taser a punto para soltar su descarga. Axl, que no le quitaba ojo, bisbiseó:

—Jodido cabrón. Miranda, estate atenta. Voy a ver si consigo que salgamos de aquí ilesos...

—¿Qué vas a hacer?

—Preguntarle si quiere ir de copas. —Cogió una grapadora y una carpeta de encima de la mesa. Había calculado que con un poco de suerte podría llegar hasta él y reducirlo antes de que lo friera con una descarga. «Por lo menos este tampoco es ningún atleta», pensó Axl. «Si luchamos cuerpo a cuerpo estaremos bastante equilibrados». Cogió un poco de aire y lanzó la grapadora al otro lado de la habitación. Al caer, el guarda de seguridad, tenso y con la camisa empapada por el sudor, se giró con la intención de disparar. Aprovechando el factor sorpresa, el cámara se echó encima del argentino gritando como un poseso por el lado contrario al que había oído el ruido. Este, que lo vio por el rabillo del ojo, cayó en la cuenta demasiado tarde de que había sido una maniobra de distracción. Aun así le dio tiempo a disparar con éxito y acertar de lleno en el pectoral de Axl. Sin poder contener la euforia, exclamó victorioso:

—¡Ja! ¿Pensabas que me vencerías?

Los ojos se le salieron de las órbitas cuando Axl le pegó con todas sus fuerzas una patada en la entrepierna. No entendía qué había pasado. Sabía que le había dado, pero aquel sujeto había continuado hasta patear sus partes íntimas. Un dolor lacerante hizo que se encogiera antes de perder el sentido. El cámara, al ver que ya no tenía rival, tiró la carpeta que había utilizado como escudo y dijo:

—Vamos, Miranda, esto se está poniendo feo. Salgamos de aquí.

En aquel momento abrió la puerta y se encontró cara a cara con el gigante americano. La reacción no se hizo esperar y antes de que pudiera hacer ni decir nada recibió un mazazo en plena nariz que lo despidió hacia atrás y lo hizo caer con gran estrépito encima de una mesa. La reportera, estupefacta por lo que había visto, se volvió a agachar antes de que Tommy Lee la viera. Este se regodeó:

—Vais a lamentar vuestra intromisión. Hay cosas que de manera inexorable tienen que salir a flote y una de ellas es la superioridad de nuestra raza. Ni vosotros ni nadie podrá evitar el resurgir de nuestro movimiento. —El *sheriff* cogió a Axl por la pechera y le propinó un rodillazo en la boca del estómago que lo dejó sin aire—. Por cierto, sabed que voy a disfrutar de lo lindo, porque hasta que no me digáis todo lo que quiero saber no vais a morir, cosa que, os puedo asegurar, vais a desear en pocos momentos. Miranda, no hace falta que intentes huir. La única puerta que hay es por la que he entrado —avisó mientras le propinaba una patada a Axl, que intentaba desesperado recuperar la respiración—. ¿Cómo va todo, cabronazo? Parece que estás un poco aturdido, ¿no? Tranquilo, ya te reanimaré yo… —dijo a la vez que le clavaba el puñal un centímetro en el pecho. Axl emitió un grito desgarrador. Miranda, que había visto toda la escena, quería librar a su amigo de aquel sádico pero sabía que no tenía ninguna opción. Su cabeza no paraba de buscar posibles alternativas, pero las descartaba todas al instante por considerarlas inviables. En aquel momento cayó en la cuenta de que podía utilizar la pistola del vigilante que aún yacía inconsciente.

«Si consigo arrastrarme hasta él sin que me vea y alcanzo la Taser y el cargador nuevo puede que tengamos alguna posibilidad de salir con vida...» pensó desde su escondrijo.

—¿Estás despierto? ¿No? —Sin esperar respuesta le volvió a hundir el puñal otro centímetro y le arrancó otro alarido—. ¿Para quién trabajáis?

—Para nadie. Es un reportaje que tenemos previsto vender. —Sabía que aquel pirado no le creería.

—¿Me tomas por gilipollas? —Tommy Lee le causó

otra lenta y dolorosa punzada. Estaba disfrutando y se notaba.

—Hombre, ahora que lo dices... —admitió con sarcasmo con la intención de ganar tiempo ante su ineludible final.

Miranda ya había llegado hasta el vigilante y con sumo cuidado le quitó el paralizador eléctrico y lo armó. «Un solo intento. Si fallo, nos puedo dar por muertos».

—¡Tú, hijo de puta! —La periodista camufló la pistola tras ella y empuñó amenazadora un abrecartas. Tenía la esperanza de que aquella bestia se confiara.

—Espera tu turno, zorra, no creas que te librarás.

—¡Vete, Miranda! ¡Huye!

La periodista, al ver que no llamaba la atención de aquel loco, dejó el abrecartas y le lanzó un bote con lápices con tan mala fortuna que dio en la cara de Axl.

—¡Joder, Miranda! ¡Si me quieres ayudar, apunta mejor!

—Lo siento... —Esta vez le tiró un perforador de hojas y volvió a darle a su amigo.

—¡Hostias, Miranda! ¡Déjalo ya, por mi propio bien, y huye de una puta vez!

—Si quieres te dejo que lo remates tú —dijo Tommy Lee divertido ante aquella situación—. Pero bueno, ya que insistes, te daré ahora tu merecido —avisó, no sin propinarle antes otro puñetazo al cámara.

La chica, con los nervios a flor de piel, volvió a rescatar su improvisada arma punzante y la blandió ante un jefe de policía que se sabía superior. Caminaba con lentitud y saboreaba el miedo que veía reflejado en el rostro de la periodista.

—Zorra, ni te imaginas lo que voy a disfrutar cuando te mate con mis propias manos —avisó a la vez que enfundaba el puñal—. Pero no sufras, no lo haré rápido, antes tenemos que hablar largo y tendido de vuestra intromisión…

—Estáis enfermos, hay que erradicar vuestro movimiento de inmediato. —Miranda quería alterarlo para que el policía bajara la guardia.

En aquel momento Axl, en un vano intento de ayudarla, se puso a gatas rezongando improperios en contra del neonazi. Tommy Lee desvió su atención de la reportera lo suficiente para que esta se envalentonara y jugara sus cartas. La pistola eléctrica apareció en aquel instante y disparó los electrodos que impactaron de lleno en el torso de su agresor. La reacción no se hizo esperar. Los impulsos paralizantes del sistema motor le provocaron calambres hasta el punto de hacerlo caer desplomado.

—¡Vamos, Axl! —alentó ayudándolo a levantarse. Como desconocía la duración de los efectos de la descarga, no paraba de mirar de reojo al policía.

—Vale, vale… —El cámara notó la sangre dulzona en su boca—. Espérate un momento, esto no puede quedar así. ¡Maldito cabrón, ahora se han cambiado las tornas! ¿No? —preguntó antes de darle una patada en la cara—. Miranda, registra al vigilante, a ver si tiene esposas. Tenemos que atar a estos dos como sea.

Mientras la reportera acataba con diligencia las indicaciones recibidas, su compañero se agachó ante el líder de 88 y le quitó todas las pertenencias por si le podían servir de algo. Una vez esposados solo quedaba largarse.

—¿Qué piensas? —quiso saber Miranda.

—Que a este tío me lo tendría que cargar… No parará hasta matarnos y no creo que podamos permitirnos el lujo de darles más oportunidades. Acuérdate de lo que le pasó al pobre enfermero.

—Déjalo, tú no eres un asesino. Eres mejor que todos ellos. ¿Has podido hacer lo que querías? Pues vámonos, ya les daremos donde más les duela.

Después de la pequeña odisea de Berchtesgadener, Andrea ya había llegado a su destino de Renania del Norte-Westfalia. Tenía enfrente el Castillo de Wewelsburg. Allí estaba el origen de todo. El cerebro de uno de los peores males que podía aquejar a la humanidad residía allí y fraguaba un porvenir de muerte y destrucción. Lejos de disfrutar, el italogermano parecía estar viviendo una pesadilla. Se había obsesionado tanto con la investigación que apenas descansaba. Quería y necesitaba saber más. Se pasaba horas buscando cualquier dato a través de la red que le sirviera para profundizar sobre la historia de todo lo que aconteció y derivó después de la Segunda Guerra Mundial. A partir de ahí establecía posibles conexiones con su objetivo. Había averiguado diferentes datos que podían ayudarle a entender un poco más el contexto de aquella locura que parecía no tener fin. Se sentía abrumado. Aquel centro de culto nazi en la actualidad era un museo, ya que la adquisición de su patrimonio se remontaba bastante más atrás que a su etapa nacionalsocialista. Cuando en su día lo descubrió, Himmler no dudó en establecer allí el cuartel general de la SS. Su intención era que se convirtiera en el centro donde se formaría a los agentes de la temible Orden Negra. Quería que se impregnaran de las conexiones místicas y esotéricas que le atribuían al lugar. El *Führer,* que también compartía las mismas creencias, le dio carta blanca al respecto. Según Himmler el poder telúrico del terreno había propiciado que en aquella misma colina se hubieran edificado otras construcciones o acontecido batallas de relevancia histórica que transmitirían su energía ancestral a la causa germana. Según lo descubierto por Andrea, el primer castillo que se había construido allí databa de finales del siglo IX. Lo había erigido el adalid de la resistencia sajona, Wewel von Büren, con la intención de frenar las continuas invasiones de los hunos. Él fue el que lo bautizó con el nombre de Wewelsburg. El segundo punto que influyó al secuaz de Hitler fue la leyenda germánica que situaba en aquella zona la batalla del Abedul, que señalaba que la última de ellas se libraría contra un gran ejército eslavo del Este, y que profetizaba que lo único que saldría indemne de aquella contienda sería el castillo de Westfalia. Por lo que comprobó el periodista, Himmler se creía la reencarnación del rey sajón del siglo X, Enrique I "El Pajarero" y por aquella razón pensaba que había heredado la misión de conquistar Oriente y crear un imperio ario. Hizo suya la leyenda y esperaba que en un futuro no muy lejano se diera un gran conflicto entre Asia y Europa. Amante como era de la geomancia, designó aquel bastión como si fuera el centro del mundo por las energías positivas que de él percibía. Otro de los paralelismos de sangre que encontró fue que el lugar se hallaba cerca del bosque de Teutoburgo, punto donde los germanos vencieron en el siglo IX a los más de treinta mil romanos de Publio Quintillo Varo. La guinda final que acabó por convencer al responsable de la Shuttz Staffel fue que en el siglo XVII se reconstruyera y se le diera una forma triangular, hecho que encontró muy significativo porque le encontraba una equivalencia indiscutible con la lanza de Longinos y sus poderes mágicos. Una vez instalado, Himmler modificó la torre norte y la adaptó para realizar rituales y canalizar la energía espiritual. Lo primero que hizo fue decorar la puerta de entrada con runas y esvásticas. Esta daba paso a un vestíbulo en el que toda la carpintería era de roble y donde había una majestuosa escalinata decorada con una barandilla de hierro forjado con motivos rúnicos. En las paredes había colgados inmensos tapices que representaban pasajes gloriosos del pasado alemán y escenas rurales que hacían juego con los bustos del rey sajón Enrique I. De allí se podía acceder a dos salas. La llamada Sala de los Generales estaba a nivel de tierra y tenía mil metros cuadrados. El suelo, de mármol, tenía un mosaico redondo en el centro que representaba un sol negro con doce rayos. Estos tenían la silueta de las runas nórdicas que simbolizaban la victoria, llamadas *Sieg*. Las paredes tenían una docena de ventanales altos y estrechos que estaban adornados con columnas a ambos lados. Andrea había leído que, como al responsable de la SS le gustaban tanto las connotaciones que tenían las runas, las escogió como distintivo para identificar a la guardia pretoriana de Hitler. Cuatro años después, cuando el movimiento nacionalsocialista ya estaba en pleno apogeo, había hecho crecer el pequeño ejército de trescientos soldados paganos a cincuenta y dos mil. Otro fetiche que en su día también había ordenado colocar en la sala de reuniones de los líderes de las SS fue una mesa circular que emulaba la tabla redonda del Rey Arturo.

La segunda sala era una cripta llamada Walhalla, como la morada de Odín en la mitología escandinava. Esta tenía una cúpula que imitaba una tumba micénica. Había historiadores que especulaban con que la habitación había servido para conmemorar a los guerreros muertos en batalla y prepararlos para el *ragnarok,* la última batalla entre las fuerzas del bien y las de la oscuridad, que los llevaría al destino de los dioses. El periodista tenía entendido que Himmler había planeado poner en el centro una llama eterna que se alimentaría con una tubería de gas y justo encima, esculpida en el techo, una esvástica. A su alrededor había doce pedestales cuyo significado aún no se había podido descubrir. La cámara tenía una acústica e iluminación especiales que solo se podían percibir si se entraba dentro del círculo sagrado. A medida que los integrantes del círculo íntimo de las SS morían, se quemaban sus escudos de armas que, junto con sus cenizas, se colocaban sobre unas peanas donde los veneraban. Himmler había diseñado un ambicioso proyecto arquitectónico que también englobaba los alrededores del castillo. Su intención era conferirle, a su parecer, más poderes esotéricos. Al final no lo llevó a cabo porque coincidió con el declive del Tercer Reich. Ante aquella perspectiva decidió destruir su particular Camelot, aunque la falta de explosivos hizo que solo pudiera volar la torre sur. Andrea tenía claro que el grado de locura del que se había hecho llamar "el Mago Negro" era importante. Incluso formó a toda la organización como lo habían hecho sus ancestros de la antigua Orden medieval de los Caballeros Teutónicos.

Y allí estaba él, ante un puente que daba a un frío albergue juvenil de piedra gris y que a la vez era un museo. «Ya sé tu historia», se dijo mientras miraba lo que en su día fue la escuela de uno de los ejércitos más sanguinarios de la historia. «Ahora solo falta saber qué secretos guardas entre tus muros...»

Hans Richter

Hans, ¿al final qué vas a hacer este verano? —preguntó Ahren, su mejor amigo, al salir de clase de historia contemporánea.

—¿Te acuerdas de aquella beca para el campus de arqueología en España de aquella fundación italiana? ¡Pues al final me la han concedido!

—¿La Fundación Savitri? Que suerte, ¿no?

—Sí, estoy muy contento ¡Con dieciocho años y ya podré excavar en mi primer yacimiento!

—¿Y has podido investigar algo más de esta gente?

—Si te soy sincero, no. Envié tantas solicitudes que no me ha dado tiempo a saber de cada una de ellas. La verdad es que me da lo mismo. Lo que más me interesa es coger experiencia y palpar la historia con mis propias manos. ¡Qué potra he tenido! Y, además, en el extranjero… Así conoceré mundo. ¿Y tú? ¿Has conseguido convencer a tus padres para que te dejen ir a algún campamento?

—Que va, aún continúan enfadados por la broma que le hicimos al profesor Henkel. Me parece que estaré castigado de por vida...

—Joder tío, que mala suerte. Pero mira que nos reímos cuando le vimos la cara de susto al pensar que te había atropellado, ¿eh? —Hans no pudo contener las carcajadas.

—Sí, ¡desde luego, valió la pena! —afirmó Ahren.

—¿Te imaginas que encontrara alguna pieza que iluminara la historia de la humanidad?

—Hans, mira que eres soñador. Hasta que no encuentres el eslabón perdido no pararás, ¿no?

—Ahren, acuérdate de lo que te digo: Hans Richter está predestinado a ser uno de los grandes arqueólogos de la historia, al igual que Heinrich Schliemann, Howard Carter o John Lloyd Stephens.

—¿Troya, Tutankamon y el Imperio maya? Tú no aspiras a descubrir cualquier cosa...

—Hay que soñar a lo grande. Si no hay ambición, no hay posibilidades de triunfar en esta vida. Siempre lucharé por cumplir mis sueños.

—A veces me das miedo. Da la impresión de que te aliarías con el mismísimo diablo con tal de conseguir tus objetivos.

—Tampoco es eso, pero quiero vivir de esta profesión, dejar huella en este mundo y vivir la excitación que representa ser el primero que entra en un lugar sellado por el paso de los siglos. Quiero que mi existencia sirva para ayudar a la humanidad a entender los misterios de nuestros orígenes y que mi nombre perdure en la eternidad —confesó el joven—. Dame tiempo y te demostraré que cumpliré lo que te acabo de decir.

Diecinueve

Crees que podrás hacer algo con él? —le preguntó Carol. La tensión que sufría desde que se descubrió en Wolfadel la había puesto en un perenne sinvivir. Esperaba que el disfraz hubiera sido lo bastante bueno como para que no averiguaran su identidad.

Hacía un día que había llegado a Girona, su ciudad natal. Lo primero que había hecho había sido llamar a Iu para quedar. Él era un matemático que trabajaba como investigador para una famosa agencia de publicidad en Barcelona. Aparte de ser un fanático de los números, le encantaban los jeroglíficos y los enigmas. Las estadísticas basadas en consumos, cruzadas con más variables, hacían que viera con lógica aplastante las nuevas tendencias del mercado donde el resto de la humanidad solo veía un caos numérico. Carol lo había conocido gracias a Alfons Abulí, un amigo común, en una etapa de su vida en la que también había residido en la Ciudad Condal. Aunque Iu era una persona introvertida, la simpatía natural de la periodista había hecho que conectasen al instante.

—Creo que sí. Aunque pide una clave, no parece que esta pueda costar mucho de "*craquear*". —La tranquilizó y se puso manos a la obra. El despacho donde se encontraban era como una especie de torre de Babel donde se apilaban papeles y papeles en aparente desorden, así como juegos de ingenio y estrategia de todos los países del mundo. Desde la habitación de su piso de la calle Mallorca podía ver la inacabada basílica de la Sagrada Familia rodeada por las colas interminables de turistas que no paraban de llegar, por muy duro que fuera el clima. Estaba en el meollo de la capital catalana y aunque el ruido de tráfico era constante, no parecía que le molestara lo más mínimo—. Lo intentaré con un programa específico que he creado y que analiza todas las palabras del diccionario del derecho y del revés alternando mayúsculas y minúsculas. Si no encuentra nada, continua buscando combinaciones numéricas, y si aun así tampoco lo descubre, remata el trabajo con un ataque híbrido que crea composiciones alfanuméricas de hasta diez dígitos. Depende de lo larga que sea la contraseña tardaremos más o menos, pero te aseguro que la encontraremos. Si tenemos suerte, incluso podremos acceder a su servidor. Por cierto, ¿desde cuándo te dedicas a robar portátiles? Pensaba que, como periodista, repudiabas esos métodos…

—Es una historia larga de contar, pero esto va más allá de cualquier reportaje. Prefiero no decirte nada, para no meterte en más líos. Sobre todo no le cuentes a nadie nada de lo que a nuestro encuentro se refiere, por tu propia seguridad.

—¿Te puedo ayudar en algo más?

—No, gracias. La verdad es que si me consigues desbloquear el portátil y puedo acceder a su contenido ya habrás hecho mucho y si, además, entro en su servidor... eso ya será demasiado. ¿Cuánto tiempo crees que te puede llevar?

—No creo que tarde mucho. Lo habitual suelen ser contraseñas de seis u ocho dígitos. En este momento que hemos estado hablando ya ha identificado tres. Con un poco de suerte hoy mismo lo tendrás a punto de fisgoneo —respondió con una traviesa sonrisa a la boquiabierta Carol.

—Serán hijos de perra... —fue lo primero que mascullló Tommy Lee en cuanto su embotado cerebro empezó a despejarse de la patada.

—Tranquilo, ya estás libre. Ahora tenemos que movilizar a todo el mundo. Esto se está saliendo de madre —intervino Franzolini. Mario Aguerre le quitó las esposas—. Ya te dije que con esta gente tenías que ir con mucho cuidado. O son muy buenos o tienen muchísima suerte.

—¿Y mi esposa? —preguntó esperanzado de que no lo hubiera visto en aquella tesitura, ya que la vergüenza lo corroía por dentro.

—La he mandado a mi casa. Temía que no me fallara mi intuición. —Hugo mostró una humanidad inusual. En aquel momento recibió una llamada que interrumpió la conversación—. Hola, Feliciano. ¿Cómo va todo? —inquirió extrañado de que le llamara el gerente de Wolfadel.

—Mal. Me acaban de robar el portátil. Os llamo para avisaros. Allí lo tengo todo.

—¿Cómo ha sido? —La preocupación afloró en su tono de voz. Era demasiada casualidad que aquellas dos intromisiones fueran fortuitas.

—Una mujer a la que todavía no he identificado se ha infiltrado como personal de la limpieza y en un descuido se ha apoderado de mi ordenador. De momento estoy recabando toda la información sobre la limpiadora, aunque seguramente sea falsa. ¿Y vosotros? ¿Habéis podido controlar a aquel par de periodistas?

—No. Es más, acaban de entrar no sé cómo en nuestra sede central y han inmovilizado a Tommy Lee. Aún no he podido valorar el alcance de los daños. ¿Has avisado a Klaus, Ben y Angelo?

—Lo iba a hacer, pero como tú diste la primera voz de alarma he querido hablarlo antes contigo, no fuera que tú ya hubieras resuelto lo tuyo y lo mío fuera un hecho aislado.

—Esto cada vez va a peor. No me extrañaría que el Centro Wiesenthal estuviera detrás de todo esto. La mala hierba nunca muere. Si de una cosa me arrepiento de mi época con Hitler es de no haber gaseado a más gusanos.

—¿Qué pasa? —intervino Tommy Lee que había seguido la conversación con atención.

—Que como no frenes a esos malnacidos, nos van a dar por culo. Avisa a todas las facciones de Argentina y España para que abran en canal a esos cabrones. Feliciano —dijo cambiando de interlocutor—, habla con la empresa que contrató a la limpiadora y que te miren si en el currículum de esa zorra hay foto.

—De acuerdo. De todas maneras examinaré las grabaciones de seguridad para ver si puedo sacar alguna imagen que me pueda facilitar más datos.

—Perfecto. Cuando lo tengas a punto envíaselo a Morgan para que haga de centro de operaciones y difunda las fotos. Tommy Lee, ya sé que lo habías hecho antes, pero insiste. Que ninguno de nuestros soldados se quede de brazos cruzados. Habla con el resto de los líderes supremacistas y avísales sobre todo de que son periodistas. No hay nada que instigue más a nuestros camaradas que un reportero metomentodo. Ante la duda, que maten a cualquiera que se les parezca, que les hagan una foto y que nos la envíen para poderlas cotejar con las nuestras. Feliciano, no tardes en llamar a los otros tres. Si te han localizado a ti seguro que también sabrán a dónde más tienen que ir. Parecen estar bien documentados.

—No te preocupes, que no me olvidaré. Además, esa hija de puta no sabe con quién ha ido a dar. Mataré a toda su familia, a sus amigos y al final, a ella.

—Ha quedado muy de la *Cosa Nostra*... —ironizó

Franzolini—. Consigue cazarla y que suelte todo lo que sabe. Hasta que no le cortemos la cabeza a la serpiente no podremos quedarnos tranquilos.

Después del intenso trabajo realizado su recompensa se había materializado. Herbert, Hans, Günter y Friedrich se colaron por el agujero que habían hecho. Todos llevaban las respectivas máscaras de oxígeno para poder respirar con normalidad en el interior de la cámara mortuoria que les había robado el sueño los últimos días. Aunque el techo era un seudoarco había aguantado muy bien el paso de los años. Las losas apenas habían dejado filtrar la tierra y, donde lo habían hecho, había pequeños montículos de arena. Todo parecía estar intacto, por lo que supusieron que durante todos aquellos siglos el túmulo había conseguido librarse de los pillajes de la zona. La excitación los embargaba, hasta que no se demostrara lo contrario, estaban ante una nueva oportunidad de triunfar allí donde habían fracasado sus predecesores nazis. Aquella sala, oscura y lúgubre, estaba repleta de perfumes, aceites, cerámicas, tinajas repletas de *medhu,* una bebida alcohólica para los rituales semejante al hidromiel, armas y piedras decoradas con episodios épicos de la vida del difunto. Los tenues haces de luz de las linternas iban enfocando y saltando de objeto en objeto, acompañados de ahogadas exclamaciones. Herbert fue el primero en romper la magia del momento.

—Esto es fantástico. Hasta hay un carro de guerra y

muebles. Está claro que en su época fue un guerrero muy importante. ¡Cuadra con sus orígenes nómadas!

—La tumba. Hay que abrir la tumba —propuso Günter que ya se había situado allí—. ¡Joder! ¡Tiene una esvástica esculpida! Si la datación de los pergaminos que encontramos es correcta podríamos demostrar que el origen de la cruz gamada es, como mínimo, del siglo V a.C.

Al instante el resto de la expedición se agolpó alrededor del féretro de piedra sin dar crédito a lo que veían sus ojos. Arriba, a través del agujero, los tayikos tampoco perdían detalle mientras pensaban en cómo podrían saquear aquella tumba sin que sus jefes se dieran cuenta.

—Son caracteres *ashoka,* o sea que con esto se demuestra que son anteriores a la escritura devanagari —apuntó Friedrich que había vuelto a dejar de lado el habitual pesimismo que solía utilizar de coraza.

—Empujemos la tapa, a ver si tenemos premio —alentó Hans tan excitado como sus colegas—. ¡Vamos! —gritó empujando con fuerza y desplazando ligeramente la tapa de la tumba—. ¡Vamos! —volvió a espolear animado por los pocos centímetros movidos y consiguiendo ampliar la separación con el segundo apretón.

—¡Ya, ya! —gritó Herbert para hacerse oír entre los improperios y jadeos del resto del equipo.

Allí estaba, una momia de dos metros con marcados rasgos nórdicos, rubio, corpulento, ataviado con armas y símbolos guerreros, botas de piel, calzones y camisa de lana. Habían encontrado una momia increíble en perfecto estado con símbolos palpables de la cultura indoeuropea. Habían encontrado el Santo Grial particular de Hitler.

Después de haber visitado el museo del castillo de Wewelsburg, Andrea había decidido que seguiría a Bonhoeffer para ver si sacaba algo más de su entorno. Había alquilado un pequeño utilitario para poder pasar desapercibido. Su objetivo, al contrario que él, se movía de forma ostentosa con una berlina negra de gran potencia que conducía un gigantón con cara de pocos amigos. Andrea estaba seguro de que aparte de chófer también hacía de guardaespaldas.

Y allí estaba, ante el bastión neonazi a la espera de que el jefe supremo saliera para poder seguirle. Aquel entorno lleno de vegetación, conjugado con la frialdad de la fortaleza, le confería si cabía un aire más misterioso.

«Debo estar loco. Esta no es mi vida... y ni siguiera creo que sirva para ello, por mucho que mi corazón me diga que no puedo dejar de colaborar y que debo mostrar al mundo las horribles cosas que puedan tramar estos degenerados. Por Dios, ¡pero si solo soy un periodista de sociedad!» se recriminó. Sentía una dualidad en su interior que no conseguía controlar. La investigación en la prensa rosa distaba mucho de ser peligrosa. A él no le gustaban los riesgos en exceso. Solo la mezcla de curiosidad y la sensación de intentar superarse a sí mismo lo habían empujado a arriesgar su vida en aquel reportaje. «Ya hace una hora que espero y el jardinero ya se ha fijado en mí. ¿Me habrá considerado sospechoso? ¿Y si Bonhoeffer no ha subido a su coche y ha cogido otro medio de transporte? Tampoco me ha dado tiempo a conocer tanto sus rutinas como para saber qué puede o no hacer en cada momento. Aun así, no es normal que tarde tanto en salir. Por lo que he visto suele tener una agenda muy ajetreada. Además, este tío es más puntual que un reloj suizo. Las pocas rutinas que le conozco se dan siempre a la misma hora». Andrea miró el reloj por milésima vez. Tedio, sofoco, impaciencia... aquello era aburrimiento en estado puro. «Esta noche consultaré la nueva cuenta de correo electrónico, a ver si el grupo ha avanzado...» pensó para salir del agobio que lo embargaba. «Joder, ¿qué pinto yo aquí? ¿Habrá salido mientras buscaba un sitio desde donde tenerlo controlado?» La espalda mojada era un reflejo del caluroso día que hacía. Le preocupaba bajar la concentración. «¡Vaya mierda de ubicación! Vale que no me verá cuando pase ante mí, pero desde luego que yo tampoco tengo buena visibilidad. Con lo fácil que lo pintan en las películas... ¡Buf! ¡Qué lento pasa el tiempo!». Había calculado las posibles variaciones que se podían dar y se había decantado por la que le parecía más evidente. Aunque corría un poco de brisa y tenía las ventanas del vehículo bajadas no se mitigaba la sensación de bochorno que sentía. «Mi primer seguimiento y se lo hago a un tío que si se entera me mata. ¿Lo conseguiré? ¿Por qué Bonhoeffer tarda tanto? Un segundo de distracción puede ser crucial y, si me despisto, la espera habrá sido en vano». En su interior se alternaban emociones tan contradictorias como el aburrimiento, la excitación por la aventura o el miedo. Este último le sobrecogía el estómago y le provocaba un hormigueo constante. Se miró las manos por enésima vez. Le temblaban y tenía sudor frío. La incertidumbre le invadía y corroía sin cesar. El tiempo, si estaba haciendo lo correcto, si el líder había pasado por allí o no, si saldría con vida de aquella situación, si valía la pena arriesgarse hasta el punto de perder todo aquello por lo que había luchado... Si lo pillaban, ¿cómo se justificaría? Movió un poco el vehículo y cambió la orientación. Había visto pasar, de refilón, un coche de color oscuro. «¡Hostias! ¿Sería él? ¿Qué hago? ¿Arranco? A la mierda. Arranco, no vaya a ser que se me escape». Cuando salió a la carretera principal no vio nada. «¿Se habrá escabullido? Joder, ¡qué incertidumbre! Esperaré cinco minutos más y si no, me arriesgo». La radio, que había sido una buena acompañante al principio, ahora era un ruido que ni siquiera percibía. «Ojalá me salga bien todo esto, aunque me parece que ya no tengo nada que hacer... He perdido mi oportunidad». La desazón le hizo poner la mano en la llave de contacto. La quitó. Se resistía a creer que se le podía haber escapado. «Esperaré cinco minutos más». Otro coche salía del *parking*. «Este tampoco... a lo mejor será el siguiente. Puede que, después de todo, se haya entretenido. ¿Pero tanto? También puede ser que el destino me quiera dar un mensaje y me quiera mostrar que no debo seguir adelante. No, definitivamente, tanto tiempo no es normal». Los pensamientos y las dudas se agolpaban en la cabeza. ¿Qué hacer? «¡Bien! ¡Al fin sale! Es la hora de la verdad. Dejaré pasar un camión y un coche para que no me pueda detectar. ¡Me cago en la hostia! ¡Joder, Andrea! Mal, muy mal. Se me está escapando». A partir de ahí todo fueron vacilaciones. Cogió una calle paralela, aceleró y cometió varias infracciones. Consiguió adelantar al camión, pero para entonces la Salzkottener Strase estaba repleta de coches y, desde lejos, todos le parecían iguales. Se movió por intuición. Le pareció ver su objetivo, y aunque era ateo, rezó por que fuera él. Corrió, aceleró para no perderlo de vista. Al final se internó en la ciudad, y aunque le dio la impresión de que aparcó para que subiera otra persona, lo perdió de vista. «Supongo que esto es lo que le pasa a un ateo cuando reza...» Dio vueltas esperando que el azar le sonriera, pero no había nada que hacer. «He perdido mi oportunidad. Mañana lo tendré que volver a intentar».

—¿*Herr* Bonhoeffer? —preguntó en perfecto alemán Feliciano Martínez.

—*Ja.* —Tenía una voz cascada que le caracterizaba e identificaba al instante. En aquel momento estaba en su casa de Düsseldorf y disfrutaba de las magníficas vistas del Rhin y de los jardines del castillo de Benrath, por los cuales solía pasear con asiduidad. Dio un sorbo a la Rauchbier. Su sabor ahumado hacía que sintiera una especial debilidad por aquella cerveza.

—Le comunico que hemos tenido un incidente en Wolfadel.

—¿De qué tipo?

—Intrusos. Se han hecho con mi ordenador personal... Allí estaba toda la información sobre las actividades de nuestra empresa, tanto oficial como extraoficial.

—¿Tiene alguna relación con el incidente de Reldeih?

—Sí. Creemos que pertenecen a la misma organización.

—¿Has seguido el protocolo?

—Sí, ya he avisado a Campbell y a Fariello. También hemos identificado a la infiltrada y ya hemos distribuido su fotografía. Se llama Carol Castro y en su día trabajó con la otra periodista en un periódico de Boston. Morgan ha movilizado a todos los soldados de 88 y del resto de las facciones para que les den caza.

Víctor Correa

Víctor Correa Martínez! ¿Se puede saber por qué has pegado a tus compañeros? —La profesora de primaria reprendió al niño de once años que tenía ante ella—. ¿Acaso no te he castigado suficientes veces como para que aún no hayas aprendido la lección?

—Pero, señorita, se han metido con Feliciano y yo solo lo he protegido —se justificó sin amedrentarse ni un ápice por su tono inquisidor.

—¡Anda! ¡Vamos al despacho del director a ver qué hacemos contigo! —La monja intentó cogerlo de la oreja.

—¡Cuidado! ¡Usted a mí no me pone la mano encima! —respondió mientras la atenazaba con fuerza por la frágil muñeca de la docente.

Víctor, primo hermano de Feliciano por parte de madre, era un adolescente muy corpulento para su edad. Destacaba por ser el matón de la clase y ni siquiera los alumnos de cursos superiores osaban meterse con él.

La profesora, una monja de avanzada edad de la antigua escuela, no dudó en soltarle un guantazo con la mano libre, que le pilló desprevenido.

—Mocoso, ¿pero quién te crees tú para amenazarme? —inquirió con rabia antes de levantar la mano otra vez para golpearle con más fuerza.

Esta vez Víctor respondió por instinto y le pegó un puñetazo en la boca del estómago. Estaba a punto de asestarle una patada cuando oyó la voz de Feliciano que gritaba en un tono imperativo:

—¡Primo, no continúes!

—¿Que no continúe? ¡Esta vieja bruja me ha pegado! —Su voz estaba cargada de rabia.

—Déjala, no vale la pena. ¿Verdad que no lo volverá a hacer, Sor María? —La autoridad con la que le preguntó sorprendió a la religiosa.

—¿Pero os pensáis que podéis hacer lo que queráis y salir impunes? ¡Ahora mismo voy a contarle al director lo que habéis hecho!

Días más tarde, y después de cuarenta años de ejercicio ininterrumpido, Sor María abandonó indignada el colegio después de que la familia Martínez cuestionara su capacidad para dirigir una clase y presionara al máximo responsable para que la despidiera, para satisfacción de sus vástagos.

Veinte

Flavio aún no se creía lo que estaba leyendo. Scorzo, el detective privado que había contratado mediante su jefa, Cristina, le había entregado un pormenorizado informe sobre las actividades más oscuras de la Fundación Savitri. Allí relataba con todo lujo de detalles las fechas, ingresos económicos y los orígenes y destinos de hallazgos clandestinos que habían descubierto los arqueólogos que figuraban en nómina a lo largo y ancho del globo terráqueo. Aquello, de por sí, ya era una bomba. Que una de las organizaciones culturales más prestigiosas de Roma tuviera semejantes trapos sucios era más que relevante, y aunque la tentación de divulgar la noticia suponía un reto para su autocontrol, no dudó en contenerse al acordarse de que él era una pieza del engranaje de una compleja red de investigación. El respeto y la confianza depositada en su amiga Carol se había acrecentado de forma considerable. Cuando pasaba las hojas de lo que parecía un libro contable, encontró dos empresas que le llamaron la atención. La primera, por ser la más generosa en cuanto a donaciones, era de Alemania, se llamaba Schicklgruber y estaba liderada por Klaus Bonhoeffer. La segunda, americana, se llamaba Kyklos Scientific Research, Co. y su presidente era Ben Campbell. ¿Qué vínculo podría tener una fundación italiana especializada en arqueología con una empresa científica americana? Las sumas de dinero no parecían muy relevantes, por lo cual supuso que querían que las transacciones pasaran inadvertidas. Lo que le intrigó más fue la cantidad de envíos que hacía Savitri desde todo el mundo hasta Kyklos. Su instinto periodístico estaba empezando a aflorar. Tenía documentación sólida que vinculaba a las diferentes organizaciones. Carol se pondría contenta. Olía a sangre, y como si de un cazador se tratara, se sumergió en el océano documental a la busca de su presa. No había nada más peligroso que un periodista instigado por la curiosidad.

Klaus Bonhoeffer escuchó con atención lo que le estaba explicando el líder de Reldeih, Franz Diefenbaker. Su mente no paraba de darle vueltas al asunto. Los jodidos judíos estaban entrometiéndose de un modo muy pernicioso. Él no había levantado un imperio para que unas asquerosas alimañas destruyeran el trabajo de su vida. Se habían infiltrado en Reldeih y en Wolfadel y no había que ser un lince para saber que tarde o temprano darían con él. Por lo que le había explicado Franz, además eran reporteros, lo cual garantizaba la difusión mediática de lo que descubrieran, y aunque él controlaba una parte de los medios de orientación derechista, si aquello llegaba al gran público el daño sería irreparable. Como los acontecimientos eran recientes podía barajar tres hipótesis. La mejor, que nunca supieran de su existencia; la intermedia, que se enteraran en un futuro no muy lejano; la tercera y peor, que ya hubieran dado con él y estuvieran al acecho. Decidió partir de esta última y empezar a actuar.

—Klaus, ¿sigues ahí? —quiso saber Franz.

—Sí, sigo —respondió pensativo—. ¿Ha salido ya Tommy Lee de Buenos Aires? Yo seré el siguiente objetivo de esos cabrones y quiero darles una sorpresa.

—Sí, está en camino. Supongo que mañana estará ahí.

—Perfecto.

Después de colgar se dirigió al centro de seguridad de Wewelsburg. Tenía una intuición y la tenía que confirmar. Pidió al guardia de seguridad que le pusiera las grabaciones de las cámaras exteriores al castillo de días anteriores. Estaban puestas de forma estratégica y abarcaban una zona más amplia de lo habitual. Toda su vida se había distinguido por una disciplina marcial, ya que se veía como un general inmerso en la guerra fría y cada uno de sus movimientos tenía siempre un fin oculto. El Cuarto Reich no tardaría en demostrar al mundo la superioridad de la raza aria.

«¡Ajá, te pillé!» El viejo zorro se vanaglorió al ver en los monitores que desde hacía unos días había un joven que aparecía curioseando por el albergue y que incluso se había apostado afuera para seguirlo en su coche. Chasqueó la lengua y le dijo al vigilante:

—No le quites el ojo a este —dijo señalando a un Andrea ajeno al peligro que se cernía sobre él—. Si quiere conocer nuestra organización, tendremos que ser hospitalarios...

—Tal y como te prometí, aquí tienes el ordenador a tu entera disposición.

—¡Gracias, Iu! ¡Si es que eres un sol! —respondió exultante sin poder evitar darle un beso—. ¿Has encontrado algo especial?

—Pues la verdad es que me parece que sí. Aparte de rescatar desde su servidor todos los correos electrónicos que este tío había borrado he realizado una copia de seguridad de unos documentos que parecen no tener desperdicio. —En un tono más preocupado preguntó—: Carol, ¿en qué andas metida? Por lo que he podido leer esta gente es muy peligrosa y no creo que se queden con los brazos cruzados.

—Lo sé, lo sé. Por ese motivo tenemos que sacar a la luz todos sus trapos sucios. El mundo tiene que saber lo que están haciendo estos descerebrados —expuso mientras examinaba con meticulosidad los archivos. Su estado de nervios era notorio, ya que en aquellas alturas de la partida Wolfadel se habría dado cuenta de su deserción y habrían iniciado su cacería. Tendrían que elaborar el reportaje con la máxima premura posible, ya que sus vidas corrían peligro. Incluso había avisado a sus padres para que se cogieran unas improvisadas vacaciones y se fueran con Óscar y Helena, unos amigos con los que ya había vivido una situación límite y que pondrían los medios suficientes para que no les sucediera ningún mal. Miranda ya le había hecho saber que, aunque se habían librado de sus agresores por los pelos, habían conseguido cumplir con su objetivo en Argentina. En Roma, Flavio ya había recopilado bastantes datos que vinculaban a las diferentes sociedades con el movimiento neonazi y los ultraderechistas de 88. En Alemania, Andrea estaba desaparecido, al igual que Lazlo.

—Todo lo que ves está bien, pero lo mejor aún no te lo he enseñado… —dijo Iu interrumpiendo los pensamientos de la periodista y captando nuevamente su interés—. Después de copiar el disco duro de su portátil y de extraer toda la información que he podido del servidor de la empresa valenciana, he descubierto unos archivos encriptados que estaban ocultos. Estos me han costado bastante de descifrar, pero su contenido no tiene desperdicio. ¡Ni más ni menos que una contabilidad paralela a la oficial que refleja la venta de armas a países prohibidos!

—¡Cómo te quiero! —gritó volviendo a abrazar al sonrojado Iu, que ya no sabía cómo ponerse—. ¡Con esto sí que los podremos atacar donde más les duele! Solo falta que vivamos para contarlo…

Lazlo repasó por millonésima vez el mapa de la desaparecida casa de Hitler, en el nido de las Águilas. Tenía claro que sería muy difícil que él descubriera algo allí. Estaba seguro de que en su día los americanos lo habían inspeccionado todo de arriba abajo. Tenía que encontrar algún nexo de unión entre la residencia veraniega del líder nazi en el Berghof con la zona montañosa de Obersalzberg. Según los historiadores toda aquella área estaba infestada de túneles y bunkers, algunos todavía pendientes de descubrir. Como vínculos paralelos a su búsqueda, también se había propuesto investigar el círculo íntimo del canciller alemán, centrándose en las mujeres que formaron parte de su vida, empezando por la esposa, Eva Braun, la hermana, Angela Hitler, la madre, Klara Pölzl y la sobrina, Angelika Raubal, más conocida por Geli y con la que mantuvo una estrecha y tortuosa relación.

Aunque solo fuera para aclimatarse y buscar ideas, también había visitado el hotel Zum Türken. En su día había sido un cuartel donde se alojaban los miembros del Servicio de Seguridad del Reich. Debajo del edificio se construyó, al igual que en el resto de los edificios del complejo Berghof, un túnel lleno de ramificaciones y puertas tapiadas. Los que aún se estaban encontrando habían pasado desapercibidos por haber sido excavados a mayor profundidad.

«¿Dónde habrá escondido los tesoros el jodido banquero nazi?» pensó el hijo de Saúl. «A ver, Lazlo, si tú fueras el consejero personal de un lunático y le quisieras agradecer la oportunidad que te ha ofrecido con un homenaje, ¿cómo lo harías?»

En la soledad de la habitación que había alquilado en una humilde pensión, él sabía que las respuestas siempre estaban a la vista; solo tenía que formular la pregunta adecuada. Poco a poco su fruncido entrecejo empezó a distenderse a la vez que salía una tímida sonrisa. Tenía una intuición. Una que, si se confirmaba, haría que no tuviera que perderse por todo Obersalzberg. Era un sitio que tenía una relación simbólica con su objetivo y que podría haber pasado desapercibido durante todos aquellos años en los que los aliados habían buscado las riquezas de las que habían sido despojadas las familias judías. Tenía que encontrar una hemeroteca, ya que si se confirmaba su pálpito tendría que desplazarse hasta Viena.

—Es increíble que hayamos encontrado un indoeuropeo momificado en tan buen estado —comentó Hans.

—Pues no lo encuentro tan raro, habiendo visto los símbolos en la tumba. Además, las culturas védica y egipcia tenían muchas similitudes. La creencia en la continuidad de la vida era una de ellas, ya que garantizaba el orden cósmico. En este caso, aunque la momificación no la realizaron por el proceso artificial de embalsamar el cadáver y evitar su putrefacción, lo prepararon todo con el propósito religioso de crear una momia natural...

—¿Ahora va a resultar que nos vas a dar una clase magistral de momificación? ¿Quién te cree que eres? —soltó Friedrich.

—Pues es uno de los mejores —intervino Günter en su defensa—. Herbert es uno de los más reputados investigadores de momiología. Hay más de un organismo internacional que le ha patrocinado programas de investigación sobre momias. Si no fueras tan egocéntrico lo sabrías. Continúa, por favor.

—Pues, como iba diciendo, esta tumba se dispuso para que se momificara de manera natural.

—¿Cómo lo sabes? —preguntó Hans ansioso, ya que aquel era uno de sus puntos débiles.

—Porque estas se forman o cuando los cadáveres yacen sobre suelos porosos y secos, o con alto contenido de minerales o bien por estar expuestos en una atmósfera fría y seca. Aquí nos revelan la concepción que tenían del mundo y las creencias sobre el significado de la vida y de la muerte en su cultura. La preservación de este guerrero, además de tener un sentido religioso, favorecía la continuidad de su vida después de muerto, asegurando el orden universal y el mantenimiento de su poder en la Tierra.

—Bueno, ya hemos grabado el proceso de apertura de la tumba y realizado fotos para el archivo, ¿procedemos a trocear al guerrero? —propuso Friedrich pensando en sacar la momia y salir de aquel nauseabundo país—. Tengo documentación y permisos falsos para poder pasar artesanía por la aduana.

—¡No! ¡No podemos destrozar nuestro mayor hallazgo! Si hubiera sido un esqueleto, lo desmontaríamos sin más, pero una momia...

—Ah, perdone usted —se mofó Friedrich—. ¿Y cómo propone su señoría sacar este hallazgo ilegal? ¿Sobornando a las autoridades locales?

—Hombre, podríamos decir que uno de nosotros ha fallecido y camuflarlo dentro del ataúd.

—¿A sí? ¿Y quién se presentará voluntario?

—Tú mismo —respondió Herbert al tiempo que sacaba su pistola y le volaba la tapa de los sesos ante la estupefacción de sus compañeros.

Cuando Fernando vio que huían a toda prisa del edificio Reldeih desde la otra punta de la calle se le aceleró el pulso. La adrenalina hizo que pusiera en marcha el taxi al instante y frenó en seco en cuanto llegó a la altura de los fugitivos. Los llevó de regreso al modesto apartamento de su hermano y ayudó a entrar a Axl hasta el dormitorio. Como Miranda quería recoger sus enseres y limpiar a su amigo, Fernando se fue a repostar combustible. Después del encontronazo con el policía americano tenían claro que desaparecer de Buenos Aires era la opción más inteligente. El hecho de que hubiera un ejército de *skinheads* en la calle que rastreara todos los rincones en su caza y captura hacía que descartaran coger cualquier transporte público por temor a que fueran el primer sitio donde estos se hubieran apostado.

El instinto hizo que en cuanto entraron en el piso se fijaran en si estaba como lo habían dejado. Las mochilas y el equipo de grabación se encontraban arrinconados en el diminuto cuarto y el resto parecía estar en orden. Gracias al botiquín de primeros auxilios que llevaba el taxista en su maletero Miranda pudo curar a Axl los cortes que le había infringido Tommy Lee. El cámara yacía encima de la cama de matrimonio con la camisa abierta, ensangrentada y con semblante agotado.

—¿Cómo te encuentras? —La periodista miró preocupada el torso de su amigo lleno de gasas con ligeras manchas rosadas.

—Bien. Por suerte aquel sádico malnacido solo se ha querido recrear conmigo y no ha ido a más... Si hubiera decidido ser más expeditivo no estaríamos manteniendo esta conversación. Me arrepiento de no habérmelo cargado. Tendremos que recoger nuestros bártulos con rapidez. No creo que esos cabrones antisemitas tarden mucho en dar con nosotros.

—¿Crees que es buena opción ir en coche hasta Uruguay? Es un trayecto muy largo.

—Si quieres que te sea sincero, a estas alturas del juego no sé lo que es mejor o peor, pero creo que pasaremos más inadvertidos en un taxi que intentando coger un transporte internacional. Una vez hayamos traspasado la frontera ya cogeremos un avión que nos devuelva a casa. Por suerte, nos ha dado tiempo a cumplir con nuestro objetivo. —Axl se incorporó con cara de dolor—. Conéctate un segundo a ver si hay noticias del resto del equipo, mientras acabo de recoger.

—Vale —aceptó a la vez que abría el portátil para ponerse al día—. Ostras, tengo un *email* de Flavio, el amigo italiano de Carol que investiga la Fundación Savitri —avisó al cabo de pocos instantes—. Tiene novedades. Aparte de conseguir información que vincula esa organización con Schicklgruber, ha interceptado un *email* de un tal Hans Richter al responsable de Savitri, Angelo Fariello. En él dice, sin entrar en detalles, que han encontrado lo que hace tantos años que andaban buscando y que se lo enviarán a Ben Campbell.

—¿Campbell? ¿Y ese quién es? —preguntó mareado con tantos nombres.

—El director general de Kyklos Scientific Research.

—¿Y dónde se encuentra su central?

—En Alabama.

—¡Pues ya sabemos nuestro próximo destino! ¿Cómo lo sabía Larski?

Herbert Lindenberg

El timbre sonó dando por finalizada la clase. Los alumnos todavía continuaban anonadados por la clase magistral que había dado el profesor Herbert Lindenberg. La Georg-August-Universität-Göttingen lo había contratado para que impartiera las asignaturas de Egiptología y Antigua Cultura Oriental en el máster de Arqueología Clásica. Era una de las mejores universidades de Alemania aun cuando los nazis la debilitaron eliminando cualquier vestigio de sus científicos judíos en 1933, en lo que se llamó "la segunda gran purga". Cuando le ofrecieron a Lindenberg el puesto no dudó ni un momento en aceptarlo. De aquella manera podría demostrar que la raza aria podría superar con creces los conocimientos que judíos como Einstein o Bohr habían dejado en aquel prestigioso centro. Solo había puesto una condición y era que cuando la Fundación Savitri lo reclamara para alguna de sus múltiples excavaciones no le pusieran ningún impedimento. El hecho de que fuera uno de los eruditos más reconocidos a nivel mundial en el arte de la momificación hacía que la universidad transigiera en cualquiera de sus peticiones. Savitri lo había formado en el arte de la arqueología. La familia de Herbert siempre había estado muy vinculada a la NSDAP, tanto que destinaron a su padre como embajador del partido nacionalsocialista en Suecia. Cuando los aliados acabaron con las aspiraciones hitlerianas, Carl, el padre de Herbert, consiguió ocultarse gracias a los contactos que se había granjeado. En cuanto pudo Carl envió a su hijo a estudiar a los Estados Unidos, ya que conocía a unos cuantos científicos nazis que habían sido recolocados en América gracias a la CIA. Sabía a ciencia cierta que aquella organización nunca perdía la oportunidad de reclutar a cualquiera que pudiera aportar sus conocimientos en los interrogatorios contra sus enemigos y, desde luego, no le importaba lo más mínimo la procedencia de sus colaboradores. Una vez se estableció allí, le fue fácil contactar con otros movimientos que ensalzaban la supremacía blanca y que reforzaron su odio por lo que consideraba razas inferiores. En aquellos círculos conoció a Ben Campbell, un prominente científico con el que, a la larga, estableció una gran amistad.

Veintiuno

El líder de 88, Tommy Lee, inhaló el aire de la ciudad germana, el epicentro mundial del nacismo y de la supremacía blanca. Por fin se encontraría con el cerebro del resurgimiento que había dado sentido a su vida. En pocos días había recorrido medio mundo. Había dejado a su esposa en Buenos Aires a la espera de que saliera un vuelo de regreso a los Estados Unidos. Los últimos acontecimientos que estaban azotando la organización por culpa de aquellos entrometidos periodistas los habían puesto en jaque. Él, como responsable de la facción armada, tenía la responsabilidad de velar por la seguridad de todo el entramado ideológico que habían creado y lo estaban dejando en ridículo. Todd, su segundo, le había confirmado que en Kyklos las cosas funcionaban a la perfección. Se estaban acercando mucho al gran objetivo que se habían fijado y no podían permitir que se fuera todo al traste por culpa de unos jodidos sionistas. Se tocó el pecho. Todavía podía notar los dos agujeritos que le había hecho la Taser al impactar en él. Aquel cabronazo lo había puesto en evidencia ante Diefenbaker y lo iba a pagar caro. Su disgusto aumentaba si se consideraba que tampoco le gustaba mucho conocer al máximo mandatario en aquellas circunstancias. En cuanto tuviera la reunión con Klaus Bonhoeffer y supiera qué misión le quería encomendar, iría a por aquel gordo y la zorra de su amiga. La próxima vez no tendrían tanta suerte. Lo sucedido en España tampoco invitaba al optimismo. Wolfadel era uno de los recursos económicos más importantes de los que disponían y en el que se sustentaba el movimiento.

«Al Ku Klux Klan todavía le falta mucho para llegar al nivel germano», pensó. Se sentía orgulloso de que hubieran contado con él como reunificador de las diferentes facciones neonazis a nivel mundial. Había mucho *skinhead* descontrolado que necesitaba una dirección en la que focalizar sus esfuerzos. Poco a poco ya se había reunido con los diferentes cabecillas de los grupos más representativos y todos se iban alineando con la causa. Los Hammerskin, Tercera vía, Juventudes Nacionales Revolucionarias, White Aryan Resistance y un largo etcétera veían que 88 era el futuro.

—¡*Prosit*! —Herbert alzó la copa de champagne en el despacho de Campbell.

—¡*Prosit*! —respondieron al unísono Hans, Günter, el responsable de Kyklos y Angelo Fariello, que se había desplazado desde Roma para la gran ocasión.

Habían pasado dos semanas desde que consiguieron salir del Valle de Fergana, en Tayikistán, con el féretro del guerrero ario. Habían burlado y sobornado a las diferentes autoridades con las que se habían cruzado hasta llegar a Alabama. No había sido una tarea fácil, pero las diferentes conexiones que tenía la organización a todos los niveles habían hecho factible la operación.

—Habéis tenido éxito donde en su día el Instituto Anhenerbe fracasó —felicitó el presidente de la Fundación Savitri—. El *Führer* se sentiría orgulloso de vosotros. Bonhoeffer me ha transmitido su más sincera admiración. Es una muy buena noticia después de tantos disgustos ocasionados por esos malditos periodistas.

—Por fin, después de tantos años de intensa búsqueda, hemos localizado a un ario puro al cien por cien —reafirmó Hans pletórico.

—Perdonad mi falta de cultura pero, ¿cómo sabíais que los arios venían de los indoeuropeos? —preguntó Ben con interés.

—Porque algunos etnólogos reputados del siglo XIX afirmaron que todos los pueblos europeos de raza blanca eran descendientes de un supuesto pueblo antiguo conocido como el ario. La idea de una "raza aria" surgió cuando los lingüistas identificaron el avéstico y el sánscrito como los parientes conocidos de mayor antigüedad de las principales lenguas europeas, que también incluían el latín, el griego, y en general, todas las lenguas germánicas y célticas. Argumentaban que aquellas lenguas se originaron en un antiguo pueblo que debía de haber sido antepasado de todos los europeos. En sánscrito y avéstico *arya* significa "noble". Otra garantía de pureza se debe a que las lenguas ancestrales de la población de origen semita no pertenecen a la familia indoeuropea. Hay científicos que intentan demostrar que la raza aria no existe como tal, que solo es una cultura. Lástima que el secretismo que envuelve nuestro hallazgo no nos permita hacerles callar de una vez por todas.

—Cada vez que oigo hablar a un historiador me quedo maravillado. —El norteamericano no salía de su asombro—. Siempre me preguntaba cómo seríais capaces de localizar a un ario después de tantos siglos.

—Muchos estudiosos afirmaron que los arios habrían tenido su origen en las estepas de Asia central, desde las que en torno al año 1800 a.C. habrían emigrado a Europa, al oeste y a Afganistán, Irán, Pakistán y zonas del norte de la India, en el sur —prosiguió Herbert—. La dispersión de los arios vendría a explicar por qué las lenguas indoeuropeas tuvieron tal expansión por Europa y Asia. Además, se pensó que los arios védicos vinieron como conquistadores y desplazaron a los pueblos anteriores. Algunos eruditos germanos sostenían que los arios dieron su origen a la antigua Alemania y Escandinavia. De ahí que Hitler mostrara tanto interés por buscar en el pasado la pureza de nuestra raza.

—Bueno, pues vosotros ya habéis cumplido con creces vuestro objetivo. Ahora es cuando Kyklos os va a demostrar su potencial —dijo con orgullo Campbell.

—¿Y cuál es tu cometido? —Günter se había mantenido hasta aquel momento al margen—. Nosotros sabíamos que era muy importante encontrar un antepasado que fuera puro, pero nadie nos dijo nunca el motivo. Pensábamos que sería para demostrar al mundo nuestro poderío, o que incluso se utilizaría como reclamo religioso.

—Qué va, qué va —respondió en un tono sibilino Campbell—. Los planes de *Herr* Bonhoeffer son muchísimo más ambiciosos y relevantes para el futuro de la nueva generación...

Desde su trabajo en el Boston Globe Carol no había vuelto a pisar los Estados Unidos. Después de las revelaciones que le hizo Iu cogió toda información, hizo copias y se puso en contacto con su amiga Miranda. La gerundense estaba nerviosa. Segura de que en España corría peligro, decidió coger el primer vuelo que pudo hacia Alabama con la intención de desaparecer por una temporada. Aquel reportaje levantaría mucho polvo y la gente con la que se estaban metiendo no se andaría con chiquitas. Como no sabía a dónde se tenía que dirigir, había contactado con su amiga y esta le había dado la dirección de su nuevo destino, donde se reencontrarían. Por lo que sabía, Flavio también había cumplido con éxito su misión y solo quedaban Andrea y Lazlo para cerrar el círculo. Esperaba ansiosa que aquellos dos se dieran prisa con sus respectivas tareas, ya que cada día que pasara iría en su contra. La única manera de poderse proteger mínimamente era sacarlo todo a la luz. El mundo tenía que saber el peligro que les acechaba.

—Caray, que bien sienta una cerveza a esta hora, ¿eh?

—¡Y que lo digas! —respondió Andrea. Observó con detenimiento al individuo que le había interpelado.

El italogermano se encontraba en el *pub* de un pueblo llamado Büren, cercano a Wewelsburg. Después de aquellos últimos días siguiendo de forma infructuosa al líder de Schicklgruber había decidido relajarse de la tensión acumulada. Büren tenía una población aproximada de diez mil habitantes, lo que hacía difícil encontrar un local de ambiente donde buscar algo de sexo esporádico. El desconocido que le había abordado, aunque se le había dirigido en perfecto alemán, tenía un acento que no conseguía identificar. Su cuerpo, esculpido por horas de gimnasio, desprendía un magnetismo que no pasaba desapercibido. Acostumbrado a tener cuidado a la hora de dirigirse al género masculino, sobre todo cuando no se encontraba en su entorno habitual, Andrea había desarrollado una habilidad especial en el campo de la comunicación no verbal.

«Caray, este parece un magnífico semental... sobre

todo para una noche de locura. Un oasis en medio del desierto. ¡Habrá que aprovecharlo!» pensó.

—¿Eres de por aquí? —Andrea inició el cortejo con precaución.

—No, estoy de paso. He venido a este local para ver si podía encontrar un poco de compañía…

—¿Entonces viajas solo?

—Sí, en este viaje he conseguido dejar a mi mujer en casa.

—Ah, estás casado…

—Sí. ¿Por qué?

—No, por nada, por nada —se apresuró a contestar el reportero, desinflado—. No sé por qué me había imaginado otra cosa…

—Lo bueno de estos viajes de negocios es que, al estar solo, puedo conocer a otras personas y hacer cosas que no podría hacer con mi esposa —aclaró el extraño guiñándole un ojo y sonriendo con picardía.

—¿Quieres que nos vayamos a otro sitio? —Andrea se animó ante aquel giro.

—Mejor salgo yo primero y tú me sigues en unos minutos, ¿vale? Si no te molesta prefiero preservar mi intimidad. Te espero en el callejón que hay detrás del local.

La excitación del reportero era latente. Después de dejar transcurrir un tiempo prudencial salió a la búsqueda de aquel gigante que tanto morbo le había generado.

«Se la chuparé de tal manera que nunca más volverá

con su mujer», pensó Andrea. Al distinguir la silueta de su amante en la oscuridad del callejón, sonrió. El sexo en lugares públicos siempre había sido un imán para él. No podía dejar de imaginarse a aquel portento de la naturaleza penetrándolo una y otra vez mientras él se mordía los labios para no gritar.

—Sácatela —pidió con la intención de cumplir su palabra.

—Ya te gustaría a ti que una polla como la mía te follara, jodido maricón —susurró para asombro del italogermano. En aquel momento lo atenazó por el cuello.

—Pero, pero...

—¿Crees que *Herr* Bonhoeffer no se ha dado cuenta de que le seguías? —Tommy Lee presionaba el esófago de su víctima con lentitud a la vez que lo izaba a pulso—. ¡Mira mi erección ahora, aberración de la naturaleza!

Los pies de Andrea empezaron a patalear a medida que dejaban de tocar el suelo y sus pulmones se quedaban sin oxígeno. Intentó golpear a su agresor en un vano intento de zafarse de él y salvar así una vida que se iba extinguiendo de forma lenta y agónica. La cara del *sheriff* de policía era de una indescriptible satisfacción. Cuando oyó crujir los huesos bajo sus manos, lanzó el cuerpo contra la pared. Se miró el prominente bulto que tenía en sus pantalones y pensó que era una lástima que no estuviera su esposa para celebrar la ocasión.

Lazlo bajó del taxi que le había llevado hasta *Zentralfriedhof*, el cementerio central de Viena. Este era tan grande que incluso ofrecían mapas para encontrar la ubicación de los enterrados. La tranquilidad que emanaba iba más allá de lo evidente. Las esculturas y panteones le daban una musicalidad acorde con los anfitriones que residían allí. Beethowen, Mozart y Schubert eran algunos de los famosos inquilinos. Era una visita obligada para los turistas y, por aquel motivo, se había disfrazado para la ocasión como uno más. Su objetivo era pasar lo más inadvertido posible cuando preguntara dónde podía encontrar la tumba de la austríaca. Su intuición y la documentación encontrada en la hemeroteca lo habían llevado hasta allí. Aquel fue el lugar donde enterraron a Angelika Raubal, la sobrina y amante de Adolf Hitler.

«De todas las mujeres que rodearon a ese lunático esta fue la que más hondo caló. Si yo hubiera sido el ministro de economía nazi y hubiera querido marcarme un punto con mi jefe habría vinculado todas las riquezas robadas al pueblo judío con el amor de su vida... Espero no equivocarme, porque si no me habré metido un tute para nada» pensó mientras escudriñaba el recinto en busca de alguien que le pudiera esclarecer la ubicación de Geli.

En aquel momento vio a un anciano que llevaba el uniforme del cementerio y le preguntó:

—Disculpe, señor. ¿Me podría ayudar con una duda que tengo?

—Claro que sí, hijo. Dígame.

—Hace unos años enterraron aquí a Angelika Raubal.

He estado buscando su tumba, pero no la he localizado. ¿Me podría indicar por qué zona está?

—Pues ya podrías buscar, ya... —El funcionario lo miró con atención—. Esta joven fue trasladada cuando se acabó el periodo de alquiler de su tumba. Además, aquí no gustan los suicidas. Por eso, en cuanto se pudo, nos la quitamos de encima.

—Me lo temía —admitió Larski—. Estuve documentándome antes de venir, pero como el archivo que leí no dejaba claro lo de su traslado, pensé que a lo mejor la habrían reubicado en un lugar más discreto, pero siempre dentro de este recinto.

—No, hijo. En aquel momento se creyó que el lugar más oportuno sería su población natal, Linz. Está a unos ciento ochenta quilómetros hacia el oeste. Es una ciudad de unos doscientos mil habitantes —informó servilmente, y añadió—: La encontrarás en un sencillo panteón en el que solo pone "Angelika R."

—¿Está seguro?

—Tan seguro como que fui yo quien la trasladó.

Ben Campbell

Ben Campbell tenía cincuenta años aunque aparentaba ser más joven. El estilo con el que se vestía, la barba de tres días y el cuerpo atlético le conferían un aire juvenil pero que elegante. Llevaba una media melena rubia que contrastaba con sus ojos verdes y las gafas de pasta azul marino que solía ponerse.

Recién licenciado *cum laude* en medicina por Harvard ingresó en la central de la CIA en Quantico, Virgina. Allí se especializó en técnicas de tortura e interrogación. Era un campo que siempre le había atraído. En su familia siempre había habido la creencia de la supremacía blanca y, de hecho, eran de los integrantes más activos del Ku Klux Klan. En su habitación tenía una pancarta donde había escritas las "catorce palabras" de David Lane, uno de sus máximos representantes. En ella afirmaba que debían asegurar la existencia de su pueblo y un futuro para los niños blancos. Después Lane también redactó los 88 preceptos del poder ario. Cuando

Klaus Bonhoeffer le ofreció la posibilidad de ostentar el cargo de máximo responsable de Kyklos Scientific Research, Co, no dudó en aceptarlo y dejar la CIA. Antes decidió llevarse unas reliquias que le cautivaron desde que supo de su existencia: los manuscritos de Klaus Barbie y Josef Mengele, dos de los mayores asesinos del holocausto que, a su forma de ver, eran unos visionarios de la genética. Con ese legado, Campbell re-emprendió las investigaciones y experimentos sobre genética donde los habían dejado sus gurús particulares.

Cuando con el tiempo, y demostrada su fidelidad al movimiento, le hicieron partícipe de todo lo que había tras su empresa, supo que en aquel momento había encontrado su puesto en el mundo.

Veintidós

Carol, cuanto tiempo! —gritó Miranda llena de alegría. En seguida se fundieron en un fuerte abrazo.

—¡La verdad es que demasiado! Me hizo mucha gracia conocer a tu padre el año pasado. ¡El mundo es un pañuelo!

—¡Y que lo digas, fue una casualidad de las grandes!

—Ya ves, cuando me lo presentaron y me dijeron que se apellidaba Roval pensé: "¿Será posible que sea el padre de Miranda?" Pero claro, en Boston sois únicos.

—Pues te llamé gracias a él. Cuando le pedí ayuda para solucionar este caso en seguida se acordó de ti.

—¿Entonces él es el culpable? Ya le ajustaré las cuentas... ¡En menudo embolado me has metido! He tenido que salir de España por patas.

—Lo siento, pero es que todo esto es muy gordo y nosotros solos no lo podíamos abarcar todo. Aunque sea peligroso, creo que vale la pena desenmascarar a todos estos racistas.

—Bueno, ¿y a mí no me vas a presentar? —Axl se había quedado al margen en un rincón de la habitación del hotel donde se alojaban.

—¡Uy! Lo siento, me había olvidado de ti…

—¡No, si con todo lo que llevamos ya, solo faltaba que te olvidaras de mí!

—Axl Jones, uno de los mejores cámaras del mundo. Buena persona y muy profesional. Gracias a él estoy viva —presentó la periodista—. Axl, Carol Castro, una reportera española de las más inteligentes que he conocido y una amiga muy especial —remató Miranda con un tono que no le pasó inadvertido.

—¿Cómo que uno de los mejores? ¡El mejor! —destacó Jones entre risas—. Ahora en serio. Si hoy estoy aquí es también por Miranda. Tenemos un perro sabueso muy peligroso que no para de perseguirnos.

—¿Por qué lo dices?

—Porque es el líder de 88, el brazo armado de todos estos cabrones y además es *sheriff* de policía. Dispone de toda la documentación que pueda haber sobre nosotros en los archivos policiales. Se llama Tommy Lee Morgan.

—Joder…

—Y que lo digas. Desde que empezamos el reportaje nos ha estado pisando los talones. Primero en Jefferson City, en Kansas City donde, por cierto, degollaron a un pobre enfermero que nos estaba ayudando, y luego, no sé cómo, en Buenos Aires.

—¿Os siguió hasta Argentina?

—Sí. Aunque antes fueron a mi apartamento de Nueva York para matarme, y como te he dicho antes, si no hubiera sido por él, hoy no estaría aquí —remató la bostoniana para concluir—. Ahora no sabemos si también está en Alabama o no. Axl, ¿le puedes enseñar lo que grabaste con Jessie? Así, si lo ve, lo podrá reconocer...

—¿Jessie? ¿Quién es Jessie? —inquirió pensando que ella conocía a todos los integrantes del grupo.

—Jessie es mi difunta cámara de video. Con ella batallé en más de una guerra... aunque la tuve que sacrificar para hundirle el cráneo a su agresor —aclaró señalando a Miranda con la cabeza—. Bueno, ¿sabéis qué? Me voy a duchar. Estoy reventado y me siento sucio. —Axl se quitó la camisa sin pudor, entró en el baño y dejó la puerta entreabierta.

—¡Qué alegría me da que estés aquí! —Miranda le acarició la mejilla—. ¿Te acuerdas de cuando compartíamos habitación en Boston?

—¿Cómo lo iba a olvidar? —dijo correspondiendo la caricia con otra.

—Fuiste la primera y la única con la que llegué a experimentar y nunca, nunca, me he arrepentido —runruneó mientras sus manos descendían por la espalda hasta las posaderas para cogerlas con fuerza. La lengua de Miranda resiguió los labios de Carol, que sin resistencia entreabría la boca para que su amiga pudiera surcar su interior. La española, que tampoco podía quedarse quieta, le soltó la coleta.

—¿Quieres tocarme? Estoy tan húmeda… —invitó Carol—. Si supieras la de veces que me he masturbado pensando en ti y en aquellos días…

—No, no te voy a tocar —dijo la americana con ganas de hacerla sufrir—. ¡Te voy a comer toda! —Miranda le bajó los pantalones y dejó a la vista los turgentes muslos y el tanga de algodón. Acto seguido la tumbó en la cama.

—Mmm, me vuelves loca... un momento, ¿y Axl? —preguntó en un momento de lucidez.

—Tranquila, cuando se toma sus baños se relaja tanto que a veces se queda dormido —mintió separando las piernas de su amiga para ver como su sexo brillaba por el flujo que emanaba de él. La lengua de Miranda fue directa a buscar el punto crucial para que su amante perdiera cualquier vestigio de razonamiento. El clítoris estaba grueso por la excitación. Carol arqueaba la espalda y repartía sus morenos tirabuzones por toda la almohada. Una almohada que tuvo que morder para intentar silenciar los gemidos que pugnaban por salir de su boca. Aunque la razón le decía que lo que estaban haciendo era una locura, y más con un desconocido al otro lado de la puerta, la lujuria que se respiraba hacía que fuera lo más excitante que había hecho nunca. El morbo de la situación la tornaba loca, los calambres recorrían su cuerpo a intervalos, y la respiración cogía cada vez más ritmo. No podía parar. Aunque ella se consideraba heterosexual, Miranda era tan guapa que no podía dejar de sentir atracción por ella. Cogió la cabeza de la presentadora y movió rítmicamente sus caderas contra la boca de su amiga. Aquella intensidad la volvía loca por momentos.

Miranda, que no había perdido el tiempo, se había desnudado sin dejar que su lengua surcara en un mar embravecido por la pasión. Cuando lo creyó conveniente, sumergió sus dedos para ir a buscar aquel punto que tanto les costaba encontrar a los hombres. La succión que ejercía en aquel punto vital hacía que Carol perdiera cada vez más el control. Los senos de esta, al contrario que los de Miranda, eran de un tamaño considerable y se movían fláccidos por los temblores que sufría su cuerpo.

—Miranda, me estoy a punto de correr, no voy a aguantar mucho más —susurró con voz ronca. Aquellos húmedos movimientos a los que era sometida una y otra vez hacían que estuviera en la antesala del orgasmo de manera continua.

Axl ya se había acabado de duchar y, extrañado por los ruidos sordos que oía en la habitación contigua, asomó la cara por la rendija de la puerta pensando que las chicas podían estar en peligro. Lo que vio lo dejó anonadado. La chica nueva que le había presentado su compañera estaba desnuda y tumbada boca arriba con la cabeza de Miranda, que también estaba desnuda y de espaldas a él, enterrada en su sexo. Y todo aquello sin dejar de masturbarse.

«Esto ya es demasiado para mí», pensó el cámara que hasta aquel momento había conseguido sortear todas las provocaciones de su compañera. «Si continúo mirando voy a reventar, y yo no soy de piedra. ¡A tomar por culo! ¡A esta fiesta me sumo!» concluyó. Abrió la puerta y se acercó a Miranda por detrás. Carol, que estaba más en el séptimo cielo que en el mundo terrenal, enfocó su mirada hacia el voluminoso cámara que se acercaba con un miembro erecto que pocas veces había visto. Lejos de cohibirla, se dejó llevar por la morbosa situación y apartando la mordida almohada, empezó a jadear de forma sonora para desespero de Axl. Este puso las manos en las caderas de Miranda, que al notarlo dejó por un momento el sexo de Carol y se giró con una sonrisa maliciosa a la vez que ponía sus nalgas en pompa a modo de invitación. Al americano solo le faltó aquello para entrar de golpe, sin pedir más permiso.

—¡Aaah! —Miranda tuvo la sensación de que la partían por la mitad.

«Esto no puede ser verdad» se repetía una y otra vez mientras embestía sin ningún tipo de delicadeza a la que le había llevado hasta los límites insospechados. «Un trío… ni en el mejor de mis sueños pensaba que esto me fuera a pasar en realidad, y menos con estas dos bellezas»

Miranda, que nunca antes había probado aquel tamaño, entrecerró los ojos debido a las intensas oleadas que le estaban empezando a llegar por momentos. Se sentía placenteramente desgarrada. «Ha costado, pero por fin te tengo» se dijo al ver cumplida la fantasía que había tenido con Axl desde que se la enseñó días atrás. Su compañero, como si fuese un semental, no le daba tregua y le continuaba apretando la cabeza contra el sexo de su amiga, que desde hacía rato ya había abandonado el mundo racional y había entrado en otro catatónico y lleno de convulsiones. Miranda, a la que faltaba poco para llegar al éxtasis, quiso que Carol le devolviera el favor y le hiciera recorrer el tramo final con la lengua. Se sentó a horcajadas sobre su boca y miró cómo Axl, que necesitaba descargar de una manera imperiosa, penetraba a su amiga. Aunque apenas habían cruzado dos palabras, eso no le impidió que repitiera la misma operación que había realizado con Miranda. La desmesurada lubricación de Carol hizo que entrara sin ningún tipo de dificultad hasta la base de su miembro. Esta, que ya no controlaba para nada su cuerpo, volvió a entrar en erupción por tercera vez para deleite de Miranda que la acompañó entre convulsiones. Axl, que estaba sudando a chorros, tampoco se pudo contener más y la sacó a tiempo para dejarlo todo perdido.

—¡Jodeeer! —exclamó dejándose caer junto a las dos amantes, empapándolo todo—. Si llego a saber que esta es la recompensa por meterse con la extrema derecha, lo hago antes…

—¡Ha sido la leche! —reconoció Carol sofocada por el esfuerzo—. Para ser la primera vez que lo hago, no está nada, nada mal…

—¡Coño, dímelo a mí! —replicó Axl con tal cara de incredulidad que provocó las hilarantes risas de sus compañeras de aventuras.

Lazlo se plantó en el panteón de Geli. Tal y como le había confirmado el sepulturero, solo ponía el nombre y la inicial de su apellido. No había ningún vestigio del que había sido su tío y amante, y nada recordaba su vínculo con una de las etapas más vergonzosas de la humanidad. Se había escondido a conciencia para que nadie lo pudiera ver cuando cerraran el recinto. Sacó una cizalla para cortar la modesta cadena que impedía el acceso a la tumba de la joven. Cuando al fin entró en la cámara mortuoria y adaptó su vista a la oscuridad, sacó una linterna y la encendió. Allí podría trabajar con tranquilidad. Una vez cerrada la puerta no había peligro de que nadie viera que había alguien en su interior.

—Vaya, pues mucho, mucho trabajo, no va a haber... —dijo en voz alta al ver la parquedad de la habitación.

Solo había un féretro encima de un altar macizo, todo de piedra. Nada más. En una de las paredes había un macabro cartel donde ponía: Prinzregentenstrasse. Solo alguien que supiera quién era la difunta que reposaba allí encontraría significado a la placa, ya que era la calle donde vivía Geli cuando se suicidó.

«Esto no me gusta nada», pensó para sus adentros. «Ese altar no habrá quien lo mueva». Estaba convencido de que, aunque las riquezas del Tercer Reich no estuvieran en Obersalzberg, estas continuaban bajo tierra. En aquel momento le vino una idea. Sacó de su mochila un encendedor, lo encendió y se agachó para comprobar si en la base de la tumba o del ara había algún resquicio de corriente subterránea. El corazón le dio un vuelco al comprobar que la llama titilaba al acercarse al suelo. Si se fijaba bien, podía ver una pequeña rendija que pasaba inadvertida para cualquiera que no fijara su vista en aquel punto.

—¡Buf! ¡Menos mal que no me equivoqué! —suspiró con alivio en voz baja a la vez que escudriñaba con meticulosidad el espacio mortuorio para ver si veía algún resorte que le diera acceso.

«Todo está impoluto y no veo marcas por ningún lado...» se dijo contrariado. Sacó con poco convencimiento una barra de hierro que se había llevado por si surgía la necesidad. «No sé ni dónde meterla. Vamos, Lazlo, piensa. Si tengo razón, como aquí no pueden venir muchos de ellos a la vez, porque llamarían la atención, aunque hubiera una sola persona tendría que tener los medios para poder acceder». Examinó por enésima vez la espartana habitación. En aquel momento centró su atención en la placa de la calle y se acercó a ella pensativo. Después de mirarla con atención, quiso probar suerte y la presionó con fuerza.

—¡Sí! —gritó sin poder reprimir su alegría al ver que el lateral del altar se sumergía en el gélido suelo y daba paso a una oscura cavidad. Cogió la linterna y sin dudarlo un momento se agachó para poder adentrarse en aquel zulo. «Por fin un poco de suerte. Ahora solo falta que encuentre lo que busco y que no lo trasladasen en su día a una cámara secreta de algún banco suizo.»

Bien por la emoción, o quizá a causa del frío reinante, Lazlo tuvo un escalofrío. La temperatura empezó a descender a medida que se internaba en el oscuro túnel. Calculó que debía estar a unos seis grados. La escalera, excavada en la roca, era muy angosta y resbaladiza, ya que la humedad rezumaba de las piedras. El haz de luz de su linterna aún le daba un aspecto más tétrico si cabía. Cuando llegó al final se encontró con un suelo lleno de charcos difíciles de sortear. «Si no fuera por este ambiente glacial, diría que he descendido al mismísimo el infierno. Como se me acaben las pilas o me encierren aquí, me va a dar algo» pensó atemorizado por la soledad que transmitía aquel lúgubre lugar. La aguja de la brújula magnética que había cogido por si era necesario guiarse giraba en todas direcciones como si estuviera loca. «Suerte que solo hay un camino, que si llegan a ser los laberintos de Obersalzberg, lo llevo crudo. Por lo menos en estos túneles dudo que mataran a prisioneros... un momento, ¿y esto?» se preguntó interrumpiendo sus cábalas al ver una puerta maciza de madera. La respiración se le aceleró por la emoción, ya que aunque el camino continuaba allí tenía su primera parada.

—Bueno, ha llegado el momento de la verdad —susurró

mientras empujaba la puerta y esta se abría con asombrosa facilidad. El vaho, que hasta aquel momento no había parado de salir de su boca, desapareció. La emoción lo había embargado ante la visión que tenía delante de él.

—¿Y ahora qué hacemos? —preguntó Miranda desde el cuarto de baño.

—¿Repetimos? —Axl se sentía animado ante el recuerdo de su primer trío.

—¡No, tonto! —rio su amiga—. Me refiero a cómo lo hacemos para infiltrarnos en Kyklos.

—Pues yo no tengo ni idea... —resopló Carol—. En Wolfadel tuve muchísima suerte y pude infiltrarme como mujer de la limpieza, pero os aseguro que las medidas de seguridad eran muy fuertes. Entiendo que acceder aquí será igual de complicado o peor.

—¡Joder! —El rostro del cámara se ensombrecía por momentos a medida que leía un *email*.

—¿Qué pasa? ¿Tienes problemas con el ordenador?

—Peor, mucho peor. Cuando estuvimos en Buenos Aires conecté un aparatito en el servidor de Reldeih. Gracias a eso tenemos acceso a todo su disco duro y a sus correos. De hecho, ya tenemos copias de todos los archivos de los que disponían allá. Ahora solo falta cribarlos.

—¿Y te han detectado? —preguntó Carol.

—No. He interceptado un correo electrónico de

Bonhoeffer a Diefenbaker. Pone que Tommy Lee se ha cargado a un periodista de nacionalidad alemana.

—¡Ostras, Andrea! —La española se tapó la boca con las manos, compungida.

—¿Y Flavio? ¿Sabemos algo de él? —reaccionó Miranda con rostro preocupado.

—No, por favor, que no le haya pasado nada... —rogó Carol. Cogió su móvil y llamó al italiano—. *Ciao*? —oyó mientras se le saltaban las lágrimas al reconocer la voz de su amigo. Afirmó con la cabeza para indicar a sus colegas que todavía continuaba vivo.

—¿No quedamos que nada de teléfonos? —preguntó confundido con voz somnolienta.

—Flavio, Andrea...

—¿Qué le ha pasado? —Flavio se despertó de golpe.

—Lo descubrieron cuando vigilaba a su objetivo y lo han asesinado.

—*Porca puttana*! ¿Cómo ha sido?

—No lo sabemos. Hemos interceptado un *email* pero no pone los detalles. Lo único que dice es que se dieron cuenta de que seguía al máximo responsable alemán y que el líder de 88 se lo cargó. ¿Cómo estás tú?

—Bien, bien, no te preocupes por mí. Esta mañana os iba a enviar un correo con las últimas noticias sobre lo que he conseguido. Parece que algo gordo se está cocinando porque el gerente de Savitri ha sido convocado junto a los demás líderes neonazis en la empresa americana.

—¿En Kyklos?

—Sí. Han descubierto la momia de un guerrero indoeuropeo. No os lo quería decir hasta que no tuviera más detalles.

—¿Una momia? ¿Y tan relevante es eso?

—Depende de cómo lo mires. Esta momia es lo que ya empezaron a buscar en su día sin éxito los expedicionarios que envió Hitler al Tibet. Han encontrado a uno de los primeros guerreros arios puros que existieron.

Chyntia Skillicorn

La belleza de Chyntia siempre había sido notoria desde su infancia. Sus padres, oriundos de Missouri pero residentes desde hacía años en Jefferson City, intentaron proporcionarle una educación basada en la tolerancia, cosa bastante difícil en una ciudad donde aún imperaba la segregación racial, aunque fuera de una forma subyacente. Querían una hija autónoma y que no se aprovechara de su físico para conseguir sus objetivos. Eran conscientes de que una adolescente muy creída podría acabar siendo el florero de algún ricachón.

Una tarde, cuando tenía diecisiete años, regresó a casa después de haber ido al cine con sus amigas, y la encontró silenciosa. Lo habitual era oír la voz del locutor de deportes y a su padre lanzando algún que otro improperio mientras su madre lo acompañaba abstraída en una de sus múltiples novelas románticas.

—¿Papá? ¿Mamá?

Silencio.

—¡Hola! ¿No hay nadie en casa? —insistió dirigiéndose al salón.

Silencio.

La imagen que vio la dejó helada. Allí estaban sus seres más queridos, tendidos inmóviles en el suelo, con la cabeza ensangrentada y sin ningún vestigio de vida. Lo que sucedió después la cogió de improviso. Dos afroamericanos surgieron de la nada y la intentaron inmovilizar aprovechando el *shock* inicial. Gritó y pataleó hasta conseguir zafarse de ellos. Los ladrones, que había fumado *crack,* dispararon sus armas con intención de eliminar cualquier prueba que los pudiera incriminar. Los disparos y los gritos de Chyntia alertaron a los vecinos, que llamaron a la policía. La casualidad hizo que una patrulla se encontrara cerca de la zona cuando dieron el aviso.

—¿Va todo bien? —gritó el representante de la ley después de haber llamado varias veces al timbre—. Jack, rodea la casa y mira por las ventanas —ordenó al tiempo que desenfundaba la pistola por precaución.

Chyntia, aterrorizada, estaba agazapada tras el piano. Los asaltantes la estaban buscando para rematar su trabajo. En aquel momento vio por la ventana a un policía que se asomaba para poder espiar el interior de la casa. La chica le hizo señas para que viera dónde estaba, y, cuando este se dio cuenta de que algo no funcionaba, fue demasiado tarde. Un certero disparo acabó con su vida para desesperación de Chyntia. El compañero se agachó enseguida al oír el tiro y se dirigió hacia donde había sonado el estruendo. Al ver el cadáver de su amigo tendido en el suelo no se lo pensó y se lanzó de cabeza contra la cristalera para llamar así la atención de los delincuentes, que no dudaron en salir de sus escondrijos para cargarse al metomentodo. El agente no lo dudó dos veces y de manera temeraria se incorporó vaciando su cargador en los dos agresores con mortal acierto.

La chica, histérica, se lanzó a los brazos de su salvador llorando desconsoladamente.

—¡Los han matado! ¡Han asesinado a mis padres!

—Malditos negratas… —masculló el agente con rabia. Levantó el mentón de Cynthia para mirarla a los ojos—. No te preocupes, ya estoy aquí para cuidar de ti. ¿Cómo te llamas?

—Cynthia.

—Yo me llamo Tommy Lee.

Veintitrés

Después de consensuarlo con su padre, Lazlo llamó al centro Simon Wiesenthal para que acudieran, junto con los medios de comunicación, al panteón de Geli. Aquello era demasiado gordo e importante como para esperar a que el grupo de Miranda pudiera difundir la noticia. También la había llamado para escoger el momento, ya que planeaban la intrusión en Kyklos y su maniobra de distracción les podía aportar algo de ventaja. Aquel día, cuando abrió la pesada puerta de madera, se encontró con lo que todo el mundo había soñado desde hacía mucho tiempo: las riquezas expropiadas al pueblo judío durante la Segunda Guerra Mundial. Empezó a llorar desconsolado al ver realizado el sueño de su vida. Su padre había sido torturado y perseguido, su madre había sufrido en silencio una vida llena dolor. Allí había miles de historias tristes. El pueblo judío había sido aniquilado en una barbarie sin sentido. Ahora tenía la oportunidad de devolver las riquezas a sus legítimos propietarios. Había encontrado hasta cinco cámaras acondicionadas repletas de tesoros y obras de arte. Tuvo la suerte de encontrar una sexta, que funcionaba a modo de archivo. Allí estaban los documentos originales que habían hecho firmar a sus compatriotas mientras hacían la relación de sus posesiones, al igual que un registro contable de las salidas, que identificaba a todos los compradores. Con un poco de suerte podrían compensar parte del mal que habían ocasionado aquellos degenerados. Después de aquella primera reacción, empezó a reír. Si no se equivocaba, había encontrado una de las principales fuentes de financiación de la nueva generación. A Bonhoeffer el descubrimiento no le haría ni pizca de gracia, y menos aún el dar con documentos que le implicaban de forma directa en todo aquel entramado. A petición de Miranda, había guardado aquella información en lugar seguro, después de haber realizado las copias de seguridad pertinentes, para poderla incluir en su reportaje. Cuando contactó con Wiesenthal y dijo que era el hijo de Saúl Larsky le pasaron con el máximo responsable del centro. Estos habían sido muy amigos en el pasado y juntos habían defenestrado a más de un nazi. Aunque no lo había hecho por aquel motivo, Lazlo había pasado a formar parte de la historia al restituir aquellas posesiones a sus legítimos dueños.

—Esto parece un fortín. —Miranda escrutó el plano que habían conseguido de Kyklos—. ¿Cómo nos vamos a colar?

—Pues no lo sé. A nivel tecnológico parecen estar muy avanzados, por lo que creo que será imposible acceder a ellos, por muy bueno que sea tu amigo Iu. Físicamente lo veo peor todavía. Hay vigilantes de seguridad por todas partes... —respondió Axl. Hacía días que se habían turnado para vigilar las instalaciones de la empresa e intentar encontrar sus puntos débiles. Vista la suerte que había corrido Andrea, extremaron sus precauciones. Aunque a aquellas alturas del reportaje ya tenían datos más que suficientes como para elaborar el artículo, todos estaban de acuerdo en que se llevaban algo entre manos. La noticia de Lazlo les había alegrado. Sentían que parte de su éxito era también de ellos.

—Se me ocurre una idea un tanto descabellada pero creo que podría ser factible —interrumpió Carol.

—¿Cuál? —se avanzó Miranda.

—Como bien dices, es un centro tecnológico. Estoy segura de que Campbell tendrá acceso a la empresa desde su casa. ¿Por qué no la asaltamos? Podría ser su punto débil.

—Tiene sentido, lo podemos intentar. Claro que si vienen y se ponen a follar... —respondió Axl acordándose de Buenos Aires.

—¿Qué? —se sorprendió Carol al mismo tiempo que Miranda se ruborizaba.

—Nada, nada, tonterías de Axl. Tengo una duda. En caso de que consigamos entrar a la casa y tenga allí su ordenador, ¿cómo nos haremos con sus archivos?

—¡Por eso no te preocupes! Mi amigo Iu es un "crack", seguro que desde allí podrá conseguirlo —afirmó la española con una amplia sonrisa.

—¡*Heil* Hitler! —gritó Campbell a la vez que hacía el saludo marcial.

—¡*Heil* Hitler! —respondieron todos.

Ben miró a sus colegas con orgullo. Ya hacía unos días del regreso del encuentro arqueológico y se sentía pletórico ante la plana mayor de la Nueva Generación: Klaus Bonhoeffer, Tommy Lee Morgan y su segundo, Sean Mitchell, Angelo Fariello, Franz Diefenbaker, Feliciano Martínez y los arqueólogos Herbert Lindenberg, Hans Richter y Günter Schiller.

Se habían congregado todos en las instalaciones de Kyklos y estaban expectantes ante la noticia que les tenía que dar su compañero. Solo Klaus sabía la naturaleza de aquella reunión y estaban ansiosos por escuchar la arenga de su anfitrión.

—Como sabéis, nuestro *Fuhrer* tenía un sueño, que la raza aria predominara en este mundo infectado de subrazas. Hizo todo lo que pudo, se cargó a unos cuantos perros sionistas, pero por desgracia para nosotros, no pudo completar su obra. Nuestro camarada Bonhoeffer quiso continuar su labor, y Dios sabe que ha realizado una tarea encomiable. Gracias a vosotros ha conseguido crear unos cimientos sólidos para que el Cuarto Reich pueda resurgir con fuerza en un proyecto muchísimo más ambicioso del que ideó Hitler en un inicio. Cada uno ha aportado su granito de arena y hoy me toca a mí explicaros el objetivo final de tantos años de búsqueda infructuosa por parte de los chicos de Fariello. Herbert, Hans y Günter, sin vosotros esto no habría sido posible. Lástima que Friedrich no esté aquí con nosotros. Vuestra aportación pasará a la posteridad. Hoy por fin os podré revelar la verdadera naturaleza de Kyklos. Desde que llegó el guerrero momificado no hemos parado de trabajar en él. Pensad que es la primera muestra de un noble ario y su genética así lo demuestra. Un espécimen poderoso, fuerte y con dotes de mando. Tal y como queremos ser en el futuro y para poder cumplir con ese sueño, ¿qué mejor que extraer su ADN? —Campbell esperó a que sus oyentes procesaran lo que acababa de decir.

—Perdón —interrumpió Feliciano en un perfecto inglés—, ¿me quieres decir que podéis sacar el ADN de una momia de dos mil quinientos años?

—Sí. Es más, no es que lo podamos extraer... ¡es que ya lo hemos hecho, y con éxito! Nuestro equipo de científicos ha logrado sortear muchos de los problemas de contaminación que se suelen dar en estos casos. El análisis nos aporta valiosos detalles acerca de aspectos importantes, como son el origen de las enfermedades genéticas y los patrones de migración de nuestros ancestros. Aunque con dificultad, han encontrado las moléculas intactas para nuestro proyecto. Aquí podéis ver el resultado de la grabación del trabajo realizado. —Una pantalla descendió del techo y mostró cómo los científicos, ataviados con monos blancos especiales para el aislamiento de alto riesgo biológico, manipulaban los genes en el laboratorio—. Este es el momento en el que hacían la extracción del ADN de la mitocondria y obtenían un material de primerísima calidad libre de cualquier contaminación.

—¿Mito... qué? —interrumpió Diefenbaker.

—La mitocondria está formada por gránulos esféricos del protoplasma de las células activas.

—Como no te expliques mejor...

—Bueno, da lo mismo, quédate con que las mitocondrias son como las pilas de las células, les dan energía para que se muevan, tanto en los óvulos como en los espermatozoides. Además, la información genética pasa inalterada de una generación a otra ya que no se junta con el ADN que proporciona el espermatozoide. Esa característica permite que los investigadores puedan seguir la pista de los primeros miembros de una especie —simplificó con paciencia—. A lo que íbamos: este guerrero estaba sano cuando murió. La causa del fallecimiento fueron varias puñaladas asestadas por la espalda, probablemente provenientes de algún enemigo. Así, después de comprobar que la mitocondria no arrastraba ningún defecto genético, pudimos plantearnos realizar la siguiente fase.

—¿Siguiente fase? ¿El objetivo no era mostrar al mundo y a nuestros soldados la existencia de la etnia aria? —preguntó con inocencia Hans.

—No precisamente —sonrió con aire maquiavélico el anfitrión antes de añadir—: Chyntia, la esposa de Tommy Lee, se ha presentado voluntaria para albergar a la nueva generación de la raza aria.

—¿Lo tenemos claro? —quiso asegurarse Axl.

—Sí —respondieron al unísono Carol y Miranda. Según las indicaciones de Iu habían comprado un equipo de radiofrecuencia, un pulverizador y algunos enseres más que podrían necesitar para introducirse en la casa de Campbell. El informático estaría en permanente contacto telefónico desde Barcelona mientras realizaban toda la operación. Ajenos a las últimas novedades de Kyklos, se habían propuesto rematar el reportaje allí mismo, tanto si encontraban material adicional como si no. Aquello era demasiado peligroso y hasta aquel momento habían tenido muchísima suerte.

Cuando el exagente de la CIA pulsó el botón para el cierre automático de la puerta del garaje, Axl activó el aparato que le permitía captar la radiofrecuencia que emitía el mando del ejecutivo. Minutos más tarde la puerta se volvía a abrir, esta vez para dar paso al reducido comando.

—Vamos, Carol, echa el *spray* al teclado de la alarma —aleccionó el cámara, que deseaba ver en qué dígitos estaban impresas las huellas del científico.

—Iu, ¿estás a punto?

—Dispara.

—Uno, dos, siete, nueve, nueve, cero y cero.

—¿Estás segura de que esas repeticiones no corresponden a otros días?

—No lo creo, porque se ven muy nítidas —se reafirmó quitándose las gafas ultravioletas—. ¿Qué estás haciendo? Son muchos dígitos, ¿no?

—Lo son, pero cuando me explicaste el jaleo en el que te habías metido creé un pequeño programa para que jugara con ciertos algoritmos. Ahora he introducido los dígitos que me has dicho y el *software* está haciendo su trabajo.

—¿Tardará mucho? —Axl y Miranda controlaban las ventanas por si aparecía alguien.

—No, nada. De hecho ya lo tengo.

—¿Ya? —se sorprendió Carol. El resto se apiñó junto a ella.

—Sí, si es que estos capullos son tan predecibles... —escupió con desprecio Iu.

—¡Vamos, vamos! —apremió Carol

—Anota: 07021979.

—¿Estás seguro? Porque como la caguemos...

—Como matemático te puedo asegurar que hay muy pocas probabilidades de error. Esos números coinciden con la muerte de uno de los principales asesinos de la historia, el doctor Joseph Mengele.

—¡Bingo! ¡Iu, eres un genio! —exclamó la periodista al ver que se encendía la luz verde y les daba vía libre a la casa—. ¿Cómo es que el CNI no te ha contratado? —preguntó haciendo referencia al Centro Nacional de Inteligencia español.

—¿Y quién te ha dicho que no lo ha hecho?

—A ver, yo me quedo aquí vigilando y vosotras dos subid arriba a ver qué encontráis. Aligerad, porque no creo que podamos tener muchas más oportunidades de repetir esto —ordenó Axl—. Además, puede venir la esposa en cualquier momento —apuntó señalando la foto de una bella mujer rodeada de cuatro adolescentes que parecían sacados de un anuncio de modelos.

—¡Vamos, Miranda!

La casa, que se encontraba a pocos quilómetros de Kyklos, era moderna y sencilla a la vez. La distribución interior había sido diseñada para darle la máxima funcionalidad. Se componía de planta y piso. En la planta baja estaba el salón, una amplia cocina, un aseo, una puerta que daba al sótano y un garaje en el que cabían tres vehículos grandes. Todo estaba ordenado y reluciente. Por la fotografía que colgaba de la pared del recibidor se podía decir que era la típica familia modélica y feliz. Aunque lo buscó, Axl no pudo apreciar ni un solo objeto que indicara la tendencia supremacista del propietario. Hizo todo el recorrido grabando con la cámara, por si luego podía sacar alguna imagen que les pudiera servir. Las chicas ya habían dado con el despacho y el ordenador de mesa que tenía Campbell.

—Iu, ya estamos ante el ordenador. ¿Qué hago ahora?

—Conecta el disco duro portátil que te di y enciende el ordenador. Luego ya será todo tuyo.

—¿Así de fácil?

—Así de fácil. En el disco duro hay un programa de autoarranque que *"hackea"* de forma automática cualquier ordenador. Cuando esté encendido verás un icono en la barra de herramientas, haz clic ahí y procederá a grabar todo el contenido del disco duro.

—Caray, los informáticos dais miedo...

—Nena, somos los piratas del siglo XXI.

—Miranda, haz clic en ese icono donde pone Kyklos TV —pidió Carol a su amiga que se había hecho con el teclado.

—¡Joder! —soltó la americana—. ¡Tenemos acceso a las cámaras de seguridad de la empresa en tiempo real!

—¿Quiénes son todos esos? ¿Y esa mujer? —preguntó la reportera—. ¡Hostias! ¡Ese es al que le robé el portátil! Feliciano Martínez, gerente de Wolfadel.

—Pues la mujer es la esposa de aquel gigante que tiene a su derecha, el líder de 88 y jefe de policía de Jefferson City, Tommy Lee Morgan. También está su segundo, aunque no sé cómo se llama. El más viejo es el cabecilla de la Fundación Reldeih y ese, el que parece un figurín, es el anfitrión. Los otros no tengo ni idea de quiénes son. Supongo que uno de ellos debe ser Bonhoeffer, el ideólogo de toda la trama. Es el que dirige Schicklgruber. Por aquí también debería estar el que investigaba tu amigo romano.

—¿Fariello?

—Sí, el de Savitri. Por cierto, aprieta ese botón, a ver qué hace. —Carol señaló un icono.

En aquel momento oyeron cómo Campbell decía:

—... señores, este es el gran momento que les prometí hace pocos días. Lo tenemos todo a punto. Después de años de investigación genética gracias a los estudios de nuestros grandes gurús, Joseph Mengele, Aribert Ferdinand Heim, Ivan Demdanjuk y Herbert Cukurs...

—¡Es increíble y encima los podemos oír! —exclamaron las chicas al unísono—. Iu, estamos viendo a toda la cúpula a través de las cámaras de seguridad y además tenemos sonido. ¿Esto también se grabará?

—Supongo que sí, aunque dependerá de la resolución con la que entren las imágenes...

—¡Serán hijos de puta! Se han referido al Ángel de la muerte, al carnicero de Treblinka y al verdugo de Riga como gurús. ¡Qué desgraciados! —maldijo Miranda que no perdía detalle.

—Ahora vengo —dijo Carol.

En aquel momento, Tommy Lee fijó su atención en la cámara de seguridad como si intuyera que le estaban espiando. Un escalofrío recorrió la espalda de la americana. El mandamás de 88 se acercó a Campbell y le susurró algo al oído mientras este asentía. Pocos minutos después, desapareció.

—¿Ha pasado algo?

—Nada. —Miranda restó importancia a lo que había hecho el policía—. ¿Qué has ido a buscar?

—La cámara de Axl —contestó. Enfocó la pantalla del ordenador y comprobó que lo registraba todo—. Por si nos quedamos sin memoria, mejor tener un seguro. Esto es demasiado valioso como para perderlo.

Campbell continuaba explicando a su pequeño auditorio, que prestaba atención:

—...y no solo hemos avanzado desde donde ellos lo dejaron, sino que además hemos desarrollado nuevos virus que hemos inoculado a las razas inferiores y que, gracias al trabajo conjunto que estamos realizando con 88, están empezando a mermar de forma discreta esa población que tanto nos molesta. Además, esos virus se transmiten genéticamente. O sea, que cuando esas ratas se reproducen sus hijos también reciben el regalo. Ahora, gracias a nuestros camaradas de Savitri y su descubrimiento, y a los óvulos maduros que en su día nos donó nuestra amable camarada, Cynthia, podremos engendrar la raza aria auténtica. El proceso fue de una relativa facilidad. Extrajimos el núcleo de los óvulos, procedimos a transferirle células con el ADN de nuestra momia védica. A continuación los estimulamos con *shocks* eléctricos para que empezasen a dividirse como si hubieran sido fecundados, y de ese modo se organizaron y desarrollaron como cualquier otro embrión. Este procedimiento es lo que el mundo conoce como clonación. Hace años que lo venimos practicando con éxito gracias a las voluntarias que nos proporciona Tommy Lee. Hoy es el gran día, Cynthia está preparada y a punto para que le implantemos el óvulo en el útero. Desnúdate y entra en esa sala, por favor. El resto mirad a través de esta ventana.

La mujer se desvistió sin ningún tipo de pudor ante todos los presentes que no pudieron evitar admirar la belleza de la abogada. Entró en la habitación y se tumbó en la camilla que le habían habilitado para la operación.

Miranda dijo excitada:

—No me lo puedo creer… ¡esto es muy gordo! Carol, ¡seguro que ganamos el Pulitzer y además daremos su merecido a estos degenerados!

—Chicas, voy al servicio —avisó Axl desde la planta baja—. No tardaré.

En aquel instante un Hummer aparcó al principio de la calle. Tommy Lee descendió del coche y se ató su puñal al cinturón. Con todo lo que había acontecido en las últimas semanas le había venido un pálpito. Sean se había quedado vigilando el perímetro del centro de investigación. Como él había visitado más de una vez la casa de Ben y la conocía a la perfección, decidió que la iría a inspeccionar. Sabía que él controlaba el centro desde su casa. A veces, cuando iban a cenar con Cynthia, les enseñaba cómo practicaban con los vagabundos que 88 les proporcionaba, infectándolos con virus mortales. En el lateral de la casa había una pequeña ventana desde la que se podía acceder al sótano. Era el sitio perfecto por el que colarse sin que nadie lo pudiera controlar porque su acceso estaba apartado del campo de visión desde el interior del hogar.

«Estos sionistas han estado en todas las fundaciones y empresas. ¿Por qué no iban a estar en Alabama? Bastante daño han hecho ya con el descubrimiento de los tesoros... Nos han declarado la guerra y el único fin posible es la exterminación», se decía el *sheriff*. Con el filo de la navaja abrió el ventanuco y se introdujo en la casa. Ben le había explicado que en aquella parte no había ningún detector. Examinó el sótano que, aunque ordenado, estaba lleno de estanterías con cajas apiladas con fechas y los nombres de los hijos. Parecía que lo guardaban todo. Al fondo vio una escalera de madera que llevaba a la planta baja. En aquel momento oyó el ruido de la cisterna que lo puso en sobre aviso. No se había equivocado. Las ratas no habían podido resistir la tentación. Empezó a caminar con el sigilo de un gato montés preparándose para la caza. Desenfundó el puñal y con el pulgar rozó la hoja. Era su ritual. Aún con todo el cuidado que tuvo, Tommy Lee no pudo evitar que los últimos peldaños cedieran bajo su peso y emitieran un sonoro crujido.

—¿Habéis oído algo? —preguntó Axl confundido.

—¿Qué dices? —Carol, asustada, asomó la cabeza por la baranda. Aún llevaba la cámara.

—No sé, me ha parecido… —En aquel momento Axl pasaba por delante de la puerta del sótano. Esta se abrió con gran estrépito y provocó que saltara sobresaltado.

—¡Tú, gordo hijo de puta! —exclamó el *sheriff.* Se abalanzó hacia él y le hendió el puñal hasta la base del mango.

El cámara, atónito, se llevó las manos al abdomen ensangrentado e intentó retener el cuchillo en su interior.

—¡Miranda, están atacando a Axl! —El grito desvió por un momento la atención de Tommy Lee.

En ese instante Axl, sacando fuerzas de la nada, le propinó un cabezazo al líder de 88 que le rompió la nariz y le provocó al instante una abundante hemorragia.

—¡Cabronazo! —gritó el reportero a la vez que lo empujaba hacia las escaleras. Antes de conseguirlo recibió dos puñaladas más—. ¡Chicas, huid, huid! —Axl cerró la puerta del sótano y se sentó para evitar que aquel energúmeno volviera al ataque.

—¡Axl, vamos, vámonos de aquí! —Miranda sollozó desesperada. Entre Carol y ella intentaron levantarlo.

—Marchaos, esta batalla la tengo perdida —dijo con voz queda. La lividez se hizo evidente a causa de la abundante pérdida de sangre.

—¡No te abandonaremos! —gritó histérica Miranda—. ¡Acuérdate: tú me salvas y yo te salvo!

El jefe de policía embistió la puerta y desplazó ligeramente al malherido cámara.

—¡Te voy a destripar como a un cerdo!

—¡Largaos! —rugió con los últimos vestigios de energía que pudo reunir antes de apagarse igual que una estrella fugaz.

—¡Axl! —La voz sonó desgarrada.

—¡Vamos, Miranda! —Carol tiraba de la manga, asustada por los intentos de Tommy Lee por salir.

Sin mirar atrás, ambas salieron corriendo, no sin antes coger la cámara que Carol había depositado en el suelo para poder auxiliar a su amigo. Corrieron hasta llegar al Buick Regal que habían alquilado. La española, que estaba al borde de un ataque de nervios, empujó a Miranda al interior del coche sin que esta dejase de llorar. Arrancó, y sin saber muy bien dónde tenía que dirigirse, pisó a fondo el acelerador y dejó que el instinto la guiase.

La noticia

Un par de meses más tarde, descansaba sobre la mesa de Carol el artículo que la había encumbrado, junto con Miranda y Flavio, hasta lo más alto del periodismo mundial. Este rezaba:

DESARTICULADA UNA PELIGROSA RED INTERNACIONAL DE EXTREMA DERECHA

POR CAROL CASTRO

UN GRUPO DE PERIODISTAS, LIDERADOS POR CAROL CASTRO, HAN DISUELTO UNA RED INTERNACIONAL DE LA EXTREMA DERECHA QUE PRETENDÍA INSTAURAR EL CUARTO REICH

Alabama. La red en cuestión estaba dividida en diferentes países y su infraestructura cubría todas las áreas, desde la financiera hasta la espiritual, con la intención de hacer resurgir el Cuarto Reich. El objetivo era la creación de una nueva raza aria que daría paso a una nueva generación.

Todo empezó con Klaus Bonhoeffer, líder de la fundación Schiklgruber y a la que bautizó de esa manera en homenaje al padre de Hitler, Alois Schiklgruber, que en realidad era su verdadero apellido. A partir de aquí, Klaus elaboró una compleja telaraña que serviría de base para su proyecto. Amante del oscurantismo, Bonhoeffer se instaló en unos de los lugares más emblemáticos del imperio nazi: el castillo de Wewelsburg. Bajo la fachada de un albergue juvenil que desviaba la atención del mundo en general y de los semitas en particular, hizo de aquel lugar su centro de operaciones tal y como lo había sido en su día la ocultista y nigromante Sociedad Thule.

El segundo paso de su ambicioso plan lo llevó a cabo con un nazi viejo amigo de la familia que consiguió escapar hacia Argentina gracias a la red de huida que elaboraron Odessa y el Vaticano. Bajo el amparo de Evita Perón y la financiación de Bonhoeffer, Franz Diefenbaker creó la Fundación Reldeih, haciendo otra referencia más al padre del caudillo alemán. Esta vez se invirtió el orden de las letras para que no fuera tan evidente, ya que después de Schicklgruber, el apellido materno de la abuela, Alois se cambió el apellido por el de su padrasto: Hiedler. Esta fundación se dedicó al ensalzamiento y difusión ideológica del movimiento, ya que Adolf Hitler siempre soñó con tener una religión originaria de los arios que mezclara filosofía, mitología, visiones, dogmas y prácticas rituales de las religiones orientales. Así que con aquella fundación organizaban concentraciones propagandísticas que afianzaban a los neonazis más débiles y enardecían a los más convencidos.

Como cualquier empresa, Bonhoeffer necesitaba de una fuente de financiación que lo sustentara. Por una parte, tenían los tesoros requisados durante el Holocausto que fueron descubiertos gracias a la pericia de Lazlo Larski, colaborador de este equipo de investigación, para orgullo de los judíos expoliados. Como estos recursos tarde o temprano acabarían por desaparecer, la fundación principal creó unos cuantos sellos discográficos que vendían y distribuían canciones antisemitas con claros tintes supremacistas. La gallina de los huevos de oro llegó con la constitución de la empresa más lucrativa de todas: Wolfadel, S.A., liderada por un fanático de la extrema derecha llamado Feliciano Martínez. Otra vez jugaban con el orden de las letras del nombre para hacer referencia al líder alemán, Adolf. Cuando los padres de Hitler lo bautizaron quisieron ponerle un nombre que tuviera un significado especial. En el antiguo alto alemán, "adel" significaba nobleza y "wolf", lobo. Así la combinación de ambos quedaba como Adolf, "el lobo noble". Esta sociedad se dedicaba a la fabricación y venta de armamento bélico aunque, gracias a este artículo, el Estado Español ha disuelto la empresa. Hay que recordar que España es la quinta potencia mundial en estos menesteres. Aun así, no contento con los réditos que le dejaba tan prolífica industria, el Sr. Martínez vendía armas a los llamados "países sensibles" que, por definición, son los que están en guerra civil o tienen regímenes opresivos, tal y como se demuestra en las siguientes páginas. Wolfadel cumplía con una doble intención: facilitar, para el goce y disfrute de los neonazis, que los países tercermundistas se mataran entre ellos y que además se pudieran enriquecer y financiar con ese dinero, para el resurgimiento del Cuarto Reich.

Este equipo ha conseguido destapar las incontables aportaciones en forma de subvenciones que disfrutaba del gobierno español en conceptos de investigación, desarrollo e innovación. Entre los accionistas estaban, aparte de otras empresas industriales, algunas de las entidades bancarias más representativas del panorama nacional con un gran peso en la economía del país y que incluso, más de una, había sido rescatada por los fondos de la Unión Europea.

No contento con cubrir la parte religiosa y la financiera, el germano aportaba cuantiosas sumas a la Fundación Savitri, que también formaba parte del entramado. Aquí, como en el resto, el nombre también tenía su propio significado, ya que Savitri Devi era la sacerdotisa del "arianismo". Esta vez, puso al mando a Angelo Fariello, un romano simpatizante del movimiento. A él le correspondía cubrir la máxima aspiración del caudillo del Tercer Reich: encontrar alguno de los orígenes de la raza aria en estado puro y triunfar donde la expedición Nanga Parbat, iniciada en 1939, había fracasado. Después de innombrables y fútiles intentos, agrupó a cuatro de sus arqueólogos más notorios para que siguieran una pista. Estos también ayudaban a la financiación del movimiento gracias a la venta ilegal de parte de sus descubrimientos arqueológicos. Herbert Lindenberg, Hans Richter, Günter Schiller y Friedrich Schlöndorf, cuatro de los más reputados eruditos, se fueron a Tayikistán donde, al parecer, habían intuido, gracias a unos documentos históricos que tenían en su poder, que se podría encontrar la razón de su ser. Allí hallaron a un guerrero ario que, gracias a su condición de príncipe, había sido momificado hacía más de dos mil años. Burlando las aduanas de los diferentes países lo consiguieron trasladar a Kyklos Scientific Research, Co.

El ambicioso plan de Klaus iba más allá de lo esperado. Consiguió establecer alianzas con otras organizaciones supremacistas, tales como el Ku Klux Klan, que le permitió afianzarse con un reducido pero consolidado sector americano. Sean Mitchell, máximo dirigente del KKK ayudó, junto con el exjefe de policía de Jefferson City y antiguo militante del *klan*, Tommy Lee Morgan, a proporcionar indigentes afroamericanos y latinoamericanos como conejillos de indias al cuarto elemento de lo que también se podría llamar la Odessa del siglo XXI: La Kyklos Scientific Research. El significado de Kyklos hace referencia a la palabra griega *Kyklos* y que significa "círculo". Hay que recordar que en sus inicios el KKK se llamó "El Círculo de los hombres blancos". Esta sociedad de

Alabama, encabezada por el ex agente de la CIA, Ben Campbell, tenía como misión fundamental crear el arma perfecta. Los neonazis aprendieron con Hitler que no tenía sentido empezar una Tercera Guerra Mundial, así que decidieron desarrollar un arma biológica que era efectiva y discreta diseñada para el genocidio perfecto. Campbell, que había estudiado medicina en Harvard, no se quedó aquí. Como era un fanático de los diferentes monstruos nazis que la misma CIA había llegado a proteger después de la Segunda Guerra Mundial, continuó con su demencia y amplió su trabajo hasta llegar al quinto y último eslabón de Bonhoeffer: el soldado perfecto que entraría a formar parte de un batallón liderado por Tommy Lee. Esta nueva generación se ha empezado a crear a partir del descubrimiento de la momia aria, ya que le extrajeron el ADN y lo introdujeron en una selección de óvulos de la esposa de Morgan, Cynthia Skillicorn, con la intención de clonar al noble guerrero. En la actualidad se encuentra en paradero desconocido, esperando dar a luz a un engendro cuyo origen se remonta a más de dos mil años atrás.

Morgan fundó, a petición de Diefenbaker, 88, otra simbología más referente al caudillo alemán, ya que es uno de los saludos en clave que utilizan los neonazis a nivel mundial. La letra "H" se encuentra ubicada en la octava posición de nuestro alfabeto, y los fascistas aprovechan esa simbología para traducirla como *Heil* Hitler. De ahí el significado de 88.

Curiosamente, también coincide con los ochenta y ocho preceptos de supremacía blanca del KKK dictados por el líder racial, David Lane. Con esta corporación pretendía crear las nuevas y temidas Waffen-SS a través de la unificación de las diferentes agrupaciones de extrema derecha que existen a nivel mundial. Hay que recordar que la SS sembró el terror en la época nazi.

El paso final de todo este desproporcionado fanatismo se ha llegado a trasladar hasta la legalidad en forma de partidos políticos que están subvencionados por los ingresos que les proporcionan las diferentes sociedades de Schicklgruber. Así se garantiza la pervivencia del movimiento. Todo esto se lleva a cabo con el objetivo de concluir lo que Adolf Hitler no consiguió hacer en su día: la conocida como "Solución final", o sea, la eliminación del pueblo judío o cualquier otra raza que ellos podrían considerar como inferiores.

Epílogo

Nueva York, Universidad de Columbia. Abril del año siguiente.

—... y la ganadora del premio Pulitzer al mejor reportaje de investigación es... Carol Castro, del New York Times.

En aquel momento el auditórium prorrumpió en un sonoro aplauso y toda la sala se puso en pie para homenajear a la periodista española.

Había pasado casi un año desde la tragedia acaecida en la ciudad de Alabama. Miranda y Carol al final consiguieron huir del infierno en el que se habían metido y se dirigieron a Boston, donde el padre de Miranda, el magnate aeronáutico Jake Roval, les dio protección gracias a sus contactos masones. Después de unos días de duelo, las dos amigas se pusieron, muy a su pesar, a examinar minuciosamente toda la documentación que habían requisado de los discos duros y servidores de las diferentes sociedades que habían intervenido. A aquella información, le tenían que añadir el listado de compraventa de las riquezas requisadas a los judíos durante la Segunda Guerra Mundial que había descubierto Lazlo. Por otro lado, la grabación donde se veía a toda la cúpula de Schicklgruber, con Ben Campbell a la cabeza, que pregonaba la clonación de una momia aria en el cuerpo de una de sus adeptas, había sido fundamental para Carol. Gracias a aquellas imágenes, el New York Times no dudó en contratar a Carol a cambio de la publicación del exhaustivo reportaje que había realizado todo el equipo. Miranda, que se culpaba de la muerte de su amigo, había entrado en una depresión y le había pedido quedar al margen a nivel mediático. Ahora, bastantes meses después, Carol se encontraba en el púlpito de la sala de la Universidad de Columbia recibiendo uno de los más prestigiosos reconocimientos periodísticos que se le podía dar a alguien de su profesión.

—Antes de nada, quería dar las gracias a la organización en nombre de Axl Jones, nuestro estimado cámara, por haber aceptado los fotogramas de la grabación de su asesinato con la medalla de oro al Premio al Servicio Público a título póstumo. Gracias a esta grabación se pudo dar con el principal líder de la organización de la extrema derecha, 88, que representa una prueba vital para la petición de la pena de muerte del ex jefe de policía de Jefferson City. Axl dio su vida para que Miranda Roval y una servidora pudiéramos escapar y, por ese motivo, siempre vivirá en nuestro interior. También quiero homenajear a Andrea Eisenberg, compañero y víctima de la intolerancia de esos grupos radicales, que también cayó en manos de Morgan. Agradezco a Flavio Sforza el grandísimo trabajo que ha hecho al vincular la Fundación Schicklgruber con la Fundación Savitri y la industria científica Kyclos. Por último, también quiero dar las gracias al Centro Simon Wiesenthal por su gran labor realizada en estas décadas y por la ayuda prestada a la hora de devolver a sus descendientes aquellos recuerdos que les fueron sustraídos de manera injusta durante el Holocausto—dijo con un tono muy emotivo—. Como ya sabéis, la información aportada a los diferentes cuerpos de seguridad de cada país ha sido fundamental para poder encarcelar a algunos de sus responsables. Aunque la empresa Wolfadel se ha disuelto, lamentamos que en España la justicia haya cedido a las presiones políticas de la derecha más casposa y vetusta, y haya exculpado a su máximo responsable, Feliciano Martínez. Por desgracia, es un país en el que la afiliación política pesa mucho sobre el poder judicial. Aun así, la amenaza no ha desaparecido, ni mucho menos. Hemos conseguido desenmascarar una organización mundial, pero tenemos que seguir trabajando por un mundo en el que la tolerancia predomine sobre el fanatismo y la supremacía de una raza sobre otra. Recuerden uno de los legados de Hitler que siguen a rajatabla: "El nacionalsocialismo no es ninguna doctrina de inactividad; es una doctrina de lucha". No es una doctrina de goce, sino una doctrina de esfuerzo y de lucha. Ellos no se rendirán y nosotros tampoco podemos hacerlo. Tenemos que estar preparados. Recuerden: en algún lugar de este planeta ha nacido el clon de un guerrero ario de hace dos mil quinientos años para formar la nueva generación...

Si te ha gustado esta novela, lee:

LA REVELACIÓN DE QUMRÁN

SINOPSIS

Óscar García es un chico normal, con un trabajo rutinario lleno de números y facturas. Su vida cambia cuando Helena, viuda del Gran Maestre de la logia masónica de Francia y España y rica heredera de una de las mayores y más exitosas cadenas de perfumerías, se cruza en su camino.

Sin quererlo ni beberlo, Óscar se ve inmerso en medio del despertar de una lucha de titanes, representados por dos de las organizaciones más poderosas de la tierra: la masónica y la eclesiástica, esta última abanderada por el Opus Dei. Es el preludio de una aventura donde nada es lo que parece y en la que la búsqueda de la revelación de un legado milenario es el fin, un fin que se remonta a los orígenes de la cristiandad.

España, Italia, Estados Unidos, Turquía... El mundo es el tablero de juego y la partida acaba de empezar.

Printed in Great Britain
by Amazon